I0632921

Veröffentlicht von
DREAMSPINNER PRESS

5032 Capital Circle SW, Suite 2, PMB# 279, Tallahassee, FL 32305-7886 USA
www.dreamspinnerpress.com

Vertrau mir, Bulle
Urheberrecht der deutschen Ausgabe © 2020 Dreamspinner Press.
Originaltitel: Cover Up
Urheberrecht © 2012 KC Burn.
Übersetzt von Teresa Simons.

Umschlagillustration
© 2012 L.C. Chase.
http://www.lcchase.com.
Die Illustrationen auf dem Einband bzw. Titelseite werden nur für darstellerische Zwecke genutzt. Jede abgebildete Person ist ein Model.

Deutsche ISBN. 978-1-64405-851-0
Deutsche eBook Ausgabe. 978-1-63476-888-7
Deutsche Erstausgabe. März 2020
Original Erstausgabe. Dezember 2012
v 1.1

Gedruckt in den Vereinigten Staaten von Amerika.

VERTRAU MIR, BULLE

KC Burn

Das hier ist für alle, die nicht perfekt sind.

DANKSAGUNG

WIE IMMER bedanke ich mich bei meinen großartigen Unterstützern Alex, Dottie und Chudney. Und ganz besonders bei Dolorianne, die hierbei meine Rettung war.

Außerdem danke ich dem Canadian Identity Theft Support Centre, vor allem Heather, die mir hilfsbereit meine Fragen beantwortet hat. Sollte trotzdem etwas nicht stimmen, ist es allein meine Schuld.

KAPITEL 1

DETECTIVE IVAN Bekker betrat humpelnd das Polizeirevier. Die Zusammenarbeit der beiden Abteilungen war von Anfang an ein völliges Desaster gewesen. Ivans Vorgesetzter im Drogendezernat und der Leiter der für organisierte Kriminalität zuständigen Abteilung gerieten ständig aneinander. Erstaunlicherweise war es ihnen dennoch gelungen, bereits mehrere Hauptakteure des von der Russenmafia ins Leben gerufenen Drogenrings dingfest zu machen. Allerdings war es beim letzten Einsatz anstelle der vorgesehenen problemlosen Festnahme zu einer wilden Schießerei zwischen den Lagerhallen gekommen.

Glücklicherweise hatte es auf ihrer Seite trotz Schusswunden und anderer Verletzungen keine Toten gegeben.

Noch nicht.

Ivans Blick wanderte an seinen Kollegen vorbei, die an ihren Computern arbeiteten, telefonierten oder schrieben, und blieb an dem leeren Schreibtisch bei Inspector Nadars Bürotür hängen. Kurt, ein Freund, war blutüberströmt in einen Krankenwagen geladen und von seinem Partner Simon begleitet abtransportiert worden. Einer ihrer eigenen Männer war schwer verletzt und es gab noch keine Informationen über seinen Zustand. Es war unfair. Kurt und Simon gehörten eigentlich zur Mordkommission und waren lediglich als Verstärkung am Einsatz beteiligt gewesen, doch Kurt war von einer verirrten Kugel getroffen worden.

Er stapfte in den Umkleideraum und entledigte sich seiner Schutzausrüstung. Bevor er auch die blutbespritzte Kleidung darunter ausziehen konnte, stürmte jedoch Inspector Sergio Martelli, der Leiter des Drogendezernats, in den Raum.

„Bekker, in mein Büro. Sofort."

Sein ohnehin oft schroffer Chef klang ernsthaft verärgert. Großartig. Das hatte Ivan gerade noch gefehlt. Dabei wünschte er sich doch nur eine warme Dusche und die Gelegenheit, zum Krankenhaus zu fahren und nach Kurt zu sehen. Seit Kurts ehemaliger Partner Ben vor fast einem Jahr bei einem Einsatz ums Leben gekommen war, hatte Kurt Ivans Aufmerksamkeit erregt. Er hatte sich nicht direkt von ihm angezogen gefühlt, doch ihm war eine Veränderung aufgefallen. Vor einigen Wochen hatte Kurt ihn schließlich zu einem Bier eingeladen und Ivan gestanden, dass er schwul sei. Wie die meisten schwulen Polizisten plante Kurt, diese Tatsache für sich zu behalten. Ivan, der selbst offen dazu stand, stellte die große Ausnahme dar.

Obwohl es ihnen vor dem heutigen Fiasko nur drei Mal gelungen war, sich zum Essen oder zu einem Bier zu treffen, betrachtete Ivan den Mann als Freund. Der jetzt verdammt noch mal nicht einfach sterben konnte.

Ivan warf einen wehmütigen Blick auf die Duschen und zupfte an seinem feuchten, blutigen T-Shirt.

„Sofort, Bekker!" Die Stimme seines Chefs hallte durch den Raum wie die eines Feldwebels – mit dem er von allen verglichen wurde. Wie man hörte, hatten Martellis Kollegen in der Polizeischule nicht lange gebraucht, um seinen Vornamen Sergio erst in Serge und dann in Sarge zu ändern, als wäre er wirklich Feldwebel. Mittlerweile hielten die meisten Leute die Bezeichnung für seinen tatsächlichen Dienstgrad und Martelli schien das Wortspiel zu gefallen.

Ivan schlug seinen Spind zu und stapfte zum Büro seines Chefs. Wenn das Blut Martellis Besucherstühle ruinierte, war es nicht sein Problem.

Im Flur war von Martelli nichts zu sehen. Offenbar hatte seine dröhnende Stimme den gesamten Weg vom Büro zur Umkleide zurückgelegt. Ivans Schritte verlangsamten sich, während in seinem Innern Wut gegen Erschöpfung ankämpfte.

Die anderen Beamten im Flur machten einen großen Bogen um ihn, was Ivan ihnen nicht vorwerfen konnte – vermutlich sah er aus wie aus einem Horrorfilm entflohen. Genau genommen sah er mit seinem dunkelblonden Haar und den von seiner Mutter geerbten slawischen Gesichtszügen dem russischen Gangster, den er an diesem Tag erschossen hatte, verdammt ähnlich. Ivan war noch immer mit seinem Blut beschmiert. Man gewann nicht, indem man jemanden tötete. Noch inmitten des Kugelhagels war Ivan hinübergestürzt und hatte sich bemüht, den Mann zu retten. Es war ihm nicht gelungen. Während sich die meisten anderen Verbrecher auf dem Weg ins Gefängnis befanden – einige würde man sicher ausweisen –, befand sich Ivans Widersacher auf dem Weg zur Leichenhalle. Als die Sanitäter eingetroffen waren, hatten sie herausgefunden, dass der Name des jungen Mannes Dmitri war. Ivan hatte gehört, man könne seinen ersten Toten niemals vergessen. Jetzt wusste er, warum.

Ohne zu klopfen oder ein Wort zu sagen, stolzierte Ivan in Martellis Büro und ließ sich auf den rechten der blauen Stühle fallen. Martelli hätte es verdient gehabt, das verdammte Ding anschließend neu beziehen lassen zu müssen.

Martelli, der gerade in einen Bericht vertieft war, schien ihn nicht zu bemerken.

Ivan rutschte auf seinem Stuhl herum. Er hätte schon lange geduscht haben können.

Irgendwann ließen sich Verärgerung und Ungeduld nicht länger unterdrücken. „Was zum Teufel ist so dringend, Sarge, dass ich mich nicht erst umziehen konnte?"

„Schließen Sie die Tür, Bekker."

Seine Wangen und sein Hals glühten. Ob man tatsächlich vor Wut kochen konnte? Dann stand Ivan nämlich kurz davor. Er stand auf und schlug die Tür mit einem so lauten Knall zu, dass er noch nachhallte, als er bereits wieder saß.

Martelli zog eine graue Augenbraue hoch und starrte ihn an. „Musste das sein?"

Ivan erwiderte den Blick, ohne zu antworten. Im Zweifelsfall schwieg man lieber, als etwas Falsches zu sagen.

2

„Was ist da draußen passiert?"

Er betrachtete Martelli aus zusammengekniffenen Augen, um seine Laune genauer zu ergründen. Eindeutig verdammt verärgert. Dabei konnte Ivan nicht der Einzige sein, der nach dem heutigen Tag einen Menschen auf dem Gewissen hatte. Der Kugelhagel hatte an ein kleines Kriegsgebiet erinnert. Sicher stand nicht nur ihm eine Untersuchung der Special Investigations Unit bevor.

Trotzdem: Auch wenn es nicht in seiner Absicht gelegen hatte, jemanden zu töten, hatte er sich nicht falsch verhalten. Also zuckte er mit den Schultern und schilderte den Einsatz aus seiner Sicht. Martelli und die SIU würden sehr viele Beamte befragen müssen, um sich ein lückenloses Bild der Ereignisse machen zu können.

„In Ordnung. Gute Arbeit. Allerdings brauche ich das noch schriftlich, bevor Sie gehen."

„Bevor ich gehe?" Was sollte das? Er hatte nicht vor, an diesem Tag noch einen Bericht zu schreiben. Nicht, solange sich Kurt in unbekannter Verfassung im Krankenhaus befand.

„Ja, darauf muss ich leider bestehen."

„Warum, Sarge?" Ivan schlug mit den Fäusten auf die Armlehnen, doch es reichte nicht. Er stand so schwungvoll auf, dass der Stuhl beinahe umkippte, und begann, im Raum auf und ab zu gehen. Zwar war er nicht so groß wie einige der anderen Polizisten, konnte durch seine hart erarbeiteten Muskeln jedoch durchaus einschüchternd wirken. Leider ließ sich Martelli nicht beeindrucken. Verdammt. Andererseits spielte Ivan sich normalerweise nicht so auf, wie es einige andere Idioten unter seinen Kollegen für nötig hielten – weshalb er häufig unterschätzt wurde.

Doch sein Vorgesetzter kannte Ivan, und während dieser wie eine Wildkatze durch das Zimmer tigerte, schaute er ihm geduldig zu, als hätte er es mit einem verängstigten Kätzchen zu tun.

Nur war es auch jetzt noch nicht genug. Ivan wirbelte herum, riss den Stuhl von den Beinen und sah zu, wie dieser gegen die Wand prallte. Er ballte die Hände zu Fäusten. Irgendetwas zu schlagen wäre – zumindest für einige Sekunden – ein gutes Gefühl gewesen. Nur gab es in diesem verdammten Büro nichts, woran er sich nicht die Hand verletzt hätte – die Hand, in der er seine Dienstwaffe halten musste.

„Besser?", erkundigte sich Martelli.

Ivan öffnete seine Fäuste und ließ sich auf den zweiten Stuhl fallen. Die Schadenfreude darüber, auch den anderen Stuhl mit Blut und Schmutz zu beschmieren, war keine ausreichende Entschädigung dafür, an diesem Tag noch einen Bericht schreiben zu müssen.

„Wollen Sie jetzt vielleicht meine Gründe hören?" Die Missbilligung in Martellis Stimme war nicht zu überhören.

Ivan kratzte mit dem Fingernagel über einen angetrockneten Blutfleck auf seinem Handrücken, der das hastige Händewaschen überstanden hatte.

„Von mir aus." Seine Mutter hätte ihm einen Klaps auf den Hinterkopf verpasst, wenn er in diesem Ton mit ihr gesprochen hätte. Glücklicherweise war Martelli nicht seine Mutter.

„Sie, Kessel und Gillespie sind beurlaubt, während die SIU Nachforschungen anstellt. In den anderen Abteilungen wird es ähnlich aussehen, da bisher zehn Todesopfer bekannt sind, obwohl der Einsatz unblutig verlaufen sollte. Das wird für mich noch ein ziemliches Nachspiel haben."

„Aber was soll mein verdammter Bericht daran ändern, Sarge?"

Nach einem verstohlenen Blick durch das Büro antwortete Martelli so leise, dass Ivan sich vorbeugen musste, um ihn zu verstehen: „Ich habe einen Auftrag für Sie. Ganz inoffiziell."

Ivan richtete sich überrascht auf. Martelli hatte große Pläne für eine Zukunft in der Politik – unterstützt von seiner vermögenden, weltgewandten Frau –, sobald er seine fünfundzwanzig Jahre im Dienst hinter sich hatte. Aus diesem Grund hielt Martelli sich grundsätzlich strikt an die Regeln. Dass er jetzt plötzlich vorschlug … Was genau schlug er eigentlich vor?

„Wovon sprechen wir hier?"

„Sie sind einer meiner besten Detectives, Bekker."

Tatsächlich? Ivan machte seine Arbeit verdammt gut, doch es überraschte ihn, dass Martelli ihn für einen der Besten hielt. Vielleicht war es Martelli unangenehm, einem schwulen Mann Anerkennung zu zollen. Martelli leitete seine Abteilung auf effiziente Weise, überhörte jedoch grundsätzlich die Beleidigungen und Beschimpfungen, die sich Ivan regelmäßig von einigen Kollegen anhören musste. In dieser Hinsicht beneidete er Kurt, denn Inspector Nadar von der Mordkommission ging politisch korrekt vor und bestrafte dieses Verhalten. Glücklicherweise kam Ivan mit dem Großteil der Männer gut aus – ein paar schwarze Schafe gab es immer. Nur wie sollte er Martelli jetzt antworten?

„Okay", sagte er schließlich nur.

Martelli nickte, als hätte er auf eine Bestätigung gewartet. Das Gespräch war wirklich seltsam. „Wir wissen beide, dass wir heute noch Glück hatten. Nur einer unserer Männer wurde lebensgefährlich verletzt. Wenn man bedenkt …" Martelli zögerte.

„Wenn man was bedenkt?"

Martelli runzelte seine künstlich gebräunte Stirn. „Wenn man bedenkt, dass es bei uns eine undichte Stelle gibt. Vielleicht sogar Schlimmeres."

Ivan holte tief Luft. Er hatte sich bemüht, diesen Verdacht zu verdrängen, doch in seiner ganzen Laufbahn war er bei einem Einsatz noch nie auf so gut organisierten Widerstand getroffen.

„Schlimmeres?"

„Darüber möchte ich noch nicht spekulieren. Stattdessen möchte ich, dass Sie der Sache während Ihrer Beurlaubung als verdeckter Ermittler nachgehen. Ich bitte Sie nur ungern darum, aber wir haben einen Hinweis erhalten, dem wir nachgehen müssen. Und dafür brauche ich Sie."

Ivan lehnte sich auf seinem Stuhl zurück und musterte Martelli. Diese Bitte wich so weit von den Vorschriften ab, dass es schon nicht mehr lustig war. Sollte etwas schiefgehen, konnte es unter Umständen das Ende seiner Karriere als Polizist bedeuten. Andererseits verlief bei diesem Beruf nicht immer alles so korrekt und vorschriftsmäßig, wie man es sich vielleicht wünschte. Außerdem hatte er ohnehin bereits mehrmals über einen Berufswechsel nachgedacht. Er war Polizist geworden, um zu helfen und zu einer besseren Welt beizutragen. Ihm war nicht klar gewesen, dass er dazu sein Privatleben würde aufgeben müssen.

„Was genau muss ich tun?"

„Uns ist zu Ohren gekommen, dass eines der aufstrebenden jungen Mitglieder in Razhins Organisation einen Mitbewohner sucht. Sie sollen den neuen Mitbewohner spielen, um herauszufinden, ob tatsächlich eine Verbindung zu Razhin besteht, und uns in diesem Fall möglichst viele Informationen über ihn zu beschaffen. Wenn wir ihm nicht endlich das Handwerk legen, wird der heutige Einsatz kein Einzelfall bleiben."

Als Kopf der Russenmafia in Toronto war Viktor Razhin für den Drogen- und Menschenhandel verantwortlich, den sie betrieb.

Martelli klopfte mit einem Finger auf den Tisch. „Meinen Informationen zufolge besitzt der Junge zwei Immobilien und hat die letzten Monate damit verbracht, sich einen Namen mit Marihuana zu machen."

„Marihuana? Gibt Razhin sich mit solchen Kleinigkeiten ab?"

„Soweit ich weiß, hat der Junge selbstständig angefangen – und Gras ist nun mal ungefährlicher und erfordert ein wesentlich geringeres Startkapital als der Handel mit Kokain, Crack oder Meth."

„Und mittlerweile ist er erfolgreich genug, um Razhins Aufmerksamkeit zu erregen? Unser Jungunternehmer scheint ein kluges Köpfchen zu sein. Nur warum sollte so jemand einen Mitbewohner brauchen?"

Martelli reichte ihm schulterzuckend ein Blatt Papier. „Keine Ahnung. Finden Sie es heraus, wenn Sie können, aber konzentrieren Sie sich auf die Verbindung zu Razhin. Das Wichtigste steht hier drauf. Vernichten Sie es, bevor Sie das Revier verlassen."

„Es gibt noch nicht mal eine Akte?" Ivan runzelte die Stirn.

„Zu gefährlich. Selbst die kleinste Information in der Datenbank könnte unseren Maulwurf alarmieren."

Ivan überflog das Blatt, fand aber abgesehen von ein paar Namen, Adressen und Telefonnummern kaum brauchbare Informationen. Parker Wakefield. Kein Foto, keine Kopie des Führerscheins, keine Übersicht seiner belegten Kurse, keine Kreditauskunft. Nur die Tatsache, dass er die University of Toronto besuchte, zweiundzwanzig Jahre alt war und einen Freund namens Neil Travers hatte. Ivan bemühte sich um einen neutralen Gesichtsausdruck. Offenbar vertraute Martelli ihm, doch die Sache mit dem „besten Detective" war nur leeres Gerede gewesen. Martelli hatte ihn ausgesucht, weil er der einzige offen schwule Mann unter den Detectives war (auch wenn Ivan abgesehen von Kurt noch ein paar andere verdächtigte). Eins der homophoben Arschlöcher zu schicken wäre für Martelli ein zu großes Risiko gewesen.

„Ich bin ein bisschen zu alt für die Uni oder einen Mitbewohner. Wie erklären wir das?"

„Sie sind ein geschiedener Mann, der von seiner Frau bis aufs Hemd ausgezogen wurde. Ich hoffe auf ein bisschen Anteilnahme von seiner Seite. Außerdem schuldet mir die Wohnungsvermittlerin der Universität einen Gefallen und wird Sie als den geeignetsten Kandidaten darstellen."

„Frau?" Ganz toll. Ein weiterer Einsatz, bei dem er den Hetero spielen musste. „Heißt das, ich habe wenigstens Trish als Unterstützung dabei?" Seine Partnerin hätte die perfekte wütende Ehefrau abgegeben. Während die meisten Kollegen sie für eine furchtbare Zicke hielten, gefiel es ihm, dass sie sich nichts gefallen ließ und so direkt und schlagfertig war. Sie verstanden sich großartig.

Martelli schüttelte den Kopf und Ivan verspürte einen Stich. Wenn Trish eine Verräterin wäre, hätte Ivan es verdammt noch mal gewusst.

„Wenn Trish sowieso nicht dabei sein soll, warum kann ich dann nicht einfach ein schwuler Mann sein, der sich von jemandem getrennt hat?" Die Wahrheit ließ sich am besten verkaufen.

Martelli schnaubte. „Seien Sie nicht albern. Das wirkt bei weitem nicht so tragisch wie eine Scheidung. Wir wollen doch Mitgefühl in ihm hervorrufen, damit er sich öffnet."

Hätte Ivan nicht bereits gesessen, hätten ihm vermutlich seine Beine den Dienst versagt. Er konnte kaum atmen. Es war wie ein Schlag ins Gesicht. Obwohl er länger mit Colin zusammengelebt hatte, als die meisten Ehen in seinem Umfeld andauerten, sollte die Beziehung weniger wert sein? Zugegeben, sie waren nie verheiratet gewesen. Ivan war nicht sicher, wie das bei einem schwulen Polizisten funktionieren würde und Colin hatte ihn nie dazu gedrängt. Trotzdem war Ivan glücklich gewesen – bis er im letzten Herbst einmal früher nach Hause gekommen war und Colin mit einem anderen Mann in ihrem Bett vorgefunden hatte. Und sein Schmerz, seine Enttäuschung, wurde jetzt als unbedeutend abgetan?

Warum war das Leben als schwuler Mann ein ständiger Kampf? Es machte diesen Beruf so ermüdend, besonders heute. Vor allem, da Martelli es eilig zu haben schien und ihm vermutlich nicht die Gelegenheit geben würde, beim Krankenhaus anzuhalten und herauszufinden, wie es Kurt ging … ob er überhaupt noch lebte.

„Dann verlangen Sie also nicht von mir, ihn zu verführen?" Martellis verwirrtem Gesichtsausdruck nach zu urteilen, war es Ivan nicht völlig gelungen, den beißenden Sarkasmus zu unterdrücken.

„Nein! Nein. Selbst wenn die Sache mit dem Bettgeflüster zwischen zwei Männern funktionieren würde, wäre er viel zu jung für Sie."

Ivan zog bei Martellis nachdrücklichen Worten und seinem heftig errötenden Gesicht eine Augenbraue hoch. Auch wenn seine Frage nicht ganz ernst gemeint gewesen war, verstand er nicht, warum sein Chef sich so dagegen wehrte. Wäre er aus Sicht der meisten Schwulen mit seinen vierunddreißig Jahren nicht praktisch schon tot gewesen, hätte es ihn vielleicht sogar gekränkt, dass Martelli ihm nicht zutraute, einen Zweiundzwanzigjährigen zu verführen. Am heutigen Tag fühlte er sich allerdings noch nicht einmal dazu in der Lage, einen halb blinden Zweiund*neunzig*jährigen zu verführen.

In den letzten Monaten hatte er sich ziemlich ausgelebt, aber bei einem One-Night-Stand war bei weitem nicht so viel Geschick nötig wie bei einer erfolgreichen Liebesfalle. Außerdem wurde bei einem solchen Einsatz normalerweise nicht von ihnen verlangt, tatsächlich mit jemandem zu schlafen. Das machte es einem zu schwer, objektiv zu bleiben.

„Wenn Sie meinen. Aber was passiert jetzt mit der SIU? Muss ich nicht für die Nachforschungen zur Verfügung stehen? Und was ist mit meiner Waffe?"

Martelli holte ein billiges Handy hervor und schob es über den Schreibtisch. „Benutzen Sie das hier. Ich habe mir ebenfalls eins besorgt, mit dem ich Sie über Ihre Termine informieren kann. Niemand wird erwarten, dass Sie den ganzen Tag zu Hause herumsitzen."

Termine. Hatte er mit seiner erfundenen Ehefrau auch seine Arbeit verloren? Oder musste er von nun an wirklich den ganzen Tag irgendwo herumhängen und vorgeben zu arbeiten? Doch obwohl dieser Einsatz immer mieser klang, war er ebenfalls nicht wild darauf, in seine halb leere Wohnung zurückzukehren.

„Wie sieht es mit einem Auto aus?" Als verdeckter Ermittler konnte er sein eigenes nicht benutzen. Erstens wollte er einen der wenigen Luxusgegenstände in seinem Leben nicht in Gefahr bringen und zweitens konnte es Razhins Leuten Hinweise auf seine wahre Identität liefern.

Martelli schüttelte den Kopf. „Kein Auto."

Nein, natürlich nicht. Warum sollte ihm bei einem inoffiziellen Einsatz auch ein Auto zur Verfügung stehen? Das schlechte Gefühl, das an ihm nagte, seit er den Jungen niedergeschossen hatte, nahm noch zu. Sollte er das wirklich tun? Sollte er seine Karriere – das Einzige, was ihm noch geblieben war – für eine unausgegorene verdeckte Ermittlung aufs Spiel setzen? Und das für einen Vorgesetzten, der den seelischen Schock und die Trauer seiner Trennung nicht nachvollziehen konnte?

„Sir, ich …"

„Sie müssen es einfach tun", unterbrach ihn Martelli mit einem flehenden Blick. „Ich habe niemand anderen, dem ich vertrauen kann."

Ach ja. Der verdammte Maulwurf. Wie hatte er den vergessen können? Seine Zweifel und selbst die Gefahr einer Abmahnung waren unwichtig, wenn es darum ging, seine Mitarbeiter vor einem Verräter zu schützen. Trotz ihrer erst kurzen

Freundschaft hatte Kurt es verdient, dass Ivan sich bemühte, den Verantwortlichen zu finden – schließlich war die undichte Stelle vermutlich der Grund für Kurts Verletzung.

„Na gut." Er konnte nicht darum bitten, über Kurts Zustand auf dem Laufenden gehalten zu werden. Zu viel Kontakt hätte seine Mission gefährdet. Wenn Kurt es nicht überstand, würde er es aus der Zeitung erfahren. „Dann kümmere ich mich jetzt um den Bericht, Sarge. Brauche ich sonst noch etwas?"

Zu dem schlichten Handy gesellten sich ein Schlüssel und ein Zettel mit einer Adresse und einer Telefonnummer. „Liz hat sich um alles gekümmert. Sie können morgen einziehen."

„Liz? Wer ist Liz?"

„Die Wohnungsvermittlerin der Universität. Über sie bin ich auf die Sache mit dem Mitbewohner gestoßen." Martellis Blick senkte sich zu dem Tacker, den er seit Minuten nervös auf dem Tisch herumschob. Meine Güte. War diese Liz etwa seine neue Freundin? Für einen Mann, dessen weitere Karriere vom Vermögen und den Verbindungen seiner Frau abhängig war, fiel es ihm überraschend schwer, die Finger von anderen Frauen zu lassen.

„Na ja, dann mache ich mich jetzt an die Arbeit." Nachdem Ivan das Blatt mit den nicht sehr ausführlichen Informationen auf den Tisch gelegt und seine wenigen Hilfsmittel an sich genommen hatte, stürmte er aus dem Büro und knallte die Tür hinter sich zu.

Seine Mitarbeiter wirkten nach diesem Gespräch plötzlich wesentlich bedrohlicher als sonst. Seit Colin ihn betrogen hatte, war seine Wohnung kein sicherer Zufluchtsort mehr für ihn und jetzt war mit seinem Arbeitsplatz dasselbe passiert. Er war zu alt und abgekämpft für diesen Mist.

IVAN SCHLOSS leise die Tür auf und betrat das Haus. Sein Einsatz als verdeckter Ermittler war schnell und reibungslos zustande gekommen. Zu schnell. Ivan war gleichzeitig misstrauisch und beeindruckt. Vielleicht war das normal, wenn für eine solche Mission nicht Formulare in dreifacher Ausführung unterschrieben und dann praktisch von Gott selbst beglaubigt werden mussten. Gestern noch war ihm von Martelli dieser unorthodoxe Vorschlag unterbreitet worden und heute war er bereits ein geschiedener heterosexueller Mann. Glücklicherweise konnte er einen gefälschten Ausweis von seinem letzten Einsatz als verdeckter Ermittler benutzen.

Er zog kopfschüttelnd die Tür hinter sich zu. Parkers Suche nach einem Mitbewohner war ein seltsamer Zufall. War es einfach Glück? Oder war es ein Zeichen, dass Ivans Einsatz den Bach runtergehen und ihn in einen Strudel reißen würde? Nach jahrelanger Erfahrung als Detective machte es Ivan misstrauisch, wenn etwas zu leicht war. Er vermutete sofort einen Trick. Einen gefährlichen Trompe-l'Œil. Martelli schien weniger skeptisch zu sein – was vielleicht daran lag, dass sich *Ivan* in Gefahr begab. Oder es war einfach völlig normal, dass eine inoffizielle Mission so verlief.

„Hallo?", rief Ivan. Er hatte Parker, den Besitzer des Hauses, bisher nicht kennengelernt. Bei einem Telefongespräch am Vortag hatte die Wohnungsvermittlerin versprochen, Parker über seinen sofortigen Einzug zu unterrichten. Jetzt hoffte er, dass er Parker bei seiner ersten Begegnung allein – ohne seinen Freund – antreffen würde, um von Anfang an Sympathie zu wecken – schließlich war Martelli davon überzeugt, dass Parker eine Schwäche für Underdogs wie Ivans Rolle hatte.

„Hallo?", rief er erneut, bekam allerdings keine Antwort. Ihm war versichert worden, dass er jederzeit einziehen könne – den Schlüssel hatte er ja bereits von Martelli erhalten. Trotzdem hatte er zumindest mit einer Begrüßung gerechnet. Vielleicht war es nur ein weiterer Hinweis darauf, dass es sich bei Parker um keinen besonders anständigen Menschen handelte. Von einem Drogendealer konnte man wohl nichts anderes erwarten. Vielleicht würde es Ivan zumindest gelingen, Parkers Freund vor seinen gefährlichen Machenschaften zu bewahren.

Ivan warf einen Blick in die Küche und ins Wohnzimmer. Alles wirkte sauber und aufgeräumt. Kein schmutziges Geschirr in der Spüle. Offenbar hatte auch ein Drogenhändler gewisse Ansprüche. Parker besuchte die Universität, doch wie eine Studentenbude wirkte das hier nicht. Martelli vermutete, dass Parkers Stundenplan nicht sehr voll war. Eine offizielle Einkommensquelle hatte er allerdings nicht. Trotzdem war er Immobilienbesitzer, suchte aber einen Mitbewohner, obwohl er angeblich erfolgreiches neues Mitglied in Razhins Organisation war. Ivan wollte nicht nur aufdecken, ob tatsächlich eine Verbindung zu Razhin bestand, sondern auch eine Erklärung für diese vielen Widersprüche finden. Irgendetwas stimmte nicht – und Ivan musste dahinterkommen, bevor er in einen Pistolenlauf starrte.

Das etwa hundert Jahre alte Reihenhaus war winzig. Im Erdgeschoss befanden sich eine kleine Küche, ein Esszimmer, ein Wohn- beziehungsweise Medienraum und ein kleines Badezimmer, mit dem Ivan nicht gerechnet hatte. Häuser dieser Art besaßen häufig nur ein einziges Badezimmer im Obergeschoss. Die Einrichtung war modernisiert worden und die zahlreichen, vermutlich noch originalen hölzernen Zierleisten hatte man – nicht besonders geschmackvoll – weiß gestrichen. Eine Tür führte in den Keller, doch den würde Ivan später noch erkunden können.

„Hallo?" Ivan erklomm die schmale Treppe, deren Teppichbelag das Knarzen der Holzstufen kaum dämpfte. Für einen Teenager, der sich zu später Stunde heimlich in sein Zimmer schleichen wollte, wäre dieses Haus nicht gut geeignet gewesen. Auch jetzt bekam Ivan keine Antwort.

Oben angekommen betrat er etwas, das eigentlich zu klein war, um es als Flur zu bezeichnen. Von hier aus gelangte man zu drei weiteren Räumen und einem zweiten Badezimmer.

Im ersten Schlafzimmer befanden sich ein Futonbett, Bücherregale und ein Schreibtisch mit einem Computer. Das nächste war nur mit dem Nötigsten eingerichtet und wirkte steril, ohne eigenen Charakter. Vermutlich seins. Theoretisch hätte es auch ein Gästezimmer und seins irgendwo im Keller sein können, doch das war unwahrscheinlich. Nachdem er seine Reisetasche neben dem Bett abgestellt und einen Blick in das sehr saubere Badezimmer geworfen hatte, wandte er sich der einzigen verschlossenen Tür zu. Da niemand auf sein Klopfen reagierte, öffnete Ivan vorsichtig die Tür und schaute hinein.

Das Bett war riesig. Gigantisch. Eines dieser kalifornischen Kingsize-Betten. Durch den schmalen Raum wirkte es noch größer. Jedenfalls glaubte Ivan nicht, dass Studenten normalerweise solch ein Bett besaßen. Das Bett wurde von zwei schmalen Nachttischen eingerahmt, die man vermutlich hatte ölen müssen, um sie zwischen Bett und Wand zwängen zu können.

Alles andere war Chaos. Da Ivan keine Zeit hatte, das Zimmer in Ruhe zu durchsuchen, konnte er es sich nur oberflächlich ansehen. Überall war … Zeug. Flauschige Kissen und bunte Vorhänge setzten farbige Akzente. Pappkartons über denen T-Shirts und Jeans hingen mischten sich mit einem sehr femininen Schminktisch und einem exotisch wirkenden asiatischen Wandschirm. Das Kopfende des Bettes bestand aus nachgemachtem Schmiedeeisen, das Ivan aus einem IKEA-Katalog bekannt vorkam. Es passte nicht zum Kleiderschrank und zur Kommode, die wie der Wandschirm eher asiatisch angehaucht waren. Das Zimmer schrie nicht unbedingt „Drogenhändler!". Was er damit anfangen sollte, wusste Ivan allerdings nicht. Er wusste nur, dass es anstrengend werden würde, es zu durchsuchen. Er wollte lieber nicht darüber nachdenken, was sich noch in den Schränken befand, auch wenn er es irgendwann würde herausfinden müssen.

Ivan zog sich aus dem Zimmer zurück und schloss leise die Tür. Er würde es sich später genauer ansehen, wenn er nicht Gefahr lief, von seinem neuen Mitbewohner beim Schnüffeln erwischt zu werden. Das wäre kein guter Beginn für seine Mission.

Zurück im Erdgeschoss war er immer noch allein und beschloss daher, sich den Keller anzusehen.

Er war feucht und nicht ausgebaut. In einer dunklen Ecke ragte ein monströser alter Heizofen auf. Nackte Glühbirnen hingen vom Gebälk herab und erleuchteten die deprimierend grauen Betonwände. Abgesehen von dem Ofen, bei dem man sich nur mit Mühe vorstellen konnte, dass er noch funktionierte, gab es im Keller nur feuchte Pappkartons, Regale und eine Waschmaschine und einen Trockner.

Ivan befand sich wieder in der ersten Etage und packte seine Kleidung aus, als er hörte, wie sich die Haustür öffnete.

„Hallo?", rief jemand.

Wer zum Teufel war das? Die rauchige Stimme löste ein Kribbeln in Ivans Bauch aus, als hätte ihm jemand über die Hoden gestreichelt. Ivan schob die Schublade zu und überlegte, ob er antworten sollte.

„Ivan? Bist du hier?"

Oh, Scheiße. Parker? Warum hatte ihn niemand davor gewarnt, dass Parkers Stimme wie goldener Honig gemischt mit Sex klang?

„Ich komme gleich runter." Ivan zweifelte immer noch daran, wie überzeugend seine erfundene Identität war, doch für einen Rückzieher war es jetzt zu spät. Ivans eigenes Studium war schon verdammt lange her. Obwohl er jünger wirkte, als er war, lagen zwischen ihm und Parker mehr als zehn Jahre. Würde es ihm bei diesem Altersunterschied wirklich gelingen, sich mit Parker anzufreunden und ihn dazu zu bringen, Ivan zu vertrauen? Ihm vielleicht sogar mehr zu vertrauen als seinem Freund Neil?

Er holte tief Luft, wischte seine verschwitzten Handflächen an seiner Jeans ab und ging ein letztes Mal seine Geschichte durch. Allmählich begann er, verdeckte Ermittlungen zu hassen. Oder hasste er das ganze Drogendezernat? Jedenfalls wurde es jedes Mal zermürbender.

Als Ivan die Küche betrat, verstaute Parker gerade Lebensmittel im Kühlschrank. Er war schlank und groß – wohl noch ein paar Zentimeter größer als Ivan mit seinen eins achtzig – und trug ein grünes, leicht abgetragenes T-Shirt zu einer locker sitzenden Jeans.

„Hi", sagte Ivan leise.

„Hi", antwortete Parker, ohne sich umzudrehen, da er noch mit dem Auspacken beschäftigt war. Ivan nutzte die Gelegenheit, um ihn von hinten zu betrachten. Sein dunkelbraunes Haar hatte goldene Spitzen, als hätte er sie einmal blondiert und dann nachwachsen lassen – ein Look, für den Ivan insgeheim eine Vorliebe hatte.

„So, fertig", sagte Parker, während er den letzten Joghurtbecher im Kühlschrank platzierte. „Eigentlich wollte ich das vor deiner Ankunft erledigt haben."

Er drehte sich um.

Ivan klammerte sich an die Arbeitsplatte.

Verdammt. Er hatte mit Schwierigkeiten gerechnet, aber nicht mit dieser Art von Schwierigkeiten. Parker war einfach nur umwerfend. Sein scharf geschnittenes Gesicht mit vollen Lippen grenzte an androgyn. Und diese Augen. Sie waren wie die rundgewaschenen Kiesel in einem Flussbett: graugrün mit goldenen Sprenkeln, eingerahmt von den dichtesten Wimpern, die Ivan je bei einem Mann gesehen hatte. Er hätte diese Augen stundenlang anstarren können. Und die Frisur passte perfekt zu diesem atemberaubenden Mann, der ein verdammtes Model hätte sein können.

Oh Gott. Ivan musste mit ihm zusammenwohnen. Sich mit ihm anfreunden. Und die Finger von ihm lassen, da er einen Hetero spielte.

„Tut mir leid, ich bin Parker." Parker streckte die Hand aus und sein Lächeln machte die Kanten seines Gesichts weicher, wie es der Trick mit der Vaseline auf der Linse früher bei den Hollywoodstars getan hatte.

Als Ivan den Arm ausstreckte, um Parker die Hand zu schütteln, war er erleichtert, dass die Arbeitsplatte zwischen ihnen verbarg, welche Wirkung Parkers Anblick auf einen gewissen Körperteil von Ivan hatte.

11

„Ivan", sagte er knapp. Wahrscheinlich klang er unhöflich, was allerdings wesentlich besser war, als sich seine tatsächliche Reaktion anmerken zu lassen und die Mission in Gefahr zu bringen. Es war nicht Ivans Art, sich an den Freund eines anderen heranzumachen – vor allem, wenn es gegen seine Anweisungen verstieß. Selbst wenn Martelli davon ausgehen sollte, dass zwei schwule Männer sowieso gleich miteinander im Bett landen würden, wäre es für Ivan kein leichtes Unterfangen, diesen hinreißenden jungen Mann für sich zu gewinnen. Ivan war gut aussehend, jedoch bei weitem nicht so wie dieser Adonis. Und falls Parker eine Vorliebe für ältere Männer hatte, war er dafür vermutlich wieder zu jung.

„Schön, dich kennenzulernen", antwortete Parker. Er war zwar nicht übertrieben mager, aber doch so schlank, dass man von seiner tiefen Stimme überrascht war.

„Trinkst du?", fragte Parker.

„Ja, sicher. So ziemlich alles." Obwohl es stimmte, klang es für seine Ohren, als wäre er ein Säufer.

„Oh, gut. Ich habe nämlich Bier mitgebracht. Ich dachte, wir könnten uns eine Pizza bestellen, etwas trinken und uns besser kennenlernen."

Ivan starrte ihn an. Mit so viel Freundlichkeit hatte er bei seinem kriminellen, mit Drogen handelnden Mitbewohner nicht gerechnet.

„Natürlich nur, wenn du willst", fuhr Parker zögerlich fort, als Ivan nicht gleich antwortete. Sein Lächeln war verflogen. Ivan kam es vor, als hätte er eigenhändig die Sonne verdunkelt. Wie konnte ein Lächeln nur so eine Wirkung haben?

„Klar, das klingt gut, ich lade dich ein", sagte Ivan hastig. Ein unglücklicher Parker würde sich ihm sicher nicht öffnen.

Parker legte den Kopf schief wie ein Vogel. „Oh. Und ich dachte …" Er errötete und senkte den Blick.

Mist. Seine falsche Identität. Er musste sich in den Versager Ivan Baker verwandeln. „Nein, kein Problem. Meine Frau hat sich mit so ziemlich allem davongemacht, aber eine Pizza kann ich mir gerade noch leisten, ohne zwischen den Sofakissen nach Kleingeld suchen zu müssen. Versprochen."

Parker lachte und das strahlende Lächeln kehrte ebenfalls zurück. Ivan konnte sich nicht daran sattsehen. Warum konnte Parker nicht einfach aussehen wie die miesen Typen, die er so oft verhaftete? Noch nie hatte ein Verbrecher in ihm das Verlangen ausgelöst, seine Finger in dessen Haar zu schieben und ihn zu einem Kuss zu sich herunterzuziehen.

Scheiße.

SCHEISSE. SEIN neuer Mitbewohner schien sich über irgendetwas zu ärgern. Parkers Magen kribbelte vor Nervosität. Vielleicht hätte er nach einer Frau suchen sollen. Parker hatte keine Ahnung, wie man sich mit anderen Männern anfreundete.

Erst recht nicht bei einem attraktiven heterosexuellen Mann, der älter war und wesentlich mehr Lebenserfahrung besaß. Worüber sollte er sich mit so jemandem unterhalten? Er wusste nicht viel über Sport, Autos oder Sex mit Frauen. Selbst mit Männern hatte er nur wenig Erfahrung, obwohl er seit sechs Jahren keine Jungfrau mehr war.

Neil hatte einen Mitbewohner für eine dumme Idee gehalten und die nette Dame von der Wohnungsvermittlung hatte ihn gewarnt, dass die Mitte des Semesters kein guter Zeitpunkt für seine Suche sei. Als dann ihr Anruf wegen eines passenden Kandidaten gekommen war, hatte sich Parker gefreut, auch wenn es sich nicht um einen Studenten handelte. Ein frisch geschiedener Mann fühlte sich vielleicht genauso einsam wie er – denn allein in diesem leeren Haus zu leben, war ein erdrückendes Gefühl und Neil wollte nicht zu ihm ziehen. Allerdings hatte er nicht damit gerechnet, seinen neuen Mitbewohner so anziehend zu finden.

„Hier, ein Bier." Parker reichte Ivan die gekühlte Flasche. Hoffentlich würde der Alkohol für eine etwas entspanntere Atmosphäre sorgen. Er wollte nicht, dass Neil recht behielt – wollte ihm unbedingt das Gegenteil beweisen.

„Danke. Gibt es in der Nähe eine Pizzeria, die du magst, oder soll ich einfach bei Pizza Pizza bestellen?"

„Pizza Pizza ist mir recht." Genau genommen bestellte er dort am liebsten. Mit einem einzigen Anruf eine gute Pizza an jeden Ort in der Stadt geliefert zu bekommen, war für Studenten ein echter Segen.

„Ich habe gesehen, dass du im Wohnzimmer einen richtig netten Fernseher hast. Willst du vielleicht was für uns aussuchen, während ich bestelle?"

„Ähm, klar." Was sollten sie sich denn bloß ansehen? Ein Gespräch war offenbar nicht erwünscht. Vielleicht war das auch zu viel verlangt, da sie sich nicht bei einem Date befanden. Parker verzog das Gesicht. Vielleicht diente das Fernsehen Heteromännern in dieser Hinsicht ebenfalls als Vermeidungsstrategie, wie er es auch bei Schwulen erlebt hatte.

Mit einem Seufzer ließ er sich auf dem Sofa nieder. Neil hatte ihn zu dem Gerät überredet, doch Parker war nach kurzer Zeit klar geworden, dass er dabei nicht an Parker gedacht hatte. Er drehte die Fernbedienung in der Hand herum, da es ihm widerstrebte, den Fernseher einzuschalten.

„Was für eine Pizza willst du?", rief Ivan aus der Küche.

Parker rieb sich den Bauch und runzelte die Stirn. „Am liebsten Peperoni."

Er war nicht sicher, was Ivans Brummen bedeutete, hörte aber gleich darauf das Murmeln seiner tiefen Stimme, als er die Bestellung aufgab.

Kurz darauf, während Parker noch die Fernbedienung ansah, kam Ivan aus der Küche und ließ sich auf dem Sessel fallen. Das Zimmer erschien ihm plötzlich kleiner, obwohl Ivan nicht so groß war wie er selbst. Doch diese Schultern waren atemberaubend breit und in dem langweiligen blauen Polohemd steckte unübersehbar ein ausgesprochen durchtrainierter Körper. Versucht hätte er allerdings nichts, selbst wenn Ivan bei ihm auf dem Sofa gewesen wäre – in der Nähe gut aussehender Männer verhielt er sich nervös und ungeschickt.

Ivan streckte eine Hand aus. Parker starrte sie kurz an, bevor er ein verlegenes Lachen ausstieß und ihm die Fernbedienung reichte.

„Mal schauen, was dein toller Fernseher so alles im Angebot hat."

Ivan schaltete das Gerät mit geübter Hand ein. Als sich der riesige Bildschirm mit nichts als nackter Haut füllte, wurde Parker klar, was Neil sich zuletzt angesehen hatte. Lautes Stöhnen und das feuchte Geräusch eines Ficks mit ausreichend Gleitgel hallten durchs Zimmer, während die Kamera einen riesigen Schwanz heranzoomte, der in einen Hintern gerammt wurde. Parkers Körper fühlte sich plötzlich kalt an, als ihm das Blut in den Kopf stieg – wahrscheinlich nicht die Richtung, in die der Regisseur es hatte lenken wollen. Er sprang über den Couchtisch, wobei er sich daran das Schienbein stieß, und hämmerte auf die Tasten des DVD-Players. Verdammter Neil.

Parker verdeckte den Bildschirm so gut wie möglich mit seinem Körper, während er eine gefühlte Ewigkeit darauf wartete, dass der Player die DVD auswarf. Es schienen mehrere höllische Minuten vergangen zu sein, als endlich der herrliche Anblick des Menübildschirms die Großaufnahme nackter Körperteile ersetzte. Er schnappte sich die DVD und warf sie auf den Boden. Wenn sie danach nicht mehr funktionierte, hatte Neil es verdient. Wahrscheinlich handelte es sich sowieso um einen illegal heruntergeladenen Film.

Mit dem Schlimmsten rechnend – und mit feuerrotem Gesicht – wandte er sich Ivan zu. War diesem aufgefallen, dass es sich um zwei Männer gehandelt hatte? Als Parker sich nach einem Mitbewohner umgesehen hatte, war er überhaupt nicht auf die Idee gekommen, zu erwähnen, dass er schwul war. Das kam ihm plötzlich wie ein fataler Fehler vor. Der kräftige Bizeps unter den kurzen Ärmeln ließ vermuten, wie hart Ivan zuschlagen konnte. Das schmerzhafte Pochen in Parkers Schienbein erinnerte ihn daran, wie verletzlich der menschliche Körper war.

„Ähm ..."

Verblüfft hieß nicht gleich angewidert, oder? Steckte Parker jetzt in Schwierigkeiten (oder, in diesem Fall, Schwulitäten)?

Ivan brachte keinen Ton hervor, obwohl sich seine Lippen bewegten.

„Das war nicht meiner." Kaum hatte Parker die Worte ausgesprochen, hätte er sie am liebsten zurückgenommen. Es klang nach einer armseligen Ausrede.

Ivan warf einen kurzen Blick auf das Sofa, was Parker nur noch heftiger erröten ließ. Stellte er sich vor, wie Parker dort saß und sich einen runterholte? Würde es die Angelegenheit weniger peinlich – und widerlich – machen, wenn er erklärte, dass es Neil gewesen war? Der Gedanke war Parker nämlich ebenfalls unangenehm. Ivan war jetzt sicher erleichtert darüber, sich nicht auf die Couch gesetzt zu haben. Auch Parker würde es große Überwindung kosten, ohne sie vorher zu reinigen.

„Okay." Ivan klang beinahe, als glaubte er Parker. „Willst du vielleicht ...?" Ivan wedelte mit der Fernbedienung, woraufhin Parker erneut von einer heftigen Welle der Scham durchflutet wurde. Er entfernte sich hastig aus seiner störenden Position vor dem Bildschirm.

Anschließend humpelte er zum Sofa zurück. Er musterte es möglichst unauffällig und ließ sich, nachdem er keine neuen Flecken entdeckt hatte, vorsichtig darauf nieder.

Ivan schaltete auf einen Kanal mit alten Musikvideos um, bevor er sich Parker zuwandte. Es gab Parker die Gelegenheit, seinen neuen Mitbewohner genauer zu betrachten, wozu er in der Küche keine Gelegenheit gefunden hatte. Ivan besaß die weit auseinanderstehenden Augen und hohen Wangenknochen, die Parker mit osteuropäischen Männern verband. Ähnlich wie die Männer, die Neil gelegentlich mitgebracht hatte, aber dabei von so rauer Schönheit, dass es beinahe wehtat. Goldblondes Haar, dunkelblaue Augen und ein Körper, an dem kein Gramm Fett zu sehen war – obwohl Parker nicht abgeneigt gewesen wäre, ihn in nacktem Zustand genauer zu überprüfen, nur um ganz sicherzugehen. Als gerade ein Teil seines Blutes (endlich) sein Gesicht verließ, um in südlichere Gefilde zu wandern, zog Ivan mit fragendem Blick eine Augenbraue hoch.

Parker hustete verlegen und wandte sich dem Fernseher und einem ihm unbekannten Video zu, in dem jede Menge gebleichtes, hochgegeltes Haar zu sehen war. Vielleicht hatte er Ivan sowieso schon vergrault – da musste er ihn nicht auch noch anstarren. Selbst wenn er nicht heterosexuell gewesen wäre, hätte Parker bei jemandem wie ihm nicht die geringste Chance gehabt. Vermutlich hielt er Parker für einen unreifen Studenten, der seine Freizeit damit verbrachte, sich auf dem Sofa einen runterzuholen.

Die peinliche Stille zwischen ihnen dauerte an und wurde nur vom Gejaule des für die achtziger Jahre typischen Synthie-Pop durchbrochen. Wenn Ivan klar wäre, dass die DVD zwei Männer gezeigt hatte, hätte er sicher etwas gesagt, oder? Ivan sah ihn mit diesem Blick an, den er von seinen Professoren kannte, wenn sie jemanden bei einer Lüge erwischen wollten. Seltsam.

„Hast du, äh, dein Zimmer gefunden? Gefällt es dir? Wir können die Möbel auch noch umstellen. Die Waschmaschine steht im Keller und wir können einen Plan fürs Putzen und Einkaufen machen und ..." Parker verstummte. Er hatte immer hastiger gesprochen, bis er sich zum Luftholen unterbrochen hatte, und Ivan starrte ihn mit großen Augen an. Wieder errötete er vor Verlegenheit und biss sich auf die Lippe, um ja nicht noch mehr zu sagen. Aus diesem Grund hatte er neben Neil kaum Freunde. Neil war der Einzige, der Zeit mit dem übergewichtigen Jungen verbracht hatte und auch jetzt noch bei ihm blieb, wo er zwar Gewicht verloren hatte, jedoch trotzdem noch ungeschickt im Umgang mit Menschen war.

Parker runzelte wie Ivan die Stirn. Wie sollte er jetzt reagieren? Er änderte nervös seine Sitzposition und stieß dabei mit seinem Schienbein erneut vor den Couchtisch.

„Au. Scheiße." Ein stechender Schmerz schoss durch die ohnehin bereits in Mitleidenschaft gezogene Stelle. Er presste eine Hand darauf und unterdrückte ein Wimmern, während er sich leicht vor und zurück wiegte.

„Lass mich mal sehen." Ivan stand auf und kniete sich neben Parker, der vor Schreck erstarrte.

Mit sanften Fingern löste er Parkers Hand von seinem Bein und schob seine Jeans hoch. Dann befühlte er die Stelle vorsichtig. Parker zischte.

„Du hast einen ziemlich unschönen Bluterguss und die Haut ist ein bisschen aufgeschürft, aber ich glaube nicht, dass etwas gebrochen ist. Hast du irgendwo einen Erste-Hilfe-Kasten?" Ivan schaute zu ihm hoch und Parker stockte beinahe der Atem.

„Ja, ähm, im Badezimmer. Unter dem Waschbecken", antwortete Parker und zeigte zum vorderen Teil des Hauses.

Ivan tätschelte ihm das Knie und stand auf, um ihn zu holen.

„Die meisten älteren Häuser haben kein Badezimmer im Erdgeschoss." Das geflieste Badezimmer ließ Ivans Stimme etwas hallen.

„Stimmt. Wir haben es einbauen lassen, als meine Mutter krank wurde und Schwierigkeiten mit der Treppe bekam."

Ivan kehrte mit dem weißen Plastikkasten ins Wohnzimmer zurück und musterte Parker. Schon wieder.

„Deine Mutter hat hier gewohnt?" Ivan schaute sich im Raum um.

Parker nickte. „Ja. Und weil sie sich immer schlechter bewegen konnte, haben wir das Badezimmer bekommen und dieses hier zum Schlafzimmer umfunktioniert."

„Wo wohnt sie jetzt?"

Parker senkte den Blick zu der violetten, blutigen Schwellung auf seinem Schienbein und zuckte mit den Schultern. Seine Mutter war seine beste Freundin gewesen. Obwohl er sich mehrere Jahre auf ihren Tod hatte vorbereiten können, war es ein schwerer Schlag gewesen. Selbst jetzt, fast ein halbes Jahr später, rief er ihr manchmal versehentlich noch eine Begrüßung zu, wenn er nach Hause kam. Wenigstens hatte Neil es nie miterlebt.

„Oh. Wann ... Ich meine ... Ich wollte nicht ..."

Als er Ivan herumstottern hörte, wie er es selbst es so häufig tat, schaute er zu ihm auf. Bei Ivans mitfühlendem Gesichtsausdruck traten ihm Tränen in die Augen.

„Das wusste ich nicht, Parker", sagte Ivan schließlich und kam näher.

„Woher hättest du das auch wissen sollen?"

Es war leichter, sich wieder in den Griff zu bekommen, als Ivan sich darauf konzentrierte, Parkers Wunde zu reinigen. Er unterdrückte das Angebot, es selbst zu übernehmen, obwohl es die männlichere, selbstständigere Alternative gewesen wäre. Er war einfach schon so lange nicht mehr so sanft, so selbstlos, so fürsorglich berührt worden.

Beim Brennen des Desinfektionsmittels zuckte Parker zusammen, gefolgt von einer Gänsehaut, als Ivan auf die Wunde blies. Hatte Ivan Kinder? Konnte er deshalb so gut mit kleinen Verletzungen umgehen?

„Wie lange ist es her?", fragte Ivan, während er mit seiner Arbeit fortfuhr.

„Sechs Monate. Krebs."

„Mein Beileid." Ivan wickelte einen Verband um Parkers Schienbein. Seine Finger fühlten sich warm an.

„Danke." Er räusperte sich.

Ivan zog das Hosenbein wieder hinunter und hob den Kopf. Parker hatte nie zuvor so schöne blaue Augen gesehen. Das Mitgefühl darin löste ein warmes Kribbeln in seinem Bauch aus.

Plötzlich klingelte es an der Tür und Ivan stand so hastig auf, dass er fast hintenübergekippt wäre.

„Das ist wohl die Pizza." Mit seinem Portemonnaie in der Hand machte er sich auf den Weg zur Tür.

Parker schlang die Arme um seinen Körper, denn plötzlich fror er. Er fragte sich, ob das Leben mit Ivan fantastisch oder grauenhaft werden würde.

KAPITEL 2

NACHDEM IVAN für die Pizzas bezahlt hatte, trug er sie in die Küche, ohne sich einen Blick ins Wohnzimmer zu gestatten. Diese Mission fing nicht gut an. Kein Wunder, dass der Junge bisher nicht negativ aufgefallen war. Er wirkte so unschuldig, die Trauer um seine Mutter so aufrichtig. Niemand hätte ihn bei der ersten Begegnung für einen Drogendealer gehalten. Ivan würde sehr darauf achten müssen, sich nicht zu verraten, bevor er beurteilen konnte, wie viel von Parkers Persönlichkeit echt war und wie viel nur gespielt.

Außerdem musste er sich zusammenreißen und überlegen, wie er sich bei Parker einschmeicheln konnte, anstatt darüber nachzudenken, wie er ihn ins Bett kriegen konnte. Bei Parkers Anblick hatte er vom ersten Moment an nichts als Sex im Kopf gehabt und der Schwulenporno in Lebensgröße hatte alles nur noch schlimmer gemacht. Ivan hatte nie zuvor jemanden so rot werden sehen, doch so verlockend es auch gewesen war, Parker mit irgendeinem Kommentar noch verlegener zu machen, hätte der arme Junge dann wahrscheinlich einen Herzinfarkt bekommen.

Als er Parkers Wunde versorgt und sich dabei vorgestellt hatte, dass dieser sich auf dem Sofa bei einem Pornofilm selbst befriedigte, war er abgelenkter gewesen als je zuvor bei einem Einsatz als verdeckter Ermittler. Ein weiterer Grund, um über seine Zukunft im Polizeidienst noch einmal gründlich nachzudenken.

Während Ivan Teller suchte, zählte er gedanklich Argumente dafür auf, dass Sex mit Parker eine schlechte Idee war. Er war kriminell, er hielt Ivan für hetero, er war verdammt jung und vor allem hatte er einen Freund. Er hatte nicht viele Verbrecher kennengelernt, die großen Wert auf Treue legten, doch nach seinen Erfahrungen mit Colin wollte er mit solchen Dingen nichts zu tun haben. Glücklicherweise hinderte ihn seine Scheinidentität ohnehin daran. Was für eine sonderbare Situation. Als er das letzte Mal mit jemand völlig Fremdem zusammengewohnt hatte, war er noch Student gewesen. Es würde nicht leicht werden, diese sorglose Einstellung wiederzufinden und sich in einen zwölf Jahre jüngeren Mann hineinzuversetzen.

Als er hatte, was er brauchte (einschließlich seiner wiedergewonnenen Selbstbeherrschung), brachte er alles ins Wohnzimmer.

Parker starrte auf den Bildschirm und sah kein bisschen entspannter aus. Dagegen musste er etwas unternehmen. Wenn Ivan keine Gemeinsamkeiten fand, keinen Weg zu einer Freundschaft, war sein Job nicht nur Zeitverschwendung, sondern konnte ihn auch das Leben kosten.

„Ich habe uns noch ein Bier mitgebracht." Ein bisschen Alkohol würde ihnen guttun.

„Oh, danke." Parker betrachtete die Schachteln. „Ich hatte nicht mit meiner eigenen Pizza gerechnet."

Ivan reichte sie ihm schulterzuckend, woraufhin Parker sie öffnete und die Stirn runzelte.

„Hast du die Falsche bekommen?"

„Ähm, nein." Parker rieb sich den Bauch. „Welche hast du dir bestellt?"

„Hähnchen-Brokkoli." Seine Arbeitskollegen hielten es für eine seltsame Kombination, doch es war eine der gesündesten Alternativen. In seinem Alter vertrug er allzu fettiges Essen nicht mehr besonders gut – der Kaffee auf dem Revier war für seinen Magen schon Strafe genug. Nachdem er die Zusammenstellung einmal ausprobiert und sehr gemocht hatte, war sie zu seiner Lieblingspizza geworden.

„Hähnchen-Brokkoli? Brokkoli auf einer Pizza kann ich mir überhaupt nicht vorstellen."

„Gesünder als Peperoni." Ivan unterdrückte ein Stöhnen. Wenn er wie ein Vater klang, der Moralpredigten hielt, kam das bei einem jungen Mann bestimmt nicht gut an. Glücklicherweise wirkte Parker eher neugierig als genervt.

„Ach ja?"

„Willst du mal probieren?" Er drehte seine Schachtel mit der offenen Seite zu Parker.

Mit einem schüchternen Lächeln nahm er sich ein Stück heraus. Dieser Junge war ein verdammt guter Schauspieler. Damit hätte er wahrscheinlich sogar Ivans Mutter überzeugt, die so etwas schneller durchschaute als die meisten seiner Polizistenkollegen. Bei einer Oberstufenlehrerin war das kein Wunder.

Seine Mutter. Diesmal konnte er das Stöhnen nicht unterdrücken: Er hatte vergessen, sie vor seiner Mission anzurufen. Ein Familienessen zu verpassen war eine Sache. Es zu tun, ohne sich abzumelden, kam nicht infrage. Er würde einen Weg finden müssen, ihr vor Sonntag Bescheid zu sagen.

„Was ist los?"

„Nichts Besonderes. Mir ist nur ein Anruf eingefallen, den ich noch erledigen muss."

„Du kannst ruhig das Telefon hier benutzen." Parker deutete auf den kleinen Tisch neben dem Sofa.

„Nein danke. Es … ähm … hat mit der Scheidung zu tun. Darüber möchte ich jetzt lieber nicht nachdenken."

Parker antwortete nicht, da er gerade einen Bissen Pizza kaute, doch das mitfühlende Lächeln mit einem Klecks Tomatensoße an der Lippe, das er Ivan anschließend schenkte, brachte ihn beinahe dazu, Parker alles zu gestehen. Seit wann fiel ihm die Arbeit als verdeckter Ermittler so schwer? Lag es an Parker? Das Äußere eines Models und das Wesen eines ängstlichen Welpen. Bei dem Jungen musste es sich um einen ganz abgebrühten Typen handeln, der ihm etwas

19

vormachte – denn sonst war er der schlechteste Kriminelle, den er je gesehen hatte und Razhin würde ihn zermalmen, bevor er ihm sein Geschäft wegnahm.

Er musste daran denken, dass er ein verarmter, geschiedener Mann war und Parker ein naiver Student. Das waren die Rollen, die sie sich ausgesucht hatten, und sie würden sie spielen, solange es nötig war. Ivan besaß den Vorteil, dass er über Parker Bescheid wusste, während Parker keinen Grund hatte, Ivan ebenfalls für einen Schauspieler zu halten.

Ivan nahm sich ebenfalls ein Stück Pizza. „Schmeckt es?"

Parker nickte. „Können wir uns vielleicht deine teilen? Die andere hebe ich dann für später auf."

„Kein Problem."

Die nächsten Minuten verbrachten sie damit, schweigend zu essen. Es war wie das unbeholfenste Date aller Zeiten, bei dem nicht einmal die Aussicht auf Sex bestand. Ihm wollte einfach kein Gesprächsthema einfallen, das Parker nicht vielleicht misstrauisch machen würde, denn als Mitbewohner durfte er nicht zu neugierig wirken. Es war der ungewöhnlichste Einsatz, den er in seiner Zeit als Polizist erlebt hatte.

„Bringst du noch Möbel mit? Ich kann dir beim Umstellen helfen."

Ivan widerstand dem Drang, die zurückgebliebene Tomatensoße von Parkers Lippe zu wischen. „Nicht ernsthaft. Ein paar Kleinigkeiten stehen noch bei einem Freund in der Garage und die wollte ich in den nächsten Tagen holen. Was meine Frau mir noch gelassen hat, wollte ich nicht besonders gern behalten."

„Oh. Das tut mir leid. Geht es dir gut? Hast du Kinder? Oder willst du lieber nicht darüber reden? Außer den Eltern von ein paar Bekannten kenne ich niemanden, der geschieden ist."

„Keine Kinder." Zum Glück musste er die nicht auch noch vorspielen. „Aber ich möchte wirklich nicht gerne drüber reden, wenn es dir nichts ausmacht." Je weniger sie davon sprachen, desto leichter war es, sich nicht zu verplappern.

Wie gelang es dem Jungen nur, diesen verletzten Gesichtsausdruck zu heucheln? Vielleicht sollte er das Gras vergessen, denn er hätte mit einem einzigen Blick unter seinen dichten Wimpern hervor jeder Großmutter all ihre Ersparnisse abschwatzen können. „Nur die Scheidung. Und meine Frau. Über alles andere können wir reden."

Das strahlende Lächeln kehrte zurück. Verdammt sollte er sein. Genau wie Martelli und der Verräter, der an allem schuld war.

Parker zeigte mit einem halb gegessenen Pizzastück auf den Fernseher. „Ist das die Musik, die du gerne hörst? Für so alt hätte ich dich gar nicht gehalten." Kaum hatte er die Worte ausgesprochen, riss er die Augen auf und errötete erneut.

Ivan wurde ebenfalls ein wenig rot. Die meisten seiner Freunde waren dem Grunge und dem Neunziger-Rock treu geblieben, der sie in ihrer Jugend so stark beeinflusst hatte. Doch Ivans zwei ältere Schwestern hatten den elektronisch angehauchten New Wave geliebt und als Ivan die Videos voller wunderschöner

Männer mit enger Kleidung und Eyeliner gesehen hatte ... war ihm ziemlich schnell klar geworden, dass er schwul war. Seine erste große Schwärmerei waren sämtliche Mitglieder von Duran Duran gewesen. Nur konnte er das vor Parker, der ihn für heterosexuell hielt, nicht zugeben.

„Daran sind meine beiden älteren Schwestern schuld", antwortete er also nur. Er unterdrückte ein Grinsen, als er beschloss, sie beim nächsten Familienessen daran zu erinnern. Schließlich musste er seinen Pflichten als nervender kleiner Bruder nachkommen.

„Verstehe. Ich kenne mich damit nicht gut aus. Von den meisten dieser Bands habe ich noch nie etwas gehört", sagte Parker mit diesem Augenaufschlag, der bei Ivan jeden Ärger über die Erwähnung seines fortgeschrittenen Alters verfliegen ließ.

„Welche Kurse hast du belegt?", wechselte Ivan das Thema. Toll. Jetzt klang er wieder wie ein Vater. Kein Wunder, dass Parker ihn nach Kindern gefragt hatte.

Parker wandte den Blick ab. „Oh, alles Mögliche. Nichts Interessantes."

Parkers Reaktion war jedenfalls *sehr* interessant. Und verdächtig. Trotzdem wäre es ein Fehler gewesen, ihn jetzt zu einer Antwort zu drängen.

„Was ist mit deinem Vater? Wo wohnt der?"

Der verletzte Gesichtsausdruck kehrte noch viel heftiger zurück und Ivan bereute die Frage. Wie gelang es Parker nur, ihn mit seinem Blick bis ins tiefste Innere zu erschüttern? Er weckte in ihm das Bedürfnis, Parker in die Arme zu schließen und ihm tröstende Worte zuzuflüstern. Dabei war das eigentlich nicht Ivans Art. Colin hatte sich häufig über Ivans mangelnde Zärtlichkeit beschwert und damit sogar seine Untreue gerechtfertigt.

„Ich weiß es nicht. Ich habe ihn nie kennengelernt."

„Oh, das tut mir leid." Das Gespräch lief nicht besonders gut. Was hatte er sich nur dabei gedacht, sich in diese Situation zu stürzen, wo er doch erst vor einigen Stunden einen jungen Mann erschossen hatte, der genauso gut Parker hätte sein können? Jemanden zu töten, selbst wenn es sich um Notwehr handelte, steckte man nicht so einfach weg. Seine Beurlaubung hatte andere Gründe als nur die Nachforschungen der SIU, auch wenn sowohl er als auch Martelli es übersehen hatten. Doch jetzt war Ivan hier und im Endeffekt war es vielleicht sogar besser, als einsam grübelnd in seiner Wohnung zu sitzen.

Seine Hände zitterten ein wenig. „Hör zu, Parker, ich bin ziemlich fertig. Macht es dir etwas aus, wenn ich mich jetzt hinlege? Ich räume das hier morgen auf."

„Nein, kein Problem. Ich kümmere mich schon darum, bevor ich meine Hausaufgaben mache."

Sich einmal richtig auszuschlafen würde ihm – und hoffentlich auch seiner Konzentration – guttun. Schließlich hatte er sich bisher nicht einmal einen Beruf für sein zweites Ich ausgedacht. Es war verdammt großes Glück, dass Parker ihn bisher nicht danach gefragt hatte. Er würde sich etwas mit flexiblen Zeiten überlegen müssen. Arbeitslosigkeit wollte er nicht vortäuschen, denn ein arbeitsloser, geschiedener und heterosexueller älterer Mann wäre für seinen jungen Mitbewohner vielleicht etwas zu viel des Guten gewesen.

Ivan ballte eine Faust, als er sich die knarzenden Stufen hinaufschleppte. Vor allem musste er aufhören, darüber nachzudenken, ob Parker jemals mehr als nur Freundschaft für ihn empfinden könnte. Das war das Wichtigste.

IVAN WURDE durch das ungewohnte Geräusch einer schweren Tür geweckt, die lautstark ins Schloss fiel. Er setzte sich keuchend auf und sah sich in einem unbekannten Zimmer um. Es kam vor, dass er in fremden Betten aufwachte, doch in diesem Bett hatte er eindeutig allein geschlafen – für mehr wäre auf dieser schmalen Matratze ohnehin kaum Platz gewesen.

Ach ja, er war als verdeckter Ermittler im Einsatz. Das Zimmer befand sich in Parkers Haus.

Sonnenlicht schien ungehindert durch die Fenster herein und machte den Raum heller und wärmer, als es Ivan lieb war. Ein Blick auf den Wecker bestätigte ihm, dass es bereits Nachmittag war. Er hatte tief und lange geschlafen, allerdings nicht unbedingt gut. Einige Traumfetzen blitzten lebhaft vor seinem inneren Auge auf, von denen die meisten mit Parker zu tun hatten. Anfangs noch sinnlich – offensichtlich hatte er die Lust verarbeitet, die der junge Mann in ihm auslöste – waren seine Träume bald düsterer und schmerzhafter geworden, bis er schließlich Parker an Dmitris Stelle vor sich gesehen hatte, wie ihm Blut aus dem Mund sickerte und wie es unter Ivans Händen hervorquoll, als er versuchte, ihn zu retten.

Ivan rieb sich das Gesicht. Am liebsten wäre er in Parkers Zimmer gestürzt, um sich davon zu überzeugen, dass es ihm gut ging. Aber das war dumm. Das hier war ein Einsatz und bei Parker handelte es sich um einen Kriminellen. Sobald Ivan genug Beweise gesammelt hatte, würde Parker im Gefängnis landen und Ivan in seinen Alltag zurückkehren. Je eher, desto besser, wenn man sich seine Träume ansah.

Sein Handy zeigte keine Nachrichten oder versäumten Anrufe von Martelli an. Also würde er wie geplant vorgehen, auch wenn er sich mit dem Herumschnüffeln zurückhalten musste, bis er Parkers Stundenplan besser kannte und sein Vertrauen gewonnen hatte. Stattdessen würde er zu seiner Wohnung fahren und ein paar Kartons mit Kleidung und Büchern herbringen, damit es nach einem echten Umzug aussah. Und diesmal musste er an einen Schlafanzug denken. Normalerweise schlief er nackt, aber jetzt lebte er mit jemandem zusammen, mit dem er keinen Sex hatte. Nachdem er seine Unterwäsche zurechtgerückt hatte, stand er auf.

Eigentlich brauchte er dringend eine Dusche, hatte nur leider auch kein Handtuch mitgebracht. Wer zog in eine neue Wohnung, ohne an ein Handtuch zu denken? Gott, wenn er diesen Einsatz nicht überlebte, war es seine eigene Schuld.

Hoffentlich hatte Parker nichts dagegen, wenn er sich vorübergehend ein Handtuch lieh. Der Wäscheschrank sah aus wie der seiner Mutter: Alles war ausgesprochen sauber und ordentlich gefaltet, viel mehr als in seinem eigenen. In diesem Haus war nichts, wie er es von einem Drogendealer oder einem Studenten erwartet hätte. Parker selbst war ebenfalls nicht, was er erwartet hatte, doch er würde schnell lernen müssen, damit umzugehen. Er nahm sich ein weiches, weißes Handtuch aus dem Schrank und schloss die ebenfalls weiß übergestrichene Holztür. Wie gern hätte er das alte Holz in diesem Haus aufgearbeitet und in den Ursprungszustand zurückgebracht. Und die Wände in einer dazu passenden Farbe gestrichen. Dann hätte es noch viel weniger nach der Behausung eines Studenten ausgesehen.

NACH EINER zweieinhalbstündigen Fahrt mit dem Taxi, der U-Bahn, der Straßenbahn und dem Bus erreichte Ivan seine Wohnung, ohne irgendwelche Verfolger bemerkt zu haben. Es war wirklich ätzend, das Auto nicht benutzen zu dürfen, das dort so einladend auf seinem Parkplatz stand. Wie sollte er jemandem folgen, falls es einmal nötig sein sollte? Leider war sein neues Auto zu auffällig, zu unverwechselbar und außerdem zu sehr unter dem Namen Ivan Bekker angemeldet.

Er schloss seine Wohnungstür auf und trat ein. Sich von Baker auf Bekker umzustellen war nicht leicht – vor allem, da es sich nicht um eine gewöhnliche verdeckte Ermittlung handelte. Er musste nicht nur vor Parker eine Rolle spielen, sondern auch im wirklichen Leben vor seinen Kollegen. Es würde eine große Herausforderung werden, bei den vielen Lügen die Übersicht zu behalten – eine Herausforderung, der er sich zurzeit unglücklicherweise nicht gewachsen fühlte.

Als Erstes rief er beim Revier an, um nach Simons Handynummer zu fragen. Wenn ihm jemand Informationen zu Kurts Zustand geben konnte, dann der Detective, mit dem Kurt zusammenarbeitete.

Während er wählte, ließ er sich auf das Sofa fallen, das Colin sich ausgesucht, aber aus irgendeinem Grund nicht bei seinem Auszug mitgenommen hatte.

Nach einigen Minuten meldete sich Simon. „Trent hier."

„Hi, Simon. Hier ist Ivan." Er zögerte. „Bekker. Vom Drogendezernat."

Simon lachte und sein Tonfall wurde freundlicher. „Ich weiß, wer du bist. Kurt hat die Operation gut überstanden und ist schon wieder wach. Zumindest war er das. Jetzt schläft er gerade."

„Das ist toll", antwortete Ivan voller Erleichterung.

„Es freut mich, dass du anrufst. Kurt verbringt gerne Zeit mit dir."

Oh. Ivan kannte Simon nicht besonders gut, aber Kurts letzter Partner, Ben, hatte vor seiner Versetzung zur Mordkommission für das Drogendezernat gearbeitet. Schon nach wenigen Worten war deutlich, dass Simon sich sehr von Ben unterschied. Ben hatte immer Abstand gehalten. Ein guter Polizist, jedoch nicht sehr gesellig.

Eigentlich war Ivan nicht besonders überrascht gewesen, als sich nach Bens Tod herausgestellt hatte, dass er heimlich schwul gewesen war. Er hatte immer gewirkt, als hätte er etwas zu verbergen gehabt. Viel mehr hatte ihn Kurts Geständnis gewundert, dass er sich in Bens Lebensgefährten Davy verliebt hatte. Doch es hatte ihn auch gefreut, dass Kurt sich mit seinen Sorgen an ihn gewendet hatte und ihn als Freund zu betrachten schien.

„Das geht mir genauso. Ich bin froh, dass es ihm besser geht. Ich werde jetzt eine Zeit lang nicht erreichbar sein. Kannst du ihn wissen lassen, dass ich ihn so bald wie möglich besuche?"

„Kein Problem. Ich weiß nicht, wann er entlassen wird, aber er möchte dann bei Davy einziehen."

„Bei Davy? Wirklich?" Kurt hatte sich seit Monaten nach dem Mann verzehrt. Über die Einzelheiten wusste Ivan nicht Bescheid, doch es war offensichtlich gewesen, wie sehr Kurt ihn liebte.

„Ja. Sie haben sich in Ruhe ausgesprochen."

„Gut. Das freut mich." Das tat es wirklich. Schön, dass es auch glückliche Beziehungen gab. Niemand hatte es mehr verdient als Kurt.

„Und wie geht es dir, Ivan? Ein paar von den Jungs waren da, um Kurt zu besuchen, und haben von deiner Beurlaubung erzählt."

„Bei mir ist alles in Ordnung. Das wird schon." Sobald er diese Mission hinter sich gebracht hatte.

„Schön. Das wird Kurt sehr beruhigen."

„Ich muss jetzt Schluss machen, Simon. Aber ich melde mich so bald wie möglich bei Kurt."

„Dann mach's gut, Ivan."

Nachdem er aufgelegt hatte, atmete Ivan erleichtert durch. Simon hätte nicht so entspannt geklungen, wenn Kurt nicht tatsächlich auf dem Weg der Besserung gewesen wäre. Er erhob sich von der Couch.

Was sollte er packen? Er ging langsam durch die Wohnung und betrachtete alles. War Colin wirklich bereits vor acht Monaten ausgezogen? Auch jetzt gab es noch leere Stellen, die zeigten, was er mitgenommen hatte. Das Bücherregal war nur halb gefüllt und selbst in Ivans Schrank befanden sich noch Lücken, wo Colins Kleidung gewesen war. Armselig. Als wartete er auf Colins Rückkehr in sein Leben – nicht, dass er das verlogene Arschloch zurückwollte. Doch die Lücken, die er in der Wohnung hinterlassen hatte, ließen sie weniger wie ein Zuhause wirken. Hatte sie sich wie sein Zuhause angefühlt, als Colin noch hier gewesen war? Ivan konnte sich nicht mehr erinnern. Schon die Monate vor ihrer spektakulären Trennung waren von Anspannung und Unzufriedenheit erfüllt gewesen, als sie beide allmählich bemerkt hatten, dass sich ihre Beziehung nicht in die erwartete Richtung entwickeln würde. Trotzdem hätte Colin zumindest den Anstand besitzen sollen, es rechtzeitig zu beenden, anstatt Ivan zu betrügen.

Es war ein erstaunlich erfreulicher Gedanke, zu Parkers Haus zurückzukehren. Nur auf seine falsche Identität hätte er zu gern verzichtet. Es war nervenaufreibend und ermüdend, ständig auf jedes einzelne Wort zu achten und ja nicht zu vergessen, welche Lügen man erzählt hatte. Und die Lügen wären ihm wesentlich leichter gefallen, wenn der Mann nicht so liebenswert und unschuldig gewirkt hätte.

Ivan schnappte sich ein paar Kartons und machte sich daran, das Nötigste einzupacken. An seinem Nachttisch zögerte er, nahm aber neben dem Gleitgel schließlich noch ein paar Kondome. Er wollte lieber auf Nummer sicher gehen, auch wenn sie vielleicht eine Verlockung darstellen würden. Spielzeuge kamen allerdings nicht infrage – kein heterosexueller Mann hatte Dildos oder Buttplugs in seinem Nachttisch, da war Ivan sicher. Sollte Parker oder einer seiner Bekannten sich zum Schnüffeln entschließen, würden sie dadurch misstrauisch werden, was Ivan um jeden Preis vermeiden wollte.

Nachdem er gepackt hatte, rief er seine Mutter an, um sie wissen zu lassen, dass er eine Zeit lang nicht erreichbar sein würde.

„Ja, Mom, ich weiß. Nein, ich habe niemand Neuen kennengelernt.“

Er tippte seufzend mit der Schuhspitze vor einen der Kartons, während er ihr (zumindest halb) zuhörte.

„Nein, ich belüge dich nicht. Falls ich jemanden kennenlerne und etwas Ernstes daraus wird, stelle ich ihn dir vor. Versprochen.“ Das traf auf Parker nun wirklich nicht zu und ein Mitglied einer Verbrecherorganisation würde er ohnehin nicht in die Nähe seiner Familie lassen.

Er betrachtete die vier Kartons, die er gepackt hatte. „Was? Nein, Mom. Ich muss jetzt Schluss machen.“ Er legte auf, während sie noch sprach, wozu er sich beim nächsten Treffen sicher einiges würde anhören müssen.

Wie sollte er die Kartons zu Parker transportieren? Seine Freunde waren alle Polizisten, die von der ganzen Sache nichts erfahren durften. Er wusste nicht, wem er vertrauen konnte oder wer vielleicht der falschen Person gegenüber etwas erwähnen würde. Mit Colins Freunden hatte er seit der Trennung nichts mehr zu tun und ein Auto zu mieten war ein zu großes Risiko. Seine Familie kam erst gar nicht infrage – die wollte er von seiner Arbeit so weit wie möglich fernhalten.

Er blätterte noch durch die Kontakte in seinem Telefonbuch, als er plötzlich vom Klingeln seines „neuen“ Handys überrascht wurde.

„Hallo?“

„Ivan, läuft alles wie geplant?“

Es dauerte einen Moment, bis er die Stimme seines Chefs erkannt hatte.

„Ja, bisher schon.“

„Sehr gut. Ich wollte Sie nur über einen Termin informieren, den Sie morgen Nachmittag um drei haben. Bloor Street 31, Raum 1912.“

Ivan verdrehte die Augen. Da die Befragung der SIU auf dem Revier stattfinden würde, musste es sich um den vorgeschriebenen Termin beim Seelenklempner handeln. Das würde ein schöner Freitagnachmittag werden. Er kritzelte die Adresse auf einen Zettel.

„Na gut, ich werde da sein. Was ist mit der SIU?“

„Irgendwann nächste Woche. Passen Sie auf sich auf.“

„Klar, Sarge." Ivan legte auf und grübelte weiter darüber nach, wie er die Kisten zu Parkers Haus transportieren konnte, ohne zu viel Aufmerksamkeit zu erregen.

„DEIN CHAUFFEUR ist hier", verkündete der schlanke blonde Mann, als er aus dem Auto stieg.

„Danke, Rick. Das ist wirklich nett."

„Kein Problem, ich helfe gern." Rick stemmte die Hände in die Hüften und zwinkerte ihm zu. Ivan musste lachen. Er hatte Rick kurz nach seiner Trennung von Colin kennengelernt. Sie hatten eine sehr nette Nacht miteinander verbracht, auf die noch weitere gefolgt waren, als Ivan seine neuen Freiheiten als Single genoss. Nach und nach hatte sich daraus eine Freundschaft entwickelt und sie hatten einiges zusammen unternommen, auch wenn sie am Ende des Abends meistens mit anderen Männern nach Hause gingen. Eine Beziehung würde daraus nämlich nicht entstehen. Rick war verdammt gut im Bett, aber ihre Vorlieben ergänzten sich nicht hundertprozentig. Außerdem war Rick ohnehin nicht an etwas Ernstem interessiert. Ivan hatte ihn angerufen, weil man ihn nicht direkt mit Ivan Bekker oder der Polizei in Verbindung brächte.

Nachdem er die Kartons in Ricks Auto geladen hatte, musterte er es. Rick war einer der auffälligsten schwulen Männer, die Ivan kannte, was sein unauffälliges Auto noch überraschender machte. Für Ivans Zwecke war es genau das Richtige.

„Verrätst du mir, was das Ganze soll, Großer? Ich dachte, dein Freund wäre ausgezogen und du bleibst hier."

„Ich darf nicht darüber reden. Aber es wäre gut, wenn du später auf einem Umweg nach Hause fahren würdest."

Er schnappte sich Ricks Handy und speicherte seine neue Nummer unter dem Namen Baker. „Falls dir etwas Ungewöhnliches auffällt, ruf mich unter dieser Nummer an. Aber bitte wirklich nur im Notfall."

Rick zog eine Augenbraue hoch. „‚Ich sterbe, wenn ich nicht bald einen Typen zum Ficken finde' zählt wahrscheinlich nicht als Notfall, oder?" Er warf einen Blick auf das Display. „Baker?"

„Frag nicht. Bitte."

Rick schob das Handy schulterzuckend zurück in die Tasche seiner engen Jeans. „Du bist der Boss. Können wir?"

„Sekunde noch." Ivan nahm eine Handvoll Schlamm aus dem Beet mit den vor Kurzem gegossenen Rosen am Rand des Gartens und beschmierte damit die Nummernschilder. Nicht so sehr, dass man Rick anhalten würde, aber doch genug, um es einem Beobachter schwer zu machen, sie bei fahrendem Auto zu entziffern.

„Ganz anonym. Cool. Aber wisch dir bloß die Hände sauber, bevor du einsteigst."

Während Ivan sich die Hände am Rasen abwischte, warf er einen letzten Blick auf seine Wohnung. „Warte mal", rief er Rick zu und lief noch einmal hinein. Er war nicht sicher, ob er einen Fehler machte – und hoffte, dass er Rick nicht in Gefahr brachte –, doch Ivan war verzweifelt.

Als er ins Auto stieg, hatte er sein Handy und das Ladegerät bei sich.

„Rick, bitte heb das für mich auf. Wenn ich es brauche, melde ich mich."

„Mach ich, Großer."

„Aber heb nicht ab, wenn jemand anruft."

Rick rollte die Augen und nickte. „Können wir jetzt fahren?"

„Ja, aber versprich mir, dass du das hier niemandem erzählst."

„Süßer, sei nicht albern – mir würde sowieso niemand glauben."

OBWOHL ES ein Risiko darstellte, sich von Rick helfen zu lassen, hätte es ebenfalls verdächtig gewirkt, keine Freunde zu haben. Vor allem, wenn die Kisten dann auf mysteriöse Weise in Parkers Haus aufgetaucht wären. Allerdings ließ er Rick das Auto so parken, dass es vom Haus aus nicht gesehen werden konnte – auch wenn Rick nicht begeistert davon war, die Kartons so weit tragen zu müssen. Bisher hatte Ivan keinen Hinweis darauf entdeckt, dass Razhin Parkers Haus im Auge behielt, doch das konnte sich schnell ändern – besonders, wenn der Maulwurf etwas herausfand.

„Das Haus sieht nicht übel aus. Wo sollen die Kisten hin?"

Ivan stellte seine neben der Treppe ab. „Lass sie einfach hier stehen. Ich bringe sie später hoch."

Rick kam der Aufforderung nach und klopfte sich den Staub von der Kleidung.

Plötzlich hörte Ivan ein Schnaufen. Rick hatte es ebenfalls gehört.

„Hallo?" Rick schob sich an ihm vorbei ins Wohnzimmer und Ivan folgte ihm.

Auf der Wohnzimmercouch lag ein tief und fest schlafender Parker, der leise schnarchte. Ohne das Erröten und die Ungeschicklichkeit wirkte er weniger wie ein kleiner Junge, sah aber noch genauso hinreißend aus. Wie er dort lag, hätte man ihn für ein Model bei einem Fotoshooting halten können. Der Mann war atemberaubend. Absolut atemberaubend. Und Ivan stand kurz davor, sein Leben zu ruinieren, indem er versuchte Rhazin – zumindest im übertragenen Sinne – ins Bett zu kriegen.

Rick atmete hörbar ein, bevor er leise und voller Ehrfurcht fragte: „Ist das dein neuer Freund, Süßer? Dann verstehe ich, warum du so schnell einziehst. Diese Schönheit würde ich auch nicht aus den Augen lassen."

„Es ist nicht, was du denkst", flüsterte Ivan. Er wollte Parker nicht wecken. Er wollte auch nicht aufhören, ihn anzusehen.

„Oh, dann kannst du mich ihm ja vorstellen." In Ricks spielerischem Tonfall schwang etwas Wildes, Gieriges mit. Oder Ivan bildete es sich nur ein.

27

Jedenfalls spannte sich bei Ricks Worten jeder Muskel in seinem Körper an. Nur über seine Leiche würde Parker Rick kennenlernen. Dafür gab es viele Gründe, aber Ricks Sicherheit schien plötzlich nicht mehr an erster Stelle zu stehen. Das musste aufhören. Eifersucht wegen eines Manns, den er erst seit einem Tag kannte, war lächerlich. Außerdem war dieser Mann ein Krimineller, dem er das Handwerk legen sollte.

„Komm. Du solltest lieber gehen, bevor er aufwacht."

„Wenn es sein muss", antwortete Rick grinsend.

Ivan brachte ihn zur Tür. „Denk dran: Ruf mich an, wenn dir etwas Ungewöhnliches auffällt."

„Ungewöhnlicher als das hier?"

„Und vergiss diese Adresse, okay?", bat Ivan ihn, ohne auf seine Frage einzugehen.

„Dann mach ich mich auf den Weg", sagte Rick. „Und schnapp ihn dir", fügte er mit einem anzüglichen Zwinkern hinzu.

„Hör auf. So ist das wirklich nicht. Aber danke für deine Hilfe."

Rick umarmte ihn zum Abschied. Ivan gestattete sich, den Kontakt zu genießen. Es war viel zu lange her, dass er einen warmen Männerkörper in den Armen gehalten hatte. „Viel Glück."

ALS PARKER erwachte, roch er Tomatensoße. Er blinzelte verwirrt und dachte nach. Hatte er etwas auf dem Ofen vergessen? Er konnte sich nur noch daran erinnern, wie er sich nach einem langen Tag erschöpft auf das Sofa gesetzt hatte.

„Neil, bist du das?" Parker hievte sich vom Sofa hoch und betrat die Küche.

„Oh, hallo, du bist wach." Ivan lächelte ihm zu.

„Äh, ja." Ivan war nach Hause gekommen und hatte gekocht, ohne ihn zu wecken? Er musste wirklich müde gewesen sein. Kein Wunder, nach dem unruhigen Schlaf der letzten Nacht. Doch die Kopfschmerzen, mit denen er am Morgen aufgewacht war, hatten sich nach seinem unfreiwilligen Nickerchen noch verschlimmert.

„Das Essen ist gleich fertig. Kannst du Teller holen?"

Parker runzelte die Stirn. Einerseits wäre er am liebsten gleich ins Bett gegangen, andererseits konnte er sich nicht daran erinnern, wann das letzte Mal jemand für ihn gekocht hatte. Na gut, Ivan hatte vielleicht nicht direkt *für* ihn gekocht, wollte aber mit ihm teilen. Doch der stechende Schmerz in seinem Kopf hinderte ihn daran, eine Entscheidung zu treffen. Er rieb sich die Schläfen.

„Alles in Ordnung?" Ivan legte den Kochlöffel ab und wandte sich ihm zu.

„Ja. Ich habe nur Kopfschmerzen."

„Wann hast du das letzte Mal etwas gegessen?"

Wann war das gewesen? Zum Frühstücken hatte er zu lange geschlafen. „Gestern Abend. Die Pizza."

Ivan riss die Augen auf. „Gestern Abend? Kein Wunder, dass du Kopfschmerzen hast. Hol dir ein Glas Wasser und setz dich hin."

Immer noch leicht benebelt gehorchte er. Dann saß er dort, den Kopf in die Hände gestützt, und bemerkte nicht, wie Ivan sich näherte, bis vor ihm auf dem Tisch plötzlich ein Teller Spaghetti auftauchte. Er schaute auf und Ivan lächelte ihm über den Tisch hinweg zu.

„Ich hoffe, du magst Nudeln."

Parker erwiderte das Lächeln. Seine Mutter hatte ihm oft Spaghetti gekocht, als er noch ein Kind gewesen war. Er schob sich eine Gabel davon in den Mund und genoss den Geschmack. Obwohl Nudeln billig und schnell zubereitet waren, mied er sie normalerweise aus Sorge um sein Gewicht. Dieses eine Mal würde jedoch nicht schaden.

„Ja, danke."

„Verrätst du mir, wer Neil ist?"

Die wohlige Wärme in seinem Innern ließ beim Gedanken an Neil etwas nach. Doch auch wenn sie in letzter Zeit nicht immer einer Meinung waren, handelte es sich trotzdem noch um seinen Freund, den er schon seit der Mittelstufe kannte und der ein wichtiger Teil seines Lebens war.

„Er ist … ähm … ein Freund." Dass er außerdem der erste Mann gewesen war, mit dem er eine Beziehung geführt hatte, behielt er lieber für sich. Er hatte sich noch nie vor einem Mann wie Ivan outen müssen und wollte es sich mit seinem Mitbewohner nicht verderben. Ivan sollte ihn mögen und sich bei ihm wohlfühlen.

Nach kurzem Schweigen erkundigte sich Ivan: „Wie war dein Tag?"

„Ähm, meiner?"

Ivan lachte. „Wen sollte ich sonst meinen?"

Parker errötete. Er musste sich endlich zusammenreißen. Nur hatte er noch nie einen Mitbewohner gehabt, der dann auch noch so sexy war und für ihn kochte und ihn überraschend nach seinem Tag fragte.

„Gut. Ich hatte heute nur zwei Vorlesungen, aber ich war noch lange in der Bibliothek." Er aß noch einen Mundvoll Nudeln und unterdrückte ein Stöhnen. Warum schmeckte Essen immer besser, wenn es von jemand anderem gekocht worden war?

Parkers Blick folgte Ivans Zunge, als dieser sich Soße von den Lippen leckte. „Was studierst du?"

„Zurzeit vor allem Soziologie."

„Vor allem? Hast du dich noch nicht für ein Hauptfach entschieden?"

Parker zeichnete mit der Gabel Muster in die Soße auf seinem Teller. Viel mehr sollte er besser nicht essen. „Ich muss einiges nachholen. Ich habe viel verpasst, als meine Mutter krank war. Und weil ich nicht wusste, ob ich gleich wieder mit einem vollen Stundenplan zurechtkommen würde, habe ich erst mal nur wenige Kurse belegt."

Was ein Fehler gewesen war. So hatte er viel zu viel Zeit gehabt, um das leere Haus zu bemerken, und musste sich ständig von Neil anhören, dass die Uni nur Zeitverschwendung war. Glücklicherweise wusste Neil nicht, wo Parker neuerdings einen großen Teil seiner Zeit verbrachte. Das hätte vermutlich zu einem Wutanfall geführt.

„Das kann ich verstehen. Laufen die Kurse denn gut?"

Parker grinste. „Ja, sogar sehr. Bisher nur glatte Einsen."

Ivan erwiderte das Grinsen. „Das freut mich. Oh, bevor ich's vergesse: Willst du ein Glas Wein?"

„Wir haben Wein?"

„Ich habe ein paar Flaschen mitgebracht." Ivan legte den Kopf schief. „Du bist doch alt genug, oder?"

„Ja, natürlich. Ich bin zweiundzwanzig."

„Oh, schon *zweiundzwanzig*", neckte Ivan sanft, während er aufstand, um eine Weinflasche aus dem Schrank zu holen. „Praktisch ein alter Mann."

„Wie alt bist du denn?" Eindeutig älter als Parker, aber ganz sicher auch nicht *alt*.

„Vierunddreißig." Mit geübter Hand entkorkte Ivan die Weinflasche. Parker kam sich daneben wie ein unerfahrener Junge vor.

Purpurrote Flüssigkeit ergoss sich in zwei Weingläser, von denen Parker nicht sicher war, ob sie ihm gehörten. Er verstand nicht, warum Ivan bei seiner Antwort das Gesicht verzog. Vierunddreißig war wirklich nicht alt, schon gar nicht, wenn man wie Ivan aussah.

„Was bist du übrigens von Beruf? Das hast du mir noch gar nicht erzählt." Er konnte sich auch nicht daran erinnern, dass Liz von der Wohnungsvermittlung es erwähnt hatte.

„Versicherungsvertreter."

Oh. Einerseits kam ihm Ivan für einen Versicherungsvertreter zu gut aussehend vor, andererseits ließ es ihn viel mehr wie einen gewöhnlichen Menschen wirken.

Parker nahm das Glas entgegen, das Ivan ihm mit einer eleganten Geste reichte, und roch daran. Er trank fast niemals Wein, doch dieser hier hatte einen angenehmen Geruch. „Was ist das für einer?"

„Ein weicher Merlot. Ich habe keine Ahnung von Wein, aber es gibt ein paar, die mir schmecken. Das ist einer davon."

Ivans unbekümmerte Antwort beruhigte Parker. Er probierte einen Schluck. Er schmeckte nichts von den vielen Dingen, mit denen Wein oft beschrieben wurde, doch er wusste, dass ihm der kräftige Geschmack und die leicht brennende Wärme in seiner Kehle gefielen.

„Er schmeckt gut."

Ivan hob sein Glas. „Auf unsere neue Wohngemeinschaft."

Die plötzliche Wärme in seinem Bauch hatte wenig mit dem Wein und viel mehr mit Ivans Aufmerksamkeit zu tun. Ihm war klar, dass es sich nicht um ein Date handelte, dass Ivan nicht schwul war. Trotzdem konnte er doch ein bisschen so tun als ob, oder?

„Auf unsere Wohngemeinschaft", flüsterte er und ließ sein Glas sanft gegen Ivans stoßen, bevor er einen weiteren Schluck trank. Auch wenn es Neil nicht passte, war ein Mitbewohner seine beste Idee seit langer Zeit gewesen.

„Welche Filme magst du? Wir können uns doch nach dem Essen einen ansehen."

Parker grinste. Nein, es war kein Date. Aber es war das perfekte Beispiel dafür, wie jedes Date sein sollte.

KAPITEL 3

IVAN FAND einen Sitzplatz in der hintersten Ecke des Busses. Im Augenblick verspürte er das Bedürfnis, an möglichst vielen Seiten von einer Wand geschützt zu werden. Vier Stunden Fahrt mit öffentlichen Verkehrsmitteln zu einem Termin beim Psychiater waren anstrengend gewesen und Martellis Mission vor ihm zu verbergen hatte sich als erstaunlich mühsam erwiesen – Dr. Sanchez schien von seinen ausweichenden Antworten nicht besonders begeistert gewesen zu sein. Wenn es so weiterging, würde seine Beurlaubung noch lange andauern.

War es nicht schon schlimm genug, die Schießerei immer wieder in seinen Träumen durchleben zu müssen? Musste er das nun auch noch bei diesen Terminen tun? Eigentlich hatten die Ausflüchte bereits dabei begonnen: In diesen Träumen sah er nicht Dmitri, sondern Parker. Obwohl er ihn erst vor wenigen Tagen kennengelernt hatte, war es Parker, den er im Traum erschoss, Parkers Wunde, auf die er verzweifelt seine Hände presste, Parkers Herz, das er unbedingt wieder zum Schlagen bringen wollte. Wie hätte er das vor Sanchez zugeben können? Erstens hatte er Parker offiziell nie kennengelernt, zweitens verstand er selbst nicht, warum er in seinen Träumen auftauchte. Er durfte nicht vergessen, dass Parker für ihn nur ein Job war, ein Krimineller wie jeder andere.

Zu allem Überfluss hatte Sanchez seine Nase anschließend auch noch in Ivans Privatleben gesteckt. Glücklicherweise hatte er nicht negativ auf Ivans sexuelle Orientierung reagiert, sonst wäre Ivan nach all dem Stress in letzter Zeit vermutlich handgreiflich geworden. Jedenfalls sollten seine Neigungen und sein Singledasein ihn nicht daran hindern, das Trauma zu verarbeiten. Auch wenn er nicht abstreiten konnte, wie sehr er sich darauf freute, nach Hause zu kommen und vielleicht wieder einen gemütlichen Abend mit Parker auf der Couch zu verbringen. Andererseits war ihm an diesem Tag so ziemlich alles recht, solange er um Gottes willen nicht mehr über seine Gefühle reden musste.

Er kam sich danach so verletzlich vor, dass er sich beinahe wünschte, irgendjemand würde ihn provozieren – mit mehr als der üblichen Unfreundlichkeit in öffentlichen Verkehrsmitteln –, damit er sich ein bisschen aufspielen und seine Fäuste benutzen könnte. Vielleicht hätte das gegen die manchmal plötzlich aufsteigende Wut geholfen, mit der er in letzter Zeit kämpfte. Aber er befand sich bereits zu nah bei Parkers Haus. Die Aufmerksamkeit der Polizei auf sich zu lenken wäre dumm und gefährlich gewesen.

An der richtigen Haltestelle angekommen stand Ivan auf und bahnte sich seinen Weg durch die für einen Freitagabend typisch dichte Menschenmenge im Bus.

Ein untersetzter Mann mit Aknenarben warf ihm einen bösen Blick zu, den Ivan erwiderte.

„Pass auf, wo du hintrittst", knurrte er mit so starkem russischem Akzent, dass er kaum zu verstehen war.

Ivan schob sich an ihm vorbei und fragte sich, ob es sich bei dem harten Gegenstand in der Tasche des Mannes um eine Waffe handelte. Nachdem er ausgestiegen war, drehte er sich noch einmal um. Der Mann starrte ihn aus dem Fenster des Busses unbeirrt an, bis er nicht mehr zu sehen war.

Scheiße. War es Zufall? Oder war ihm jemand gefolgt?

Ivan ballte seine plötzlich kalten Hände zu Fäusten und sah sich auf der Straße um. Als er ein Café entdeckte, eilte er hinein und suchte sich einen Fensterplatz, wo er sich den größten Kaffee auf der Speisekarte bestellte. Während er davon trank, musterte er die Passanten, immer auf der Suche nach jemandem, der sich verdächtig verhielt. Er konnte es sich nicht leisten, jemanden zu Parkers Haus zu führen. Falls ein Mitglied von Razhins Organisation ihn mit der Polizei in Verbindung brachte oder Parker für gefährlich hielt, würden einer oder beide von ihnen sterben.

„Möchten Sie noch einen Kaffee, Sir?"

Ivan schaute auf. Eine Kellnerin betrachtete ihn mit besorgtem Gesichtsausdruck.

„Nein, ich habe gerade erst einen …" Er runzelte die Stirn. Die fast volle Tasse in seiner Hand fühlte sich kalt an. „Wie spät ist es?"

„Halb acht."

Er hatte zwei Stunden im Café gesessen. Wie hatte ihm das nur passieren können?

„Danke." Er legte ein paar Dollarscheine auf den Tisch und machte sich hastig auf den Weg. Niemand schien ihn zu beachten, als er nervös den Rest des Wegs zu Parkers Haus zurücklegte.

NACHDEM ER das Haus betreten hatte, warf er die Tür zu und lehnte sich mit geschlossenen Augen dagegen. Dermaßen die Konzentration zu verlieren – beziehungsweise sich so auf etwas zu konzentrieren, dass er die Welt um sich herum vergaß – sah ihm überhaupt nicht ähnlich. Kein bisschen. War das am Ende die größte Gefahr? Dass sein Unterbewusstsein sich gegen seine falsche Identität wehrte und ihn dazu brachte, sich zu verraten?

„Du bist spät dran. Ein langer Tag im Büro?"

Ivan zuckte zusammen, beruhigte sich allerdings gleich wieder, als er die Augen öffnete und in Parkers freundlich lächelndes Gesicht blickte. So unsicher er im Augenblick auch war, gab es bei seiner Mission wenigstens in einer Hinsicht Fortschritte: Parker behandelte ihn bereits wie einen Freund.

„Ähm, ja. Viel zu tun. Und mit dem Bus dauert alles länger." Ivan atmete tief durch, um auch den letzten Rest seiner Nervosität abzuschütteln. Parker war nach wie vor ein Krimineller, den er nicht misstrauisch machen durfte.

„Das stimmt. Mich stört es nicht besonders, aber wenn man nicht daran gewöhnt ist, nervt es bestimmt ziemlich." Parker zuckte mit den Schultern. „Es sind noch Käsemakkaroni übrig, falls du Hunger hast. Auch wenn ich nicht der beste Koch bin, habe ich ein paar Gerichte gelernt."

Käsemakkaroni. Eigentlich hatte er ohne sein Auto wenig Lust zum Einkaufen, wollte allerdings auch nicht unbedingt schon wieder Nudeln essen. Vielleicht würde er noch etwas anderes finden.

„Hast du dein ganzes Leben hier gewohnt?", führte er das Gespräch fort, während er von Parker begleitet die Küche betrat.

„Ja, mit meiner Mutter. Das Haus hat meiner Großmutter gehört." Das erklärte, wieso es jetzt Parkers Haus war. Zumindest ein Rätsel hatte sich damit gelöst.

„Und du hast kein Auto?" Das würde es für ihn doch ziemlich schwierig machen, seine Kunden zu bedienen, wenn es sich nicht nur um eine Handvoll Studenten auf dem Campus handelte. Und in diesem Fall wäre diese Mission für einen kleinen Fisch wie Parker völlig übertrieben.

Parker lehnte sich an die Arbeitsplatte, was Ivan erneut an ein Model bei einem Fotoshooting erinnerte. Er sah elegant und lässig aus. Seine Haltung lenkte die Aufmerksamkeit auf seine Hüften, ohne zu offensichtlich zu wirken. Trotzdem konnte Ivan nicht ausschließen, dass es sich um volle Absicht handelte. Vielleicht hatte Parker seine falsche Heterosexualität durchschaut und versuchte jetzt, ihn zu verführen. Einerseits war das wortlose Angebot sehr verlockend, andererseits missfiel es Ivan, dass sich Parker so einfach einem fremden älteren Mann darbot.

„Ich fahre nicht gerne im Stadtverkehr, aber das Auto meiner Mutter habe ich noch."

Dann besaß er also doch eins. Ivan würde herausfinden müssen, wo es sich befand, damit er es sich näher ansehen konnte.

Nachdem Ivan im Kühlschrank alle notwendigen Zutaten für ein Omelett gefunden hatte, machte er sich ans Gemüseschneiden.

„Dann willst du die Makkaroni nicht?" Parkers leicht verletzter Tonfall ließ Ivan aufschauen und in Parkers traurige Augen blicken.

„Ich esse sie zu meinem Omelett." Keine besonders appetitliche Kombination, aber besser als das Gefühl, einen unschuldigen Welpen getreten zu haben. „Ich habe ziemlich viel Hunger, da hätten mir die Nudeln allein nicht gereicht."

Und schon war das strahlende Lächeln zurück. Ivan konnte nicht anders, als es zu erwidern.

„Oh, ach so. Tja, und wie war dein Tag – abgesehen von lang und anstrengend?"

34

Die Frage machte Ivan nachdenklich. Er erinnerte sich noch daran, wie Colin und er über ihren Tag geredet hatten, häufig beim gemeinsamen Kochen. Es war angenehm gewesen, auch wenn Ivan nicht zu viel über seine Fälle verraten durfte. Allerdings hatten sie damit schon eine ganze Weile vor der Trennung aufgehört. An den genauen Zeitpunkt konnte er sich nicht erinnern, doch im Nachhinein war ihm klar, dass es der Anfang vom Ende ihrer Beziehung gewesen sein musste, als sie sich nicht mehr füreinander interessierten. Vielleicht würde ihm diese Information helfen, wenn er sich das nächste Mal in eine Beziehung stürzte. Allerdings hatte er nicht damit gerechnet, diese Tradition einmal mit einem Verdächtigen fortzuführen.

„Oh, ich musste nur viel reden und mir jede Menge Gejammer von meinem Chef über schlechte Umsätze anhören. Bei der aktuellen Wirtschaftslage kann man Leute nur schwer davon überzeugen, in die Zukunft zu investieren." Na bitte. Das klang doch sehr überzeugend. Vielleicht sollte er sich auch eine Aktentasche kaufen. Würde das seltsam wirken, wenn er jetzt noch keine hatte? Dann würde er eben behaupten müssen, sie bisher in seinem Büro gelassen zu haben. Es war wirklich ärgerlich, dass er so wenig Zeit zum Planen gehabt hatte. Vielleicht sollte er …

„Musst du nicht mal umrühren?"

Ivan blinzelte und betrachtete die beinahe schwarzen Zwiebeln. „Oh. Natürlich. Entschuldige, ich habe nur nachgedacht." Es war riskant, sich so ablenken zu lassen – und zwar nicht nur wegen der Gefahr eines Küchenbrandes. Er musste sich endlich zusammenreißen.

„Und wie war dein Tag?" Sein Blick wanderte wieder zu Parker. Es war schwer, ihn lange von diesem traumhaften jungen Mann abzuwenden.

„Nichts Besonderes. Nur Uni und Lernen."

Nachdem Ivan aus den fast verbrannten Zwiebeln und den anderen Zutaten sein Omelett zubereitet hatte, ging er damit zum Tisch. Parker folgte ihm.

„Hast du Pläne fürs Wochenende?" Parker betrachtete Ivans Teller.

„Nein, bis jetzt noch nicht. Möchtest du probieren?" Der Junge aß nicht genug. Vielleicht befand er sich in finanziellen Schwierigkeiten – was die Suche nach dem Mitbewohner und den Einstieg in Razhins Organisation erklärt hätte. Als Drogendealer wandte man sich wohl nicht gerade wegen einer Hypothek an seine Bank.

Nach einem letzten sehnsüchtigen Blick schüttelte Parker den Kopf. „Nein, ich bin satt."

„Was ist mit dir? Hast du schon was vor?"

Parkers volle Lippen öffneten sich gerade zu einer Antwort, als er vom Geräusch der sich öffnenden Haustür unterbrochen wurde. Ivans Muskeln spannten sich, bereit, einen Eindringling zu überwältigen.

„Hallo?"

„In der Küche", rief Parker.

Ivan verzog das Gesicht. Hatte er sich nicht gerade vorgenommen, sich zusammenzureißen? Warum war er nur so schreckhaft? Er zwang sich, ruhig sitzen zu bleiben, da Parker den Fremden offensichtlich kannte.

Als ein kleiner, muskulöser Mann in die Küche stolzierte, vermutete Ivan gleich, dass er sowohl mit den Muskeln als auch mit dem übertrieben selbstbewussten Auftreten seine Körpergröße kompensieren wollte. Er erinnerte sich an seine eigene Jugend, als er so ziemlich alles dafür gegeben hätte, noch ein paar Zentimeter zu wachsen und die magische Ein-Meter-achtzig-Grenze zu erreichen. Es musste frustrierend sein, sich so weit davon entfernt zu befinden – zumindest hatte er viele Männer kennengelernt, die es sehr beeinflusst hatte. Trotz seiner Größe war der Neuankömmling gut aussehend und zog sicher einige Blicke auf sich, wirkte allerdings neben Parker unvollkommen, beinahe gewöhnlich. Wie ein Filmstar, den man überraschend am Strand erwischt hatte, neben einem anderen, der gerade für Werbeaufnahmen posierte.

„Was für ein netter Anblick. Wer ist das, Parker?" Ivan widerstand dem Drang, sich bei diesem arroganten Tonfall zu seiner vollen Größe aufzurichten. Er war ähnlich muskulös und hätte den Mann wie Parker überragt. Er begnügte sich jedoch damit, die Gabel abzulegen.

„Das ist mein Mitbewohner Ivan", sagte Parker voller Stolz und lächelte ihm zu. Ivan lächelte zurück. „Ivan, das ist … ein Freund. Neil."

War das also Parkers Freund? Ivan streckte ihm eine Hand entgegen. Neil schüttelte sie und drückte wie erwartet fester zu als nötig, als könnte er ihn damit beeindrucken.

„Schön, dich kennenzulernen, Neil."

Neil gab als Antwort lediglich ein Brummen von sich. Ivan konnte praktisch spüren, wie Parker ein Augenrollen unterdrückte. Neils Verhalten schien für ihn nichts Neues zu sein.

„Tja, Ivan, bist du nicht ein bisschen zu alt für die Uni?"

Da sein provozierender Tonfall Parker nicht zu beunruhigen schien, ließ Ivan sich ebenfalls nicht davon stören.

„Ich bin kein Student." Obwohl der Gedanke durchaus verlockend war. Und wenn er ein paar Kurse belegte, hätte er einen Vorwand, um Parker im Auge zu behalten.

Neil runzelte voll übertriebener gespielter Verwunderung die Stirn. „Warum brauchst du dann einen Mitbewohner?"

„Weil es billiger ist. Meine Frau hat mir nach der Scheidung nicht viel übrig gelassen."

„Ach ja? Und wie kam das?", fragte Neil mit hochgezogenen Augenbrauen. „Hast du sie betrogen? Oder bist du ein bisschen zu grob geworden?"

Parker keuchte entsetzt und legte Neil eine Hand auf die Schulter. „So was fragt man nicht."

„Und warum nicht? Das solltest du nämlich fragen, bevor du einfach einen Fremden einziehen lässt. Es würde mich schon interessieren, wie ein kleines Frauchen seinen Mann heutzutage noch so ruinieren kann."

Ivan brauchte eine Sekunde, um die Wut zu zügeln, die Neils gehässige Worte in ihm auslösten. Aber er durfte sich nicht mit Neil anlegen. Es würde ihn bei Parker nicht besonders beliebt machen, wenn er sich mit seinem Freund stritt.

„Sie hatte einfach die besseren Anwälte", sagte er ruhig.

„Tut mir leid, Ivan. Du musst auf solche Fragen nicht antworten."

„Und du musst dich verdammt noch mal nicht für mich entschuldigen", sagte Neil mit vor Verärgerung geröteten Wangen. „Komm, wir sollten deinen Mitbewohner jetzt in Ruhe essen lassen."

„Aber …"

„Ich muss mit dir reden."

Parker warf ihm einen bedauernden Blick zu, bevor er Neil aus der Küche folgte. Ivan konnte nicht anders, als den knackigsten Hintern der Welt anzustarren. Gott, Parker und diese Mission würden ihn noch in den Wahnsinn treiben.

Als hätte er seinen Blick gespürt, schlang Neil einen schützenden Arm um Parkers Taille. Ivan hörte das Quietschen der Stufen gefolgt vom Geräusch einer zufallenden Tür. Er senkte den Blick zu seinem Teller. Obwohl er eigentlich keinen Appetit mehr hatte, zwang er sich zu ein paar weiteren Bissen, bevor er aufgab und den Rest entsorgte.

NEIL LIEß sich auf Parkers Bett fallen, während Parker sich auf einen Stuhl setzte.

„War das nötig? Du hättest ruhig ein bisschen netter sein können."

„Warum? Ich verstehe immer noch nicht, wieso du einen Mitbewohner willst. Du brauchst doch keinen."

Parker zuckte mit den Schultern. Er hatte schon vor Wochen versucht, Neil zu erklären, wie unwohl er sich in diesem Haus fühlte, das ihm so leer und bedrückend vorkam. Er hatte natürlich auf einen netten Mitbewohner gehofft, hatte aber nicht damit gerechnet, dass er ihn gleich so sehr mögen würde. Davon abgesehen war er attraktiv genug, um Parker auf ziemlich unanständige Gedanken zu bringen.

„Ich brauchte einfach ein bisschen Gesellschaft", antwortete er schließlich.

Neil schnaubte. „Nette Gesellschaft. Ein alter Typ. Bestimmt ein Perversling."

„Das ist er nicht, jetzt hör schon auf. Und alt ist er auch nicht." Älter als er und Neil, aber nicht alt.

„Für so einen harmlosen Mann hat er dir aber ziemlich viel auf den Arsch gestarrt."

Parker errötete schockiert. „Er war verheiratet!"

„Und deswegen kann er nicht schwul sein? Dein strammes Hinterteil hat ihm jedenfalls gefallen. Wahrscheinlich wäre ihm jedes Frischfleisch recht."

Neil zog einen Joint hervor und zündete ihn an, ohne Parkers Reaktion auf seine Worte zu beachten. Parker krallte sich an den Armlehnen des Stuhls fest und holte tief Luft. Dass Männer wie Neil ihn so einfach mit Worten wie „Frischfleisch" bezeichneten, war einer der Gründe, aus denen er sich in der Schwulenszene nicht wohlfühlte. Er wollte sich unterhalten und jemanden kennenlernen, bevor er mit ihm schlief. Er wollte eine Beziehung, keinen One-Night-Stand. Wenn er mit Neil ausging, schien es den Männern nur um Sex zu gehen.

Doch jetzt machte er sich plötzlich Hoffnung. Hoffnung, dass Ivan vielleicht doch schwul sein könnte. Dass er Parker anziehend fand. Er hatte sich bereits daran gewöhnt, Ivan im Haus zu haben, und wollte nicht, dass dieser ihn jemals wieder verließ. Er wippte nervös mit dem Fuß – eine schlechte Angewohnheit, die er einfach nicht loswurde –, was den alten Stuhl beinahe so laut quietschen ließ wie die Treppe. Es war ein vertrautes, beruhigendes Geräusch.

Nach ein paar Zügen schaute Neil zu ihm herüber. „Oh, verdammt. Du magst ihn, oder?"

Da es bereits dämmerte und die Vorhänge zugezogen waren, wurde das Zimmer nur vom schwachen Licht einer Nachttischlampe erhellt, das hoffentlich verbarg, wie heftig er errötete. „Er ist mein Mitbewohner. Und bis jetzt ein ziemlich guter. Ich glaube, wir könnten Freunde werden."

„Freunde." Aus Neils Mund klang das Wort noch hässlicher und verächtlicher als „Frischfleisch". „Sei nicht so dumm. Selbst wenn er wirklich nur ein langweiliger Typ ist und kein verrückter Serienmörder, könntet ihr niemals Freunde sein. Du bist noch nie verreist. Hattest nie eine richtige Arbeit. Du bist nur ein Student. Ihr habt nichts gemeinsam."

Parkers Bein wippte schneller und das Quietschen verlieh seiner Unruhe Ausdruck. „Aber …"

Neil gelang es, gleichzeitig an seinem Joint zu zeihen und die Augen zu rollen. Er behielt den Rauch kurz in seiner Lunge, bevor er ihn langsam ausströmen ließ, während Parker noch nach den richtigen Worten suchte.

„Nichts aber."

Zu spät.

„Bestimmt ist er so ein gruseliger Typ, der darauf aus ist, sich zu Hause von dir den Schwanz lutschen zu lassen, während er sich eigentlich nach einer neuen Frau umguckt. Wie hast du den Kerl überhaupt gefunden?"

„Über die Wohnungsvermittlerin der Uni. Sie hatte ein Gespräch mit ihm."

„Und selbst hast du nicht mit ihm gesprochen? Du bist ein Idiot."

Bei Neils demütigenden Worten zog sich sein Magen schmerzhaft zusammen. War es wirklich ein Fehler gewesen, Liz zu vertrauen? Sie machte einen freundlichen, kompetenten Eindruck. Ivan war bisher so nett gewesen und war ihm nicht ein einziges Mal zu nahe gekommen oder hatte ihn auf unangebrachte Weise berührt, wie es viele von Neils Freunden taten – auch wenn es nicht schwer war, ihre Annäherungsversuche abzuweisen, da er wusste, dass sie sich damit sowieso nur über ihn lustig machten.

„Ich mag ihn." Er warf Neil einen bösen Blick zu. Warum sorgte der Mensch, der ihn seine ganze Schulzeit hindurch beschützt hatte, der ihm bei der Sache mit seiner Mutter beigestanden und ihm später bei den Verträgen, Vorschriften und Formularen geholfen hatte, nur immer wieder dafür, dass er sich wie ein unattraktiver, inkompetenter Idiot fühlte? Nicht, dass er das Neil gegenüber jemals zugegeben hätte. „Sei kein Weichei" war einer seiner liebsten Sprüche und Parker hatte ihn sich im Laufe der Jahre viel zu oft anhören müssen.

Neil schüttelte den Kopf. „Du wirst noch bereuen, dass er jetzt hier wohnt."

„Tja, du wolltest ja nicht einziehen."

„Das geht einfach nicht. Ich brauche meine eigene Wohnung. So bin ich eben."

Parker zuckte mit den Schultern. „Ich weiß. Aber ich teile lieber." Seit er allein dort lebte, fühlte sich das Haus viel zu einsam an.

„Ich konnte es kaum erwarten, endlich alleine leben zu dürfen. Und du könntest hier eine nie endende Party feiern. Aber wenn der Alte jetzt hier wohnt, ist es vorbei mit dem Spaß. Jammer mir bloß nichts vor, wenn alles schiefgeht."

Es würde nicht schiefgehen. Neil hatte unrecht: Ivan war nicht schwul. Und selbst wenn, interessierte er sich sicher nicht für Parker. Das tat so gut wie niemand. Er und Neil hatten miteinander ihre ersten Erfahrungen gemacht, passten am Ende jedoch besser auf freundschaftlicher Basis zusammen. Seitdem war Neil mit bestimmt zehnmal so vielen Männern ins Bett gegangen, wie Parker überhaupt angesprochen hatten. Und selbst von denen hatte Parker nicht mit allen geschlafen. Sex war für ihn etwas so Intimes, dass er ihn nicht gern mit Fremden hatte, auch wenn ihn das vielleicht mädchenhaft machte – so bezeichnete ihn Neil zumindest oft: fett und mädchenhaft. Wie sollte sich da ein sexy Mann wie Ivan für ihn interessieren, selbst wenn er offenbar der netteste Mensch der Welt war?

„Keine Sorge, Neil, das werde ich nicht." Sein Bein wippte immer noch.

„Komm her und nimm einen Zug, bevor nichts mehr da ist. Du hast ein bisschen Entspannung eindeutig nötig." Neil deutete mit dem glühenden Joint auf Parkers Bein.

„Nein, lieber nicht."

Neil verdrehte die Augen. Allerdings würde der Rauch im Zimmer auf Parker schon genug Wirkung zeigen und mehr wäre für jemanden wie ihn wirklich gefährlich gewesen. Neil schien seine Vorsicht für übertrieben zu halten, doch Parker hatte seiner Mutter in seiner Highschoolzeit einige Male einen ziemlichen Schrecken eingejagt. Wäre er damals allein im Haus gewesen, wäre er jetzt vermutlich nicht mehr am Leben.

Neil nahm einen letzten Zug und drückte den Stummel im Aschenbecher aus, der extra für ihn in Parkers Schlafzimmer stand. „Willst du nachher nicht doch mitkommen?"

„Du weißt doch, wie sehr ich diese Clubs hasse." Parker fühlte sich unwohl, wenn alle nur nach einem Sexpartner Ausschau hielten. Er konnte nie glauben, dass die Männer, die ihn ansprachen, es ernst meinten. Er traute es Neil durchaus zu, dass er andere bezahlte, um Parker ein bisschen zu „helfen". Und diese Blicke. Alle starrten ihn an und jeder kleinste Makel schien sich unter den bunten, blinkenden Lichtern zu vervielfachen.

„Warum stellst du dich nur immer so an?"

„Warum bleiben wir nicht einfach hier? Wir könnten uns einen Film ansehen." Vor dem Tod seiner Mutter und in der Zeit danach hatten sie das oft getan und Parker war für Neils Gesellschaft sehr dankbar gewesen. Doch in den letzten Monaten hatte Neil viele neue Freunde gefunden, zu denen Parker einfach nicht passte. Er passte nie dazu.

„Das geht nicht. Wenn ich jemals meinen eigenen Club eröffnen will, muss ich mit den Leuten da reden."

Warum das während der Öffnungszeiten nötig war, wenn die laute Musik sich zum Tanzen, jedoch nicht zum Reden eignete, war Parker nicht ganz klar. Aber das musste Neil selbst wissen. Seit ihrem ersten Abend in einem Club wollte er unbedingt einen eigenen besitzen.

„Wenn du schon zu Hause bleibst, kümmer dich endlich mal um diese Kisten." Neil stieß mit der Faust gegen die am nächsten stehende. „Und träum nicht die ganze Zeit davon, dass dein Mitbewohner sich an dich ranmacht", fügte Neil hinzu und warf ihm ein Kissen ins Gesicht.

Neil lachte über Parkers entsetztes Keuchen. „Oh, Parker ... ich will deinen Schwanz ..." Parker unterbrach Neils gekünstelt gehauchte Worte, indem er erst das Kissen zurückwarf und sich dann auf Neil stürzte.

Neil lachte sein lustiges, zugedröhntes Lachen.

„Ich kann nicht glauben, dass du scharf auf deinen Mitbewohner bist. Das ist so klischeehaft."

„Klischeehaft? So schwierige Wörter kennst du jetzt schon?"

Neil strubbelte ihm kichernd durchs Haar und Parker ließ sich neben ihm aufs Bett fallen. So lagen sie dann da und starrten an die Decke.

„Kannst du Musik anmachen? Ich habe noch ein bisschen Zeit, bis ich los muss." Während Neil einen zweiten Joint anzündete, suchte Parker die Fernbedienung für die Dockingstation, an die er seinen MP3-Player angeschlossen hatte. Da er sich mit Ivan noch nicht über Grundregeln zu Dingen wie Besuch und Musiklautstärke unterhalten hatte, stellte er die Musik ziemlich leise.

„Du kannst später wiederkommen und hier übernachten." Auch wenn er sich für diese Bitte hasste, war Neil einfach ein so vertrauter Teil seines Lebens. Ivan war neu und verlockend, doch Neil stand für Stabilität, wenn Parker seine verloren hatte.

„Auf keinen Fall. Heute lege ich jemanden flach. Und ich kann hier sowieso nicht gut schlafen."

Parker legte einen Arm über seine Stirn und ließ sich vom süßlichen Duft des Rauches beruhigen. Er stellte sich vor, dass der warme Körper neben ihm jemand anderem als seinem besten Freund gehörte. Jemandem, der sein Leben mit ihm teilen wollte. Jemandem, der mit ihm schlafen wollte. Doch wenn er schon seinen besten Freund nicht davon überzeugen konnte, bei ihm zu bleiben, wie sollte es ihm dann bei jemand anderem gelingen?

IVAN LIEß sich aufs Sofa fallen und schaltete den Fernseher ein. Er schaltete sich durch die Kanäle, fand jedoch nichts, das ihn von der Erinnerung an den Anblick ablenkte, wie Neil Parker die Treppe hinaufgeführt hatte. Es war noch früh am Abend, da hatten sie doch bestimmt keinen Sex. Neil war zum Ausgehen gekleidet gewesen. Oder er wollte damit nur seinen superheißen Freund beeindrucken. Selbst einen gut aussehenden Mann wie Neil musste es viel Mühe kosten, auch nur annähernd mit Parker mitzuhalten.

Plötzlich hörte er über sich ein leises Quietschen und schaltete den Ton des Fernsehers aus. Scheiße. Parkers Schlafzimmer befand sich direkt über ihm. Eigentlich hätte er die Zeit nutzen sollen, um hier unten nach Beweisen zu suchen, doch im Augenblick war er zu verärgert. War Parker wirklich so unhöflich, dass er ihn hier einfach sitzen ließ, um mit seinem Freund zu schlafen? Na gut, er war kein Gast, aber er wohnte hier noch keine Woche. Da hätte Parker doch etwas mehr Rücksicht nehmen können.

Nachdem er halbherzig eine Schublade des Beistelltisches durchsucht hatte, gab er auf. Er musste hier raus. Ein bisschen Joggen würde ihm ohnehin guttun – er hatte seit dem folgenschweren Einsatz nicht mehr trainiert, was für seine Verhältnisse wirklich ungewöhnlich lange war. Kein Wunder, dass er sich unruhig fühlte.

Nur befand sich seine Sportkleidung in seinem Zimmer.

Er zögerte am Fuß der Treppe. Würden die beiden ihn hören? Und sollte es ihn überhaupt kümmern?

Das unablässige Quietschen lenkte seine Fantasie in Richtungen, die er unbedingt vermeiden wollte. Er riss sich zusammen und schlich so leise wie möglich die Treppe hinauf.

Als er sein Zimmer verließ, nachdem er sich in Rekordzeit umgezogen hatte, bemerkte er im Flur den unverwechselbaren Geruch von Marihuana. Unschlüssig machte er ein paar Schritte auf Parkers Zimmer zu. Eigentlich wollte er nicht hören, was die beiden dort drinnen trieben. Es ging ihn nichts an. Er konnte schließlich nicht die Tür eintreten und ihnen sagen, dass Drogen dumm waren und ihr Leben ruinieren würden. Das war nicht seine Aufgabe. Nach so kurzer Zeit hätte er noch nicht einmal Freundschaft als Ausrede benutzen können, so sehr er Parker auch mochte.

Das nicht nachlassende rhythmische Quietschen machte ihn gleichzeitig wütend, verlegen und scharf.

Andere verdeckte Ermittlungen hatten höchstens manchmal Verärgerung über die Opfer des Drogenhandels ausgelöst. Dieses schmerzhafte Gefühl der Kränkung, das in ihm das Bedürfnis weckte, ins Zimmer zu stürmen und Neil aus dem Fenster zu werfen, war neu. Die wenigen Minuten in seiner Gegenwart hatten ihn davon überzeugt, dass Neil es gewesen sein musste, der Parker mit Drogen in Kontakt gebracht hatte, falls tatsächlich eine Verbindung zu Razhin bestand.

Ein Poltern und Kichern riss ihn aus seinen Gedanken. Er floh die Treppe hinunter und zur Tür hinaus, bevor er herausfinden konnte, wie Parker klang, wenn er kam. Das hätte er dann sicher niemals vergessen können. Außerdem wollte er im Augenblick nur ungern einem von ihnen oder beiden begegnen, falls sie bald fertig sein sollten. Es wäre für alle Beteiligten peinlich gewesen.

Ivan wärmte sich auf dem Rasen vor dem Haus ein wenig auf, ohne zu Parkers Schlafzimmerfenster hochzuschauen. Es konnte nicht schaden, sich mit der Nachbarschaft vertraut zu machen und unauffällig herauszufinden, ob verdächtige Personen das Haus im Auge behielten.

Mit einem letzten tiefen Atemzug lief er in den warmen Abend hinaus.

KAPITEL 4

NEIL WARF einen Blick auf seine Uhr und fluchte. „Scheiße, ich muss los. Willst du wirklich nicht mitkommen? Ich habe ein paar Freunde, die dich kennenlernen wollen."

Neils plötzliche Energie riss Parker aus der angenehmen Trägheit, in die er durch zwei Züge von Neils drittem Joint, zu denen er sich hatte überreden lassen, versetzt worden war.

„Nein, geh nur. Viel Spaß." Er und Neil hatten einfach nicht denselben Geschmack, weshalb ihm die Männer, die Neil ihm vorstellte, selten zusagten. Vielleicht würde Ivan sich wieder einen Film mit ihm ansehen.

Er folgte Neil nach unten und brachte ihn zur Tür, wo Neil seine Jacke anzog.

„Ich weiß, warum du nicht mitkommen willst. Du hoffst, dass dein Mitbewohner es auf deinen fetten Arsch abgesehen hat." Neil unterstrich seine Worte, indem er in besagten Körperteil kniff. Parker zuckte zusammen.

„Was soll das, Neil? Und damit hat es überhaupt nichts zu tun."

„Von wegen. Du kannst mich nicht belügen, Park. Dazu sind wir schon zu lange befreundet. Zum Glück ist er nicht hier. Nimm dich vor ihm in Acht."

„Wo ist er um diese Zeit hingegangen?" Ivans Schlafzimmertür war offen gewesen, im Keller war ebenfalls nichts zu hören und das Wohnzimmer lag im Dunkeln. Er war tatsächlich nicht im Haus.

Neil tätschelte ihm die Wange. „Die meisten Leute haben an einem Freitagabend Pläne. Vielleicht hat er ein heißes Date."

Parker schluckte schwer. Ivan war ihm natürlich keine Rechenschaft schuldig, doch aus seinem gemütlichen Abend zu zweit war plötzlich ein weiterer einsamer Abend in einem leeren Haus geworden. Trotzdem – um Neil in den Club zu begleiten, war er einfach nicht in der richtigen Stimmung. Er wusste aus Erfahrung, dass er dort nur noch deprimierter werden würde.

„Wenn du meinst. Sehen wir uns morgen?"

„Vielleicht. Kommt drauf an, wie es heute läuft."

Da Neil sowieso nicht immer die beste Gesellschaft darstellte und Parker sich noch ein bisschen benebelt fühlte, war die Aussicht auf einen Abend allein nicht ganz so schlimm wie sonst. Leider ließ das Fernsehprogramm stark zu wünschen übrig – an einem Freitagabend schien man nicht mit vielen Zuschauern zu rechnen. Während einer Werbepause warf er einen Blick in die Küchenschränke und den Kühlschrank, konnte jedoch nichts besonders Verlockendes entdecken. Bei jedem kleinen Geräusch schaute er zur Tür und hoffte, dass es Ivan war. Ziemlich erbärmlich.

Schließlich gab er das Fernsehen auf. Wenn er dabei sowieso keinen Spaß hatte, konnte er sich genauso gut mit seinem Laptop in sein Zimmer zurückziehen und lernen. Als er den Fernseher ausschaltete, bemerkte er Neils Pornofilm, den er am Tag von Ivans Einzug hinter den Fernseher geworfen hatte, und nahm ihn mit. Vielleicht hatte das Lernen doch noch etwas Zeit.

Als er die Treppe hinaufgegangen war, fiel sein Blick auf Ivans offene Zimmertür. Der dunkle Raum dahinter übte plötzlich eine beinahe unwiderstehliche Anziehungskraft auf ihn aus, die wahrscheinlich nicht unwesentlich mit dem Gras zusammenhing. Sofort waren alle anderen Pläne vergessen. Er warf den Laptop und die DVD auf sein Bett und steuerte auf Ivans Zimmer zu.

Selbst nach so kurzer Zeit roch der Raum bereits nach Ivan. Nicht schlecht, im Gegensatz zu dem trockenen, nichtssagenden Geruch eines unbenutzten Zimmers. Er schnupperte erneut. Wirklich nicht schlecht. Er schaltete das Licht an. Ivan hatte nicht gelogen: Er schien wirklich nicht viel zu besitzen. Seine Frau musste wirklich ein Biest sein.

Er setzte sich auf die Bettkante und las den Klappentext des Thrillers, den er auf dem Nachttisch fand. Klang nicht übel. Vielleicht würde er Ivan später bitten, ihm das Buch zu leihen. In dem kleinen Regal neben dem Schrank befanden sich weitere Bücher und andere Kleinigkeiten. Auf dem davon abgesehen leeren Schreibtisch lag eine Aktentasche. Parker biss sich auf die Lippe und strich mit dem Finger über den Messinggriff der Nachttischschublade. Die konnte er nun wirklich nicht öffnen, oder? Wollte er wirklich einen Beweis für Ivans Heterosexualität in Form von Bildern mit nackten Frauen oder Ähnlichem?

Stattdessen stand er auf und öffnete den Kleiderschrank. Auf dem Boden standen zwei Kartons und trotz des kleinen Schrankes füllten Ivans wenige Hemden und Anzüge nur einen Teil des Platzes.

Nach einem kurzen Blick auf die Größen – er wusste selbst nicht, warum – ging er weiter zur Kommode, auf der eine Flasche Aftershave stand. Er schnupperte daran. Nichts Besonderes, nichts Teures, jedoch eindeutig die Quelle des anziehenden Duftes. Es war sicher nicht leicht, mit vierunddreißig Jahren noch einmal von vorn anzufangen. Wenn Ivan sich als guter Mitbewohner erwies, konnte er ihm vielleicht einen Teil der Miete erlassen, um ihm wieder auf die Beine zu helfen. Wie Neil ihn ja selten vergessen ließ, brauchte er schließlich eigentlich keinen Mitbewohner. Was seine Mutter ihm hinterlassen hatte, war mehr als genug für Steuern, Energiekosten und sonstige Ausgaben. Und sowohl dieses hier als auch das Landhaus befanden sich seit Langem im Familienbesitz, weshalb sie vollständig abbezahlt waren. Dank seiner Mutter und ihrem Händchen für Finanzen war er mit seinen zweiundzwanzig Jahren wohlhabender als Ivan.

Während er auf den Schreibtisch zuging, lauschte er noch einmal. Außer den typischen Hintergrundgeräuschen der Stadt und des Universitätsgeländes war nichts zu hören. Die überwältigende Neugier besiegte das schlechte Gewissen und er öffnete die Aktentasche. Darin befand sich kein Laptop, sondern nur ein Gewirr von Akten, Vertragsvordrucken und Versicherungstabellen. Langweilig. Aber was hatte er auch erwartet? Das Interessanteste befand sich sicher im Nachttisch, dessen Sirenengesang ihn auch jetzt noch lockte, obwohl er wusste, dass ihn der Inhalt enttäuschen würde.

Er schob die Papiere zurück in die Aktentasche und betrachtete den Schrank, wurde jedoch vom Bellen des Nachbarhundes abgelenkt. Es war an der Zeit, das Zimmer zu verlassen, falls er sich bei seinem Mitbewohner nicht unbeliebt machen wollte. Das würde er bereits mit der Wahrheit über seine Homosexualität riskieren, wenn er es denn endlich wagte, Ivan davon zu erzählen.

Nachdem er sich in sein Zimmer geschlichen hatte, wartete er, hörte aber keine sich öffnende Tür. Plötzlich musste er gähnen. Zwar war es erst zehn Uhr, doch Gras machte ihn müde. Wenn Ivan wirklich eine Verabredung hatte, konnte es noch Stunden dauern, bis er zurückkam.

Seufzend zog er sich aus, ließ sich auf dem Bett nieder und öffnete die untere Schublade seines eigenen Nachttisches, in der sich Gleitgel und Kondome befanden. Sexheftchen hielt er nicht für nötig, da man online so viel Besseres finden konnte. Der einzige Hinweis auf seine Vorlieben war also sein Dildo und Buttplug. Sein Browserverlauf war da wesentlich verräterischer. Manchmal benutzte er seine Spielzeuge, allerdings war es meistens nur deprimierend. Er nahm die Schachtel Kondome heraus und betrachtete sie. Sie waren noch verschlossen und liefen nicht Gefahr, in nächster Zeit zu verfallen. Nur liefen sie ebenfalls nicht Gefahr, benutzt zu werden. Auch deprimierend.

Vielleicht hätte er Neils Angebot, ihn Freunden vorzustellen, annehmen sollen. Leider fand man einen Mann, wie Parker ihn sich wünschte – er unterdrückte den Gedanken an Ivan –, nicht in einem von Neils Clubs. Und er hatte keine Ahnung, wie er sonst jemanden kennenlernen sollte. Parker betrachtete den Inhalt der Schublade. Im Innern war Parker noch immer der langweilige, übergewichtige Junge, der nicht gut mit Menschen reden konnte. Ein paar Sexspielzeuge würde daran nichts ändern.

Mit einem Stirnrunzeln schob er die untere Schublade zu und öffnete die obere. Der Inhalt war weniger angenehm und nicht besonders interessant. Genau genommen handelte es sich um den Grund, aus dem er immer allein sein würde, aus dem er nie eine richtige Beziehung geführt hatte und aus dem sein bester Freund nicht bei ihm übernachten wollte.

Er hatte Abnehmen immer für die magische Lösung all seiner Probleme gehalten. Der mangelnde Appetit in den letzten Lebensmonaten seiner Mutter hatte einen Großteil der überflüssigen Pfunde verschwinden lassen, auch wenn er jetzt noch lange nicht dünn war. Obwohl er versuchte, wenig und gesund zu essen, wurde er seine Rettungsringe nie ganz los – und sie verhinderten, dass ihn jemand aus seiner Einsamkeit rettete. Selbst Neil machte sich über seinen fetten Hintern und seine Fettpölsterchen lustig.

Doch das Schlimmste war, dass er selbst nach dem Gewichtsverlust noch an Schlafapnoe litt. Auch jetzt benötigte er die verhasste CPAP-Maschine, die während der Nacht einen Atemstillstand verhinderte. Wie konnte er von einem anderen Mann erwarten, mit dem lauten Gerät zu leben? Ganz abgesehen davon, dass Parker damit wie ein Kampfpilot aussah. Nächtlichem Kuscheln, einem Blowjob oder auch nur gemeinsamem Schlafen war das nicht gerade zuträglich. Dabei wünschte er sich all das so sehr.

Seine Mutter hatte mit ihm allein immer glücklich gewirkt, doch Parker wollte eine Beziehung. Einen Menschen, mit dem er sein Leben teilen konnte. Leider würde ihm das dank seiner gesundheitlichen Probleme und seiner Ungeschicklichkeit im Umgang mit Menschen verwehrt bleiben. Sollte er doch noch einmal über One-Night-Stands nachdenken? Vielleicht waren sie nicht so schlimm, wie er sie in Erinnerung hatte.

Parker setzte die Maske auf, schaltete die Maschine ein und das Licht aus. Er wusste, dass sein Schnarchen manchmal auch mit dem Gerät unerträglich war, doch er wachte wenigstens nicht mit Kopfschmerzen auf, wie es ohne die Maschine passierte. Und nachdem er seiner Mutter mehrmals einen Schreck eingejagt hatte, bemühte er sich, daran zu denken – auch wenn sie jetzt nicht mehr hier war, um ihn daran zu erinnern. Besonders nach dem Joint war die Maschine wichtig, denn eigentlich hatten ihm die Ärzte ausdrücklich davon abgeraten.

Flach auf dem Rücken liegend betrachtete er die Lichtstreifen der Straßenlaterne an seiner Decke, bis er beim seit Jahren vertrauten Geräusch des Beatmungsgeräts einschlief.

IVAN STOLPERTE in das dunkle Haus und fröstelte, als sein schweißnasser Körper mit der kühlen Luft in Berührung kam. Er war verdammt viel weiter gelaufen als geplant, hatte jedoch keinen Hinweis auf irgendeine Art von Überwachung gefunden. Keine große Überraschung – auch wenn eine Verbrecherorganisation oft über größere Ressourcen verfügte als die Polizei, hatte sie keinen Grund, einen kleinen Drogendealer durchgängig zu beobachten, solange nichts verdächtig wirkte. Entweder war Ivans Begegnung im Bus also ein Zufall gewesen oder er hatte sich unauffällig genug verhalten, um jeden Verdacht zu zerstreuen.

Er entledigte sich seiner Laufschuhe und holte sich eine Flasche Wasser aus dem Kühlschrank, von der er die Hälfte in einem einzigen Schluck hinunterstürzte, bevor er sich keuchend über die Arbeitsplatte beugte. Seine Beine fühlten sich nach der langen Strecke wie Pudding an, doch wenigstens würde er so erschöpft gut schlafen können. Das hatte er dringend nötig.

Über das Hämmern seines Pulses hinweg lauschte er, konnte allerdings aus Parkers Schlafzimmer nichts mehr hören. Er war nicht sicher, ob das Paar eingeschlafen oder ausgegangen war. Er selbst verließ um diese Zeit nur noch selten das Haus, wenn er es nicht gerade auf Sex abgesehen hatte, doch Parker und

Neil waren jung genug, um den Abend jetzt erst richtig zu beginnen, anstatt bereits wieder nach Hause zu kommen.

Es war ein deprimierender Gedanke, obwohl es ihn eigentlich nicht interessieren sollte, dass ein kleiner Verbrecher sowohl ein besseres Durchhaltevermögen als auch ein besseres Sozialleben besaß. Vielleicht würde seine Laune besser sein, wenn er sich richtig ausgeschlafen hatte.

Die Aussicht auf eine Dusche und sein Bett war das Einzige, was ihn davon überzeugte, die knarzenden Stufen zu erklimmen, anstatt einfach unten auf dem Sofa zusammenzubrechen. Oben angekommen erstarrte er. Was war das für ein mechanisches Surren? Er schob sich dichter an Parkers Schlafzimmertür, durch die es zu kommen schien. Es klang wie ... nein. Das konnte nicht sein. Ein Vibrator? Sie hatten doch nicht immer noch Sex, oder? Ivan zog sich hastig in sein Schlafzimmer zurück und schloss die Tür. Er würde damit leben müssen, den Schweiß mit einem Handtuch abzuwischen – sein Zimmer verlassen wollte er vor dem nächsten Morgen nicht mehr.

Der Mond erhellte das Zimmer, sodass er kein Licht einschalten musste. In wenigen Sekunden hatte er die durchnässte Kleidung in den Wäschekorb geworfen und sich mit einem Handtuch den gröbsten Schweiß vom Körper gerubbelt. Dann legte er sich mit hinter dem Kopf verschränkten Händen ins Bett und konnte sich endlich entspannen, da von Parkers Sexkapaden nichts mehr zu hören war. Den auf seiner Kopfhaut juckenden Schweiß ignorierte er. Er würde am nächsten Morgen duschen.

Doch wie er dort so lag, konnte er nicht anders, als an Parker zu denken. Was mochte Parker wohl beim Sex? Der kurze Ausschnitt des Pornofilms hatte nicht viele Hinweise geliefert und musste ohnehin nicht viel mit Parkers Vorlieben im wirklichen Leben zu tun haben. Parkers Haut war makellos und lud zum Darüberlecken ein. Bei diesem schüchternen Lächeln, das so gar nicht zu einem Drogendealer passen wollte, konnte Ivan sich gut vorstellen, dass ihm sanfte Küsse und leichtes Knabbern an seinem Ohr und seinem Hals gefielen. Dann würde Ivan sich langsam nach unten zu seinem Schlüsselbein vorarbeiten, das so einladend unter seinen T-Shirts hervorschaute. Waren seine Brustwarzen genauso rosig wie seine vollen Lippen oder musste man die Farbe mit Zunge und Zähnen zum Vorschein bringen?

Ivan legte eine Hand um seinen steif werdenden Schwanz und strich daran entlang. Wäre Parkers Griff dort entschlossen oder zögerlich? Würden sich seine langen Finger kühl oder glühend heiß anfühlen? Neil kam ihm nicht wie ein besonders rücksichtsvoller Mensch vor – ob er Parker wohl manches vorenthielt? Hatte er ihn zum Beispiel jemals mit der Zunge verwöhnt? Und den schlanken Körper hinauf in diese unschuldigen Augen geschaut, während er sie tief in ihn hineinschob? Konnte man Parker allein damit zum Orgasmus bringen? Könnte Ivan es?

Ivan spuckte sich auf die Hand, um seinen Schwanz noch intensiver streicheln zu können. Selbst in der Schublade direkt neben dem Bett war ihm das Gleitgel im Augenblick zu weit entfernt.

Würde er bei Parkers Höhepunkt die Zunge lieber in ihm lassen oder stattdessen Parkers Schwanz in den Mund nehmen, um ihn dort zucken zu fühlen? Nein. Er wollte sehen, wie Parker sich hilflos über seinen ganzen Körper ergoss, ohne auch nur eine Sekunde davon zu verpassen.

Ivan keuchte und bog den Rücken durch, als er ohne Vorwarnung explodierte, wie er es sich eben noch bei Parker vorgestellt hatte – wobei sein Fantasiebild von Parker weniger Brustbehaarung besaß. Nachdem er das verschwitzte Handtuch neben seinem Bett benutzt hatte, um sich zu säubern, lag er schwer atmend da. Am nächsten Morgen würde er sich sicher über seine Fantasien ärgern, doch im Augenblick war er dazu nach dem Sport und seinem Orgasmus zu angenehm erschöpft.

Als sich seine Augen schlossen und sein Blick ein letztes Mal durchs Zimmer wanderte, wurde er mit einem plötzlichen Adrenalinstoß plötzlich hellwach und setzte sich auf. Er schaltete die Nachttischlampe ein und sprang aus dem Bett. Seine Aktentasche war bewegt worden. Oder? Hatte Parker sich in sein Zimmer geschlichen und es durchsucht, während er gejoggt war? Er musterte sie in dem Versuch, sich zu erinnern, wie er sie zurückgelassen hatte. In seinem Zimmer waren keine Beweise zu finden – außer dafür, was für ein Loser sein falsches Ich war –, doch der Vorfall holte ihn auf ernüchternde Weise in die Realität zurück. Er durfte nicht unvorsichtig werden. Schon gar nicht, während er davon träumte, den Mann zu verführen, den er *über*führen sollte. Wie dumm und unprofessionell.

Er schaltete das Licht aus und legte sich ins Bett – wieder steif, aber nicht auf die angenehme Art. Sobald er die Augen schloss, glaubte er jedes Mal gleich, ein Geräusch zu hören. Wenn er sie dann öffnete, wanderte sein Blick unwillkürlich durchs Zimmer und verglich alles mit dem Zustand, in dem er es zurückgelassen hatte. Auch wenn Parkers Suche ihm eigentlich nur Ivans Unschuld bestätigt haben dürfte, konnte er sich doch nicht völlig von der Sorge befreien, etwas vergessen zu haben, das ihn mit seinem Beruf oder seiner wahren Identität in Verbindung brachte. Da keine Zeit zum Planen geblieben war, hatte er seine eigene Kleidung, seine eigene Reisetasche, ja sogar seine eigenen Bücher mitgenommen. Könnte irgendwo ein Hinweis hineingeraten sein, vielleicht eine Rechnung mit seinem Namen?

Sein Herz schlug schneller als vorher beim Laufen. An Schlaf war nicht mehr zu denken. Vielleicht war das besser so – es war ein Wunder, dass er Parker bisher nicht mit einem seiner Albträume geweckt hatte. Er stand auf, schlüpfte in eine Jogginghose und schaltete das Licht ein. Wenn er ohnehin nicht schlief, konnte er genauso gut sichergehen, dass ihn nichts verraten hatte. Er begann damit, jedes einzelne Buch durchzublättern und nach Zetteln oder Quittungen zu suchen. Vom nächsten Tag an würde er seine Mission ernster nehmen, vollständig in seine Rolle schlüpfen und seinen Mitbewohner besser kennenlernen.

PARKER LIESS sich mit einem Apfel in der Hand aufs Sofa fallen. Warum hatte er sich am Vorabend so früh von Neil in sein Schlafzimmer zerren lassen? Damit hatte er ihm die Gelegenheit genommen, mit Ivan über die Einkäufe zu reden. So hatte er den Morgen auf dem Markt verbracht und verschiedene Lebensmittel gekauft, von denen Ivan hoffentlich einige zusagten. Naiverweise war er davon ausgegangen, dass man mit einem Mitbewohner gemeinsam einkaufte oder sich zumindest beim Einkaufen abwechselte. In Wirklichkeit hatten sie überhaupt noch nicht darüber gesprochen. Parker wusste nicht, was normal war, aber Gesellschaft beim Einkaufen war vermutlich zu viel verlangt. Das machte man eher mit seinem Freund als mit seinem Mitbewohner, oder?

Und der leichte Unmut darüber, allein gehen zu müssen, war nichts im Vergleich zu dem Gefühl beim Gedanken daran, dass Ivan ausschlief, weil er letzte Nacht ein Date gehabt hatte. Andererseits traf das an einem Freitagabend so ziemlich auf jeden zu – nur er selbst hatte früh im Bett gelegen, und zwar ohne jede Gesellschaft abgesehen von seiner Höllenmaschine. Armselig.

Um diese Armseligkeit zu feiern, würde er sich jetzt *Serenity* ansehen – mal wieder. Wenigstens war Neil nicht da – vielleicht würde er ihn an diesem Wochenende überhaupt nicht mehr wiedersehen –, um sich über ihn lustig zu machen. Er erinnerte Parker gern daran, dass SciFi nicht besonders sexy war. Und Parker musste zugeben, dass Neil wesentlich mehr Sexpartner fand als ein Science-Fiction-Fan wie er selbst. Aber wie konnte man jemanden wie Mal nicht mögen? Selbst seine Mutter hatte sich den Film gern angesehen, obwohl sie eigentlich eher eine Vorliebe für Krimis gehabt hatte.

Bis zur nächsten Vorlesung am Montag musste er das Haus eigentlich nicht verlassen. Möglicherweise würde er das auch nicht. Er hatte genug Filme, um sich bis dahin zu beschäftigen. Vielleicht war ein *Firefly*-Marathon das Richtige.

Nach fünf Minuten des Films und drei Bissen seines Apfels knarzte plötzlich die Treppe. Parker starrte angespannt auf den Bildschirm, während seine gesamte Aufmerksamkeit der Person galt, die die Treppe herunterkam. Hatte Ivan letzte Nacht eine Frau mit nach Hause gebracht? Die Vorstellung war noch viel schlimmer als ein Date an einem anderen Ort. Sollte er sie begrüßen oder sie besser ignorieren? Würde man ihm abnehmen, dass er einfach so sehr in den Film versunken war? Wie verhielt sich ein Mitbewohner in einer solchen Situation?

„Guter Film?"

Parker zuckte zusammen. „Was? Oh. Ja." Er zwang sich, den Blick vom Bildschirm loszureißen. Ivan hatte keine Frau bei sich – Gott sei Dank –, aber dafür einen nackten Oberkörper. Seine Brust war atemberaubend. Muskulös und mit dichtem Haar bedeckt, das etwas dunkler aussah als das goldblonde auf seinem

49

Kopf. Eine abgetragene graue Jogginghose deutete an, was darunterlag, ohne Details zu zeigen.

Als Ivan sich räusperte, hob Parker mit roten Wangen den Blick. Wie lange hatte er Ivan zwischen die Beine geschaut? Das Gespräch über seine Sexualität würde er definitiv noch ein bisschen hinauszögern, nachdem er den armen Mann so gierig angestarrt hatte. Er wollte ihn nicht aus seinem neuen Zuhause vertreiben.

„Wie geht es dir?" Da er Ivan jetzt ins Gesicht schaute, sah er dunkle Augenringe, die auf eine wenig erholsame Nacht hinwiesen. „Es ist wohl spät geworden."

Ivan zuckte mit den Schultern. „Könnte man so sagen."

„Hattest du wenigstens Spaß?"

„Bestimmt lange nicht so viel wie du."

Parker unterdrückte ein bitteres Lachen. Sein Abend war scheiße gewesen, aber das gab er lieber nicht zu.

„Ich konnte nach dem Joggen einfach nicht einschlafen", fuhr Ivan fort. „Ich war noch wach, als es schon wieder hell wurde."

Parker blinzelte. „Du bist gestern Abend gejoggt?"

„Ja. Ich wollte nicht nur rumsitzen und du warst mit Neil ... äh ... beschäftigt."

Ivans Betonung des Wortes „beschäftigt" klang seltsam. Ob er Neils Joint gerochen hatte?

„Joggen. Und ich dachte, du hättest dich mit einer Frau getroffen."

Ivan verdrehte die Augen. „Weil ich ja auch so ein guter Fang bin."

„Hast du Hunger? Ich war heute Morgen auf dem Markt."

„Etwa auf dem St. Lawrence Market? Du hättest mich wecken sollen. Ich liebe den nämlich." Ivan kratzte sich lächelnd den Bauch.

„Nein, nur auf einem kleinen Bauernmarkt in der Nähe. Aber wir könnten nächste Woche hingehen."

„Sehr gerne."

Parker zügelte seine Freude über die Antwort ein wenig, da er wusste, dass es nicht allzu viel bedeutete.

Ivan betrachtete über Parkers Schulter hinweg den Bildschirm. „Hast du einen gemütlichen Tag vor dem Fernseher geplant?"

„Größtenteils. Ich muss noch ein paar Kleinigkeiten für die Uni erledigen, aber das meiste habe ich schon geschafft."

„Klingt gut. Hast du was dagegen, wenn ich dir nach meiner Dusche Gesellschaft leiste?"

Was für eine Frage. „Natürlich nicht. Du bist doch mein Mitbewohner." Er hielt ein glückliches Kichern zurück. Ivan musste nicht wissen, wie sehr er sich über seine Gesellschaft freute. Bisher hatte er seinen leeren Stundenplan bereut, weil er ihm zu viel Zeit zum Nachdenken in einem einsamen Haus gegeben hatte, doch jetzt war er froh, dass er Ivan dadurch häufiger um sich haben konnte.

Ein lautes Gähnen von Ivan ließ ihn die Stirn runzeln. „Willst du nicht lieber noch ein bisschen schlafen?"

„Was? Nein, mir geht's gut. Ich konnte schon lange nicht mehr einen gemütlichen Tag mit Filmen auf dem Sofa verbringen. Bin gleich wieder da." Ivan stampfte die Treppe hinauf und nicht lange danach hörte Parker die Wasserleitungen in den Wänden rauschen.

Er versuchte, sich wieder auf den Film zu konzentrieren, konnte aber selbst beim Anblick des sexy Captain Mal nicht die Vorstellung von Ivan in der Dusche verdrängen. Sonst funktionierte das immer.

Sollte er ein paar Snacks holen? Ivan Frühstück machen? Nein, das war eine dumme Idee. Da Ivan wusste, dass Parker bereits seit Stunden wach war, konnte er sich nicht mit „ich habe mir sowieso gerade welches gemacht ..." herausreden. Und extra Frühstück für einen Mann zuzubereiten, war etwas ganz anderes, als eine Mahlzeit zu teilen. Intimer. Etwas, das man in einer Beziehung tat.

Parker grübelte noch, als Ivan wieder herunterkam und in der Küche verschwand, um im Kühlschrank zu wühlen.

„Oh, du hast viele gute Sachen gekauft. Daraus kann ich ein viel besseres Omelett machen. Willst du auch was?"

„Nein, ich habe meinen Apfel."

Ivan steckte den Kopf ins Wohnzimmer. „Einen Apfel? Der reicht doch nicht zum Mittagessen. Ein Omelett wäre da besser und ist für mich ein gutes Frühstück."

Parkers Magen knurrte. Obwohl der Apfel gleichzeitig Frühstück und Mittagessen sein sollte, wollte er mehr. Ivan war ein guter Koch und Parker war hungrig. Dass es diesmal tatsächlich ein Fall von „ich habe mir sowieso gerade welches gemacht ..." war, konnte er verkraften. Neil bot höchstens hin und wieder an, ihm beim Chinesen eine zusätzliche Frühlingsrolle zu bestellen – und meistens bezahlte sowieso Parker. Außerdem besaß Neil nie die Geduld, auf der Couch zu sitzen und sich einen ganzen Film anzusehen – oder sogar den ganzen Tag damit zu verbringen.

„Na gut, danke", antwortete er also.

Ivan brachte in der Küche seine Kochkünste zum Einsatz und nicht ganz zwanzig Minuten später saß er auf dem Sessel neben dem Sofa, nachdem er vor jeden von ihnen einen Teller mit dem köstlich duftenden Eiergericht gestellt hatte.

Auch wenn er Ivan lieber neben sich auf der Couch gehabt hätte, war es wahrscheinlich besser, etwas Abstand zu diesem verlockenden Mann zu halten, bevor er sich dazu hinreißen ließ, sich an ihn zu kuscheln.

ALICIA WINKTE ihm von der anderen Seite des ziemlich leeren Hörsaals aus zu. Parker ging lächelnd zu ihr hinüber. Welcher grausame Mensch auch immer den Statistikkurs auf neun Uhr morgens gelegt hatte – und das gleich dreimal in der

Woche –, hatte damit zumindest dafür gesorgt, dass Alicia und er sich gleich am ersten Semestertag aus ihrem geteilten Leid heraus angefreundet hatten.

„Erzähl schon." Alicia packte seinen Ärmel und zog ihn auf den Platz neben sich.

„Was soll ich erzählen?", fragte er unschuldig grinsend.

„Das weißt du genau. Du hast mir nicht mal eine kurze Nachricht dazu geschrieben, wie es mit dem neuen Mitbewohner gelaufen ist."

„He, es ist doch nicht meine Schuld, wenn du eine ganze Woche schwänzt, um mit deinem Freund nach Mexiko zu verschwinden. Und ich kann mich nicht erinnern, darüber etwas von dir gehört zu haben."

Alicia verdrehte die Augen und errötete. „Wenn du endlich mal dein Landhaus auf Vordermann bringen würdest, hätten wir in der Nähe bleiben können."

„Klar, das ist ja auch fast dasselbe wie Mexiko." Außerdem fiel es ihm noch zu schwer, sich näher mit dem Haus zu beschäftigen.

„Sag ich doch."

Bevor Parker etwas erwidern konnte, betrat der stirnrunzelnde Professor den Hörsaal und begann die Vorlesung. Sein ständig finsterer Blick war für das eigentlich gut aussehende Gesicht nicht besonders schmeichelhaft und sein aufbrausendes Temperament machte die Sache nicht besser. Seine Studenten hatten früh gelernt, ihn niemals zu reizen, da es unangenehme Folgen haben konnte. Und ein Statistikkurs war schon unangenehm genug. Leider handelte es sich um einen Pflichtkurs und selbst die leichtere Version, die für Psychologie- und Soziologiestudenten vorgeschrieben war, hatte es in sich.

Zwei Stunden später war es endlich überstanden. Alicia hakte sich bei ihm ein. „Lust auf ein frühes Mittagessen? Dann kannst du mir endlich von deinem Mitbewohner erzählen."

„Gerne."

Nach der Statistikvorlesung legten sie häufig eine Pause ein. Parker war froh, dass er diesen Kurs jetzt belegt hatte und ihn nicht später mit einem volleren Stundenplan überstehen musste.

Nachdem sie sich mit Essen versorgt hatten, setzten sie sich an einen der um diese Uhrzeit noch leicht zu findenden freien Tische. Kurz darauf gesellte sich auch Alicias Freund Chris zu ihnen.

„Hi, Chris."

„Hallo, Parker", antwortete Chris und begrüßte Alicia mit einem leidenschaftlichen Kuss. Anfangs hatten ihre Zärtlichkeiten Parker verlegen gemacht, doch mittlerweile war er daran gewöhnt – und ein winziges bisschen neidisch.

„Also, erzähl mir von ihm", forderte Alicia Parker auf.

Chris grinste. „Du hast einen Mann kennengelernt? Den wird mein Schatz erst für dich überprüfen wollen."

„Oh, ähm, nicht direkt." Obwohl Ivan aus seiner Sicht der perfekte Mann gewesen wäre. Nur war er leider nicht schwul.

„Kannst du mir vielleicht mal zuhören, wenn ich dir etwas erzähle?" Sie schnipste Chris mit dem Finger gegen die Schulter, woraufhin er vorgab, schwer verletzt zu sein. Alicia quittierte das lediglich mit einem Augenrollen. „Parkers neuer Mitbewohner ist diese Woche eingezogen."

„Echt mies, dass du einen Mitbewohner brauchst. Die meisten sind richtig blöde Typen und der Rest ist noch viel schlimmer", erklärte Chris so laut, dass es sein gerade vorbeigehender Mitbewohner nicht überhören konnte. Thom zeigte ihm den Mittelfinger und nickte Parker und Alicia freundlich zu.

Parker erwiderte das Lächeln. Er kannte Thom nicht gut, aber er machte einen netten Eindruck. Trotz ihrer Sticheleien waren er und Chris gute Freunde.

Chris erwiderte Thoms Geste, bevor er sich wieder Parker zuwandte. „Aber ernsthaft, zu den meisten will man nach ein paar Tagen nur noch ‚leck mich' sagen." Dann wirkte er plötzlich nachdenklich und Alicia schnipste ihm erneut gegen die Schulter.

„Sag es nicht."

„Was denn?", fragte Chris gespielt unschuldig und gekränkt.

„Du wolltest anmerken, dass Parker das wahrscheinlich eher zu einem *netten* Mitbewohner sagen würde."

Parker musste lachen. In Ivans Fall hatte Chris nicht ganz unrecht.

„Stimmt doch." Chris zuckte mit den Schultern und wandte sich hilfesuchend Parker zu.

„Ein bisschen schon", gestand Parker.

Alicia keuchte, bevor sie ebenfalls lachte. „Es würde dir nicht schaden, mal wieder flachgelegt zu werden."

Schaden nicht. Aber wahrscheinlich wäre es verdammt peinlich. Nachdem ihn so lange niemand angefasst hatte, würde er vermutlich nur Sekunden durchhalten. Nur ein Blick auf Ivan und er wurde bereits steif.

„Aber ernsthaft", begann Chris erneut, klang diesmal jedoch wirklich ernsthaft. „Wenn jemand mitten im Semester einen neuen Mitbewohner sucht, wurde er bestimmt woanders rausgeworfen. Du hättest wenigstens bis zum nächsten Semester warten sollen."

Parker zuckte mit den Schultern. Sie hatten angenommen, dass er aus finanziellen Gründen einen Mitbewohner brauchte und er hatte nicht zugeben wollen, dass er sich eigentlich nur einsam fühlte. Hätte er es ihnen gesagt, hätten sie ihn sicher öfter eingeladen, wobei er sich allerdings häufig wie das fünfte Rad am Wagen vorkam. Das Wochenende mit Ivan zu verbringen war dagegen fantastisch gewesen.

„Und wie ist er sonst so?", verlangte Alicia zu wissen und wedelte mit einem Pommesstäbchen. Parker schnappte es sich und steckte es in den Mund. Es schmeckte wesentlich besser als sein kleiner Salat, den er bereits aufgegessen hatte. Anschließend erzählte er von seiner bisherigen Zeit mit Ivan.

„Verdammt, können wir unsere Mitbewohner tauschen?", fragte Chris. „Ich möchte auch einen, der gut kochen kann."

Nein. Thom war ein netter Kerl, aber Ivan würde er nicht so einfach abgeben. „Du magst ihn, oder?", fragte Alicia. „Bitte ihn doch um ein Date."

Parker verschluckte sich an seinem Wasser. „Ein Date? Auf keinen Fall." Gegenüber Neil hätte er Ivans anziehende Wirkung abgestritten, aber Alicia würde ihn dafür nicht verurteilen.

„Warum nicht? Er ist doch Single."

„Er ist geschieden, ja. Aber er hatte eine Frau. Er ist hetero."

Alicia schnaubte. „Als würden Ehen nie daran zerbrechen, dass das eben *nicht* der Fall ist. Vielleicht hat seine Frau ihm deshalb alles abgeknöpft."

Hmm. Bisher hatte Ivan nicht so gewirkt. Würde er einen schwulen Mann erkennen? „Ich glaube nicht, dass er schwul ist. Und ich glaube auch nicht, dass er es bei mir vermutet. Ich hatte noch keine gute Gelegenheit, es ihm zu sagen." Obwohl Parker daraus normalerweise kein Geheimnis machte, fiel es ihm schwer, es einem Mann wie Ivan einfach mitzuteilen.

„Machst du dir Sorgen um seine Reaktion?", erkundigte sich Chris. „Wenn er ein Schwulenhasser wäre, hätte er bestimmt vor dem Einzug danach gefragt." Er stahl sich ein Pommesstäbchen von Alicias Teller.

Wäre das normal? Hätte Ivan sich wirklich danach erkundigt, wenn es ihn gestört hätte? „Hast du danach gefragt?"

„Nein, weil ich damit kein Problem hätte. Aber wenn du dir Sorgen machst, können Alicia und ich dabei sein, wenn du es ihm sagst."

Parker musste lächeln. Dass Chris ihm seinen Schutz anbot, bedeutete ihm viel – und Chris konnte ziemlich einschüchternd wirken. Trotzdem konnte Parker sich nicht vorstellen, dass der Mann, der ihn so sanft verarztet hatte, ihm gefährlich werden könnte, auch wenn Parkers Sexualität ihn überrascht hätte.

„Wenn du ihn einfach um ein Date bitten würdest, könntest du gleichzeitig herausfinden, ob er dich mag."

„Er mag mich nicht auf diese Art. Das würde ich doch merken. Und deshalb würde so eine Einladung nur zu einem unangenehmeren Zusammenleben führen. Er wohnt doch erst seit einer knappen Woche bei mir!"

„Klar. Als würdest *du* bemerken, dass dich jemand mag. Parker, du könntest selbst in diesem Moment einen Mann haben, wenn du nur mal die Augen aufmachen würdest."

Parker schaute sich verwirrt in der Mensa um, sah allerdings nur Thom, der mit einigen Freunden in ihrer Nähe saß. Thom winkte ihm zu und Parker erwiderte die Geste.

„Wovon redest du?"

„Wie kann man nur so blind sein." Chris schüttelte traurig den Kopf. Parker runzelte die Stirn, doch keiner der zwei erklärte es ihm.

Obwohl sich ihr Necken nicht so boshaft anfühlte wie bei Neil, wechselte er lieber das Thema. „Wie war es eigentlich in Mexiko?"

Alicia tätschelte ihm mit einem mitfühlenden Blick, den er nicht wirklich verstand, die Hand.

IVAN LIESS sich von der Menge durch die sich öffnende Aufzugtür hinausschieben. Durch die Glastür der Eingangshalle fiel ein Streifen Sonnenlicht, der das geometrische Muster des polierten Granitbodens erhellte. Er schwitzte, was allerdings wenig mit der Temperatur zu tun hatte.

Draußen in der Sonne fühlte er sich gleich besser, auch wenn es ihm etwas kühler lieber gewesen wäre. Die sanfte Brise half etwas, trotz der unangenehmen Stadtgerüche wie Abgase, Müll und Urin. Er lief die Straße entlang, da er sich für ein einengendes U-Bahn-Abteil noch nicht bereit fühlte – vor allem bei der langen, umständlichen Route, die er aus Sicherheitsgründen nahm.

Als er den Eingang eines winzigen Falafel-Imbisses erreichte, ging er hinein. Der Geruch von Fett, gewürztem Fleisch und Kichererbsen war beinahe zu viel, doch es gab einen Kühlschrank mit Erfrischungsgetränken, sodass er sich zwei eiskalte Dosen kaufen konnte – eine, um sie zu trinken, und eine, um sie an seine Stirn zu pressen.

Sollte man wirklich seinen Therapeuten belügen? Auch wenn es sich nur um einen vom Revier zugeteilten handelte? Die vielen Lügen, vor allem das Verschweigen der zunehmenden Albträume, machten die positive Wirkung der Therapie sicher zunichte. Falls es überhaupt eine positive Wirkung gab. Jedenfalls konnte er sich auf keinen Fall Schlaftabletten verschreiben lassen – im Haus eines Kriminellen durfte er nicht durch Medikamente behindert werden. Zwar war er ein liebenswerter, hinreißender, wunderschöner Krimineller, doch das machte ihn nur noch gefährlicher. Wenn Sünden nicht so verlockend gewesen wären, hätte es nicht so viel Kriminalität gegeben.

Es war das erste Mal, dass er als verdeckter Ermittler von Albträumen gequält wurde. Außerdem war es das erste Mal, dass er gleichzeitig mehrere Lügengeschichten aufrechterhalten musste. Vor seiner Familie tat er, als ginge es um eine offizielle Mission. Seine Kollegen und die Ermittler der SIU glaubten, er wäre beurlaubt. Parker hielt ihn für einen geschiedenen, heterosexuellen Versicherungsvertreter. Sein Seelenklempner dachte, er widersetzte sich der Therapie und blockte ihn ab. Dabei war Doc Sanchez nur eine von vielen Personen, denen er nicht die Wahrheit anvertrauen konnte.

Als Sanchez beschlossen hatte, ihn in Zukunft zweimal in der Woche herzuzitieren, war Ivan nicht klar gewesen, dass es für ihn zwei Verhöre an einem Tag zur Folge hatte. Ihm war es praktisch vorgekommen, die Therapie und die

Befragung der SIU auf denselben Termin zu legen. Diesen Fehler würde er nicht noch einmal machen, wenn es sich vermeiden ließ.

Verdammt, war er müde.

Er senkte den Kopf, um seinen schmerzenden Nacken etwas zu entlasten. Die Verspannungen darin befanden sich dort, seit er um das Leben des blutenden jungen Mannes gekämpft hatte und nichts – nicht einmal der Orgasmus letzte Nacht – hatte sie bisher vertreiben können. In Kombination mit Schlafmangel lösten sie ununterbrochene Kopfschmerzen aus.

Ivan warf einen Blick auf seine Armbanduhr. Er sollte sich auf den Weg machen, wenn er seine umständliche Rückfahrt nicht während der Hauptverkehrszeit antreten wollte. Das würde er heute wahrscheinlich nicht überstehen, ohne durchzudrehen.

IVAN ERREICHTE ohne Zwischenfälle Parkers Haus, blieb jedoch unentschlossen vor der Tür stehen. Sein Magen knurrte und er schaute die Straße hinunter. Was würde ihn weniger Energie kosten: Zum nächsten Restaurant zu laufen und etwas zu kaufen oder selbst etwas zu kochen?

Mit einem Seufzen wandte er den Blick wieder der Haustür zu und rieb sich den Nacken. Vielleicht sollte er sich einfach schlafen legen. Das erforderte am wenigsten Aufwand.

Als er das Haus betrat, schnupperte er. Es roch nach … Essen?

„Parker?"

Parker kam mit einem strahlenden Lächeln aus der Küche. „Ivan, hallo. So früh hatte ich gar nicht mit dir gerechnet."

Ivan erwiderte das Lächeln und schlüpfte in seine irgendwie beruhigende Rolle. Er mochte vielleicht Albträume haben, doch zu Parker nach Hause zu kommen war wesentlich besser, als sich in seiner einsamen Wohnung zu befinden oder sich in Bars nach One-Night-Stands umzusehen.

„Manche Tage sind besser als andere."

„Ich habe gekocht. Zumindest habe ich es versucht. Es ist nur eine Suppe, weil die nicht so schwer war und man sie gut aufwärmen kann."

Parker hatte gekocht. Was für ein wundervolles Gefühl. Wann war er das letzte Mal zu einem Abendessen nach Hause gekommen? Das musste schon vor Monaten gewesen sein. Lange vor Colins Auszug.

„Sie schmeckt bestimmt gut." Er machte ein paar Schritte auf Parker zu, nur um stehen zu bleiben, als ihm klar wurde, dass er ihn unbewusst für eine Umarmung und einen Kuss angesteuert hatte. Parker mochte ja schwul sein, aber Ivan *Baker* war es nicht – und würde seinen Mitbewohner sicher nicht auf diese Weise begrüßen.

„Kommt heute irgendetwas, das man sich auf deinem gigantischen Fernseher ansehen kann?" Es gab keine Serien, die Ivan regelmäßig schaute. Bei seinen Arbeitszeiten war das ein hoffnungsloses Unterfangen. Stattdessen sah er sich meistens einfach an, was gerade kam.

Parker zuckte nur mit den Schultern, während er in der Küche verschwand, um nach seiner Suppe zu sehen. Ivan folgte ihm und holte sich ein Glas Wein. „Willst du auch eins?"

Parker lächelte schüchtern. Er schien nicht an ein ganz alltägliches Maß an Freundlichkeit gewöhnt zu sein.

„Klar, danke."

Während Parker sich wieder dem Ofen zuwandte, griff Ivan erneut nach der Weinflasche.

„Gehst du heute wieder laufen?", fragte Parker.

Nach ihrem faulen Sofa-Samstag hatte Ivan ihn am Sonntag zum Joggen mitgenommen. Auch wenn sie nicht weit gelaufen waren, da Parker die Kondition fehlte, schien es ihm gutgetan zu haben.

„Dann hat es dir gefallen?"

Parker gab ein zustimmendes Brummen von sich. „Ich habe ein bisschen Muskelkater, aber es war gut."

„Der lässt nach, wenn man es regelmäßig macht." Ivan wippte auf den Zehenspitzen auf und ab, um seine eigenen Muskeln zu prüfen. Allerdings glaubte er nicht, dass er sich nach diesem Tag zu weiteren Anstrengungen durchringen konnte.

„Heute eher nicht. Ich bin total fertig", fügte er also hinzu.

Parker sah ihn an und runzelte die Stirn. „Ja, du siehst wirklich müde aus. Ich dachte, dein Tag war heute besser."

Mit einem bitteren Lachen holte Ivan ein zweites Weinglas aus dem oberen Regal. „Ich habe gesagt, dass es bessere Tage gibt, und nicht, dass der heutige Tag dazu zählt. Wenigstens war er nicht so lang."

Und jetzt wollte er nicht länger über diesen Tag nachdenken. Den Überblick über seine verschiedenen Leben zu behalten, war ihm im Augenblick zu anstrengend.

Während sich Parker wieder der blubbernden Suppe zuwandte, betrachtete Ivan den jungen Mann. Das Glücksgefühl, als Parker ihn mit einem fröhlichen Lächeln begrüßt hatte, wollte er lieber nicht näher analysieren. Genauso wenig wie die Frage, was so einen scheinbar anständigen jungen Mann vom rechten Weg abgebracht hatte.

Später. Über all das würde er später nachdenken. Bis er Gelegenheit fand, das Haus zu durchsuchen, bis sich ihm die Chance bot, Parker zu folgen und sich die Leute anzusehen, mit denen er sich traf, würde er der Versicherungsvertreter Ivan Baker bleiben. Sein Leben war wesentlich unkomplizierter. Irgendwie gefiel es Ivan.

Er näherte sich Parker und platzierte das Weinglas auf der Arbeitsplatte neben dem Herd.

„Hier, dein Wein."

„Oh, danke. Kannst du schon mal Schüsseln holen?"

„Klar." Ivan war nicht sicher, ob die Bitte dazu diente, ihn wieder auf Abstand zu bringen. Er trank einen Schluck Wein, bevor er sich umdrehte, um Parkers Aufforderung nachzukommen.

„Oh, Scheiße!"

Beim Lärm zersplitternden Glases duckte Ivan sich und griff nach einer nicht vorhandenen Waffe. Parker starrte auf das zerbrochene Glas und die rote Flüssigkeit, die sich wie Blut auf dem Boden ausbreitete. Ivan wurde klar, dass keine Gefahr bestand, und sein Puls verlangsamte sich.

Parker beugte sich vor, um eine der Scherben aufzuheben. Offenbar hatte Ivan sich geirrt: Ein bisschen Gefahr bestand doch. „Nicht!"

Parker erstarrte mit ausgestreckter Hand.

„Lass mich das machen." Ivan atmete tief durch, um sich zu beruhigen. „Ich schaff das schon."

Ivan lächelte. „Findest du nicht, dass es reicht, wenn ich dich einmal im Monat verarzte?"

Parkers verwirrtes Stirnrunzeln wurde gleich darauf von einer verlegenen Röte ersetzt. Ivan überlegte bereits, ob er zu weit gegangen war, als Parker plötzlich loslachte.

„Na gut, von mir aus." Parker richtete sich auf und war im Begriff, sich mit seinen nackten Füßen von den Scherben zu entfernen. Ivan schüttelte nur den Kopf, schlang die Arme um Parkers Taille und trug ihn aus der Küche.

KAPITEL 5

EINE HALBE Stunde später war die Küche sauber und Ivan saß mit dem Bauch voll ziemlich schmackhafter Suppe und sehr schmackhaftem Wein im Wohnzimmer und schaute sich mit Parker einen anspruchslosen, aber unterhaltsamen Actionfilm an. Hätte jetzt noch die Aussicht auf Sex bestanden, wäre es ein perfekter Abend gewesen.

Bis ihn ein Ziehen im Nacken daran erinnerte, dass nicht alles perfekt war. Er massierte ihn mit den Fingern und drehte den Kopf, um den Schmerz etwas zu lindern.

„Alles in Ordnung?"

„Ja, sicher. Ich bin nur ein bisschen verspannt. Oder ich habe falsch darauf geschlafen." Was sich ziemlich nah an der Wahrheit befand: An seinen Schlafgewohnheiten war zurzeit so ziemlich alles falsch.

„Ähm ... soll ich ihn dir ein bisschen massieren?"

Ivans Augen weiteten sich. Das klang eindeutig nach einem Annäherungsversuch. Lust pulsierte in seinem Unterleib. Nur stand ihm ein gewaltiges Hindernis im Weg: Auch wenn ihm Neil nicht sympathisch war, gab es ihm nicht das Recht, ihn so zu hintergehen. Das wollte er ihm nicht antun. Nicht nach seinen eigenen Erfahrungen. Seine Moralvorstellungen, sein Pflichtgefühl als Polizist und seine überwältigende Sehnsucht nach Parker kämpften gegeneinander an.

Er musste sich zusammenreißen. Was Ivan Bekker wollte, spielte keine Rolle. Was würde Ivan Baker tun? Wenn Ivan Baker vielleicht nicht ganz so hetero war und sich deshalb hatte scheiden lassen ... dann würde er vielleicht ja sagen.

„Na gut, warum nicht." Gut. Er hatte nicht zu begierig auf Parkers Finger geklungen.

Parker lächelte, als hätte Ivan ihm seinen größten Wunsch erfüllt. „Willst du dich vor mir auf den Boden setzen? Ich schiebe den Tisch zur Seite."

Das war eigentlich keine schlechte Idee. Es machte das Ganze unverfänglicher – zumindest konnte er sich das einreden.

Als er es sich zwischen Parkers Knien bequem machte, spürte er, wie Parkers Körper die Luft um ihn herum erwärmte. Bei der ersten Berührung durch Parkers Finger war der Film vergessen. Er unterdrückte mit großer Anstrengung ein Stöhnen, als sich kraftvolle Finger in seine steinharten Nackenmuskeln pressten.

Parker massierte unermüdlich weiter, bis die Verspannung kaum noch zu spüren war und seine Kopfschmerzen nachgelassen hatten. Wann hatte er sich das letzte Mal so wohlgefühlt? Als Parkers Finger ihn abwechselnd sanft streichelten und kräftigen Druck ausübten, musste er erneut ein Stöhnen zurückhalten, diesmal vor zunehmender Lust. Er senkte den Kopf noch weiter, um Parker mehr von seinem Rücken darzubieten. *Ivans* größter Wunsch war im Augenblick, sein T-Shirt auszuziehen, damit Parker seinen nackten Rücken berühren konnte. Doch er wagte es nicht. Es gab viele Gründe, sich nicht einfach umzudrehen und über Parker herzufallen, wobei Parkers Freund für ihn in diesem Moment im Vordergrund stand. Was Ivans Gehirn als Zärtlichkeit interpretierte, war lediglich die freundschaftliche Berührung eines Mitbewohners. Wieder etwas, das er nicht von einem Drogenhändler erwartet hätte, aber als Ivan Baker musste er sowieso vorgeben, dass er von nichts wusste. Was ihm gerade sehr recht war.

„He, du", flüsterte Parker. Ivan drehte den Kopf und fand Parkers Mund viel näher bei sich als erwartet. So nah, dass sein warmer Atem Ivans Oberlippe streifte. Als Ivan sich die Lippen leckte, folgte Parkers eindringlicher Blick seiner Zungenspitze. Während Ivan bereits den Kopf zu einem Kuss neigte, fragte er sich, ob er es noch irgendwie verhindern konnte.

EIN LAUTES Hämmern an der Tür riss Ivan aus seiner Benommenheit. Parker wich zurück, während Ivan aufsprang und erneut nach einer nicht vorhandenen Waffe griff. Verdammt. Parker blieb auf der Couch sitzen und sein Blick wanderte verwirrt von Ivan zur Tür und zurück.

Ob die durch die Tür gedämpfte Stimme männlich oder weiblich war, konnte Ivan nicht sagen, doch die Worte „mach die verdammte Tür auf" waren klar verständlich. Die Stimme klang wütend.

„Erwartest du jemanden?"

Parker schüttelte den Kopf, stand jedoch auf und ging auf die Tür zu. Ivan hielt ihn am Arm fest. „Warte. Da scheint jemand ziemlich verärgert zu sein."

„Aber ich muss trotzdem aufmachen. Ich kann Leute doch nicht einfach so ignorieren."

In was für einer Welt lebte der Junge eigentlich? Sobald man sich in den Drogensumpf hinauswagte, wurden wütende Menschen oft von Schusswaffen oder Messern begleitet. Und Parker wollte einfach die Tür öffnen, als handelte es sich um harmlose Zeugen Jehovas, obwohl weder er noch Parker eine Waffe hatten.

„Vielleicht gibt derjenige einfach auf." Und er kam hoffentlich nicht später zurück, um die Fenster einzuschießen.

Die Tür bebte erneut. „Ivan Bekker, du Arschloch. Komm sofort da raus."

Parker zog eine Augenbraue hoch. „Scheint für dich zu sein."

Ja. Aber für sein wahres Ich. Er hätte alles für das beruhigende Gewicht seiner Glock getan. „Warte hier." Mehr konnte er nicht tun, um Parker zu beschützen. Und Parker ignorierte seine Anweisung auch noch.

Ivan musste wie üblich etwas kräftiger ziehen, um die durch Feuchtigkeit aufgequollene Tür zu öffnen. Sie schwang weit auf und er stand schutzlos vor …

„Trish?"

Eigentlich hätte er ihre Stimme erkennen müssen, doch er hatte einfach nicht mit ihr gerechnet. Nicht hier.

„Was zum Teufel machst du hier, Ivan? Wo warst du? Und wer ist das?" Sie zeigte mit Schwung über Ivans Schulter.

„Beruhige dich." Seine Partnerin war verdammt sauer. Wie hatte sie ihn gefunden? Sie hatte doch hoffentlich nichts mit dem Verräter zu tun? Konnte er sich so in ihr geirrt haben?

„Sag mir nicht, was ich tun soll. Du kannst nicht einfach so abhauen, ohne …"

Ivan schob sie nach draußen und schlug die Tür hinter sich zu. Falls es nicht bereits zu spät war, durfte sie ihn nicht auffliegen lassen. Außerdem sah er in ihrem Gesicht keinerlei Arglist oder Verschlagenheit. Sein Instinkt sagte ihm, dass er ihr nach wie vor vertrauen konnte – während ihn sein Verstand darauf hinwies, dass ihm ohnehin keine Wahl blieb.

„Dafür ist hier nicht der richtige Ort. Und ich rede nicht mit dir, bevor du dich beruhigst." Er wählte ebenfalls einen lauten, verärgerten Tonfall. Doch bevor Trish zu einer wütenden Antwort ansetzen konnte, legte er ihr einen Finger auf die Lippen – und hoffte, dass sie ihn nicht abbeißen oder vor Parker etwas noch Belastenderes sagen würde.

„Spiel mit", flüsterte er. „Ich bin Ivan Baker und du bist meine Exfrau."

Trish riss die Augen auf und warf einen Blick auf die Tür.

„Eine einvernehmliche Scheidung?", flüsterte sie.

Ivan schnaubte. „Klang das so? Nein, du hast mich fertiggemacht."

Sie grinste frech. „Das wundert mich nicht."

„Komm mit." Ivan packte sie am Arm und führte sie ein Stück den Gehweg hinunter. „Tu wütend und wedle mit den Armen und so, aber sprich leise, okay?"

Sie schlüpfte gleich in ihre Rolle und machte einen aggressiven Schritt auf ihn zu. „Ich *bin* wütend. Was fällt dir ein, einfach zu verschwinden, während die SIU gegen dich ermittelt? Du bist doch nicht etwa mit einem neuen Kerl zusammengezogen?"

Ivan wedelte mit dem Finger vor ihrem Gesicht herum, als er antwortete: „Ich bin nicht verschwunden. Sarge weiß, wo ich bin. Und das war nur mein Mitbewohner. Aber du darfst es auf keinen Fall weitererzählen. Ernsthaft."

„Dein Handy ist nicht zu erreichen und du bist umgezogen." Er hob beschwichtigend die Hand, als ihre Stimme wieder lauter wurde.

„Ich tue nur so. Als verdeckter Ermittler."

„Wie bitte? Bekker … "

Er räusperte sich und sah sich um.

„Schon gut, entschuldige. Aber du bist beurlaubt. Warum hast du Ivan Baker auferstehen lassen?" Sie stemmte die Hände in die Hüften wie eine Mutter, die mit ihrem Kind schimpft.

Ivan zuckte mit den Schultern. „Ich musste. Es ist eine lange Geschichte, die ich dir jetzt nicht erzählen kann."

„Können wir uns wenigstens auf einen Kaffee treffen? Oder zum Essen? Ich mache mir Sorgen um dich. Das könnte dich deine Stelle kosten."

Er war nicht sicher, ob ihn das überhaupt stören würde. Aber im Augenblick musste er an seine und Parkers Sicherheit denken.

„Geh jetzt lieber. Ich melde mich, sobald ich kann."

„Das hoffe ich für dich. Sonst ist Trish *Baker* bald zurück und macht Ärger."

Sie presste sich an ihn und griff ihm zwischen die Beine. Er wich mit einem überraschten Ausruf zurück. „Was soll das?"

Das böse Grinsen war zurück. „Selbst nach einer Trennung sollte man den anderen daran erinnern, was er verpasst. Außerdem wird es auf deinen Jungen da drin ziemlich überzeugend wirken."

Ivan wagte einen Seitenblick auf das Haus und sah, dass sich die Gardine bewegte. Hoffentlich hatte das seine Geschichte wirklich glaubhafter gemacht.

„Wie hast du mich überhaupt gefunden?"

„Das verrate ich dir bei unserem nächsten Treffen."

Ivan starrte sie an. War sie wirklich so unbekümmert? Oder wollte sie ihn nur aus dem Gleichgewicht bringen?

„Na schön: Ich bin dir vom Therapeuten aus gefolgt. Und es war nicht leicht, du gerissener Kerl."

Wenn ihm irgendjemand folgen konnte, dann Trish. *Sie* war die Gerissene von ihnen. Er hatte sie nicht bemerkt. In Zukunft würde er wohl besser aufpassen müssen.

„Mach dich jetzt lieber auf den Weg, bevor dich jemand sieht und deine Nummernschilder überprüft."

„Schon gut. Aber im Ernst: Pass auf dich auf."

„Das werde ich. Weißt du, wie es Kurt geht?" Er hatte nicht den Versuch gewagt, ihn zu kontaktieren, da er Kurt nicht in diese Mission hineinziehen wollte. Aber Trish zu fragen, würde hoffentlich keine negativen Folgen haben.

„Ganz gut. Er ist stabil."

Er seufzte erleichtert.

Nachdem Trish ihm noch einmal unauffällig den Arm gedrückt hatte, stieg sie in ihren kleinen Mazda und fuhr davon. Dieser Einsatz hätte in einer Katastrophe enden können, wenn sie im Streifenwagen hergekommen wäre, um ihm Vorwürfe zu machen. Und es konnte immer noch passieren, falls einer von Razhins Leuten das Haus im Auge behielt und ihre Nummernschilder prüfte. Glücklicherweise hatte er bisher keinen Hinweis auf Überwachung gefunden.

Als er zum Haus zurückging, bemühte er sich um eine niedergeschlagene Haltung. Parker hatte sich ganz unauffällig aus dem Erdgeschoss verdrückt. Verdammt schade. Der Überraschungsbesuch hatte die entspannende Wirkung der Massage größtenteils zunichtegemacht und Ivan hätte nichts dagegen gehabt, wenn Parker sie wiederholt hätte. Andererseits war er froh über die Unterbrechung – zehn Sekunden später hätte er nämlich Bekanntschaft mit Parkers Lippen gemacht

62

gehabt. Und ihn beschlich der Verdacht, dass sie sich so gut angefühlt hätten wie keine anderen je zuvor.

EIN UNGEWOHNTES elektronisches Zirpen schreckte Ivan auf. Er sprang mit klopfendem Herzen aus dem Bett und versuchte, sich zu orientieren. Als ihm klar wurde, dass er sich in Parkers Haus befand, atmete er tief durch und suchte die Quelle des Geräuschs. Schließlich identifizierte er sie als das Klingeln des Handys in seiner Hosentasche, doch der Anrufer hatte bereits aufgelegt, als er es herausholte. Auch wenn ihm die Nummer nicht bekannt war, sollte ihn eigentlich nur eine Person anrufen. Er drückte ein paar Tasten, um einen Klingelton zu suchen, den er erkannte und der nicht wie ein erkälteter Wecker klang.

Er rieb sich die Augen und warf einen Blick auf die Uhr. Wie hatte er bis elf Uhr schlafen können? Ausnahmsweise war er nicht von Albträumen geplagt worden. Er stand auf und streckte sich. Der Anruf war eine unerfreuliche Erinnerung daran gewesen, dass es sich hier um einen Einsatz handelte. Er war nicht hier, um sich mit Parker Filme anzusehen und sich massieren zu lassen – auch wenn ihn das glücklicher gemacht hatte, als er seit langer Zeit gewesen war.

Gedanklich ging er Parkers Stundenplan durch, den dieser ihm bereitwillig mitgeteilt hatte, und stellte fest, dass er bis etwa drei Uhr allein im Haus sein sollte. Das würde ihm nach einem Frühstück genug Zeit für eine gründliche Überprüfung von Parkers Zimmer geben – und vielleicht würde er noch andere Räume schaffen. Wenn er das erledigt hatte, würde er Parker vermutlich irgendwann folgen müssen, um herauszufinden, wann und wo er sich mit seinem Drogenlieferanten traf. Sein Studentenleben eignete sich sicher sehr gut, um in dieser Hinsicht flexibel zu sein. Obwohl es Ivan wunderte, dass Parker nicht häufiger von „Freunden" besucht wurde, die sich bei ihm Nachschub besorgten oder ihn vielleicht sogar ins Bett kriegen wollten. Es war erstaunlich, dass ein so attraktiver Mann so viel Zeit zu Hause mit Ivan verbracht hatte.

Nachdem er in seine Jeans geschlüpft war, ging er die Treppe hinunter. Das Knarzen der Stufen war mittlerweile ein beruhigend vertrautes Geräusch. Mit einem Apfel gegen den schlimmsten Hunger in der Hand betrachtete er den Inhalt des Kühlschranks. Sollte er sich ein richtiges Frühstück machen? Oder vielleicht schon ein frühes Mittagessen für sie beide zubereiten? Sie hatten genug Lebensmittel für eine Gemüsepfanne.

Dann verschluckte er sich beinahe an seinem Apfel und schlug hustend die Kühlschranktür zu. Er musste aufhören, die Situation wie ein sehr langes Date oder sogar eine Beziehung zu betrachten. Sie wohnten nicht tatsächlich zusammen. Parker hatte einen Freund – und die Aussicht auf einen längeren Besuch im Gefängnis.

Plötzlich war ihm schwindelig und er musste sich auf einen Küchenstuhl setzen. Einmal hatte er miterlebt, wie ein junger Mann – sogar noch jünger als

Parker – in einen Bandenkrieg verwickelt worden und im Gefängnis gelandet war. Die anderen Insassen hatten ihn als willkommenen Leckerbissen betrachtet. Parker würde es ähnlich ergehen. Falls er nicht über geheime Kampfkünste verfügte, von denen Ivan nichts wusste, wahrscheinlich sogar noch schlechter.

Doch daran durfte er jetzt nicht denken. Erst musste er wissen, womit genau er es zu tun hatte. Was bedeutete, dass er möglichst viel über Parkers Geschäfte herausfinden würde, während er den Bericht an Martelli möglichst lange hinauszögerte. Wenn er schon auf eigene Faust arbeiten sollte, musste er das auch ausnutzen. Dass Martelli einen Hinweis erhalten und Parker mit Neil Gras geraucht hatte, war noch lange kein Beweis dafür, dass er mit Razhin zusammenarbeitete. Hinweise erwiesen sich manchmal als falsch.

Und selbst wenn Parker es tatsächlich auf einen Platz in Razhins Organisation abgesehen hatte, würde man den gutherzigen, rücksichtsvollen, noch trauernden jungen Mann doch sicher ohne eine Gefängnisstrafe vom falschen Weg abbringen können.

Nachdem er den Rest des Apfels in den Abfalleimer geworfen und sich die Hände gewaschen hatte, erklomm er die knarzende Treppe. Er klopfte vorsichtshalber an Parkers Tür, erhielt jedoch wie erwartet keine Antwort. Mit einem tiefen Atemzug öffnete er sie.

Die zwei Kastenfenster standen beide einen Spalt weit offen, was die Vorhänge im warmen Sommerwind flattern ließ. So angenehm die frische Luft auch war, schaute Ivan doch automatisch hinaus, um die Gefahr eines Einbruchs einschätzen zu können. Ein entschlossener Dieb ließ sich auch von einer einfachen Haustür nicht aufhalten, doch offene Fenster stellten eine große Verlockung dar, wo vorher keine bestanden hatte.

Das schräge Verandadach bot verhältnismäßig leichten Zugang zu den Fenstern. Glücklicherweise wirkte es nicht sehr stabil (war der Rest des Dachs in ähnlich schlechtem Zustand? Vielleicht sollte er Parker darauf hinweisen) und die Fenster waren trotz eines Baumes von der Straße aus gut zu sehen. Die Gefahr, beobachtet zu werden, schreckte Einbrecher hoffentlich ab. Er hätte Parker sowieso nicht gut darauf ansprechen können. *Oh, ich war übrigens einfach in deinem Zimmer und habe gesehen, dass die Fenster offen waren ...*

Das würde nicht gut ankommen, sondern ihm eher einen Preis für den schlechtesten Mitbewohner aller Zeiten einbringen – wenn nicht sogar den Rauswurf.

Ein weiterer Windstoß wehte in den Raum und brachte die ersten Vorzeichen der Mittagshitze mit sich. Ivan war froh, dass die alten Bäume auf der Gartenseite des Hauses seinem Zimmer Schatten spendeten. Parkers Zimmer wurde sicher ziemlich schnell aufgeheizt. Wenigstens lag es nur vormittags in der Sonne.

Er wandte sich seiner Aufgabe zu. Als Erstes fiel sein Blick auf das große Bett mit seinen zerwühlten Laken. Als er sich näherte und mit der Hand über das Kissen strich, glaubte er, Parkers Duft zu erkennen. Hätte Trish sie nicht im passenden – oder unpassenden – Moment unterbrochen, wäre er vielleicht in diesem Bett aufgewacht. Die Matratze wirkte teuer – fest mit einer weichen Polsterung darüber. Eine ähnliche hatten Colin und er sich vor ihrer Trennung kaufen wollen. Im Nachhinein war Ivan froh, am Ende doch nicht das Geld dafür ausgegeben zu haben. Für einen Studenten war sie jedenfalls sehr ungewöhnlich.

Da er nicht hier war, um Parkers Bettlaken zu streicheln, kniete er sich hin und schob eine Hand unter die Matratze. Auch wenn es sich nicht um ein besonders kreatives Versteck handelte, wurde es erstaunlich häufig genutzt. In Parkers Fall war dort allerdings nichts zu finden.

Ivan setzte seine Suche unter dem Bett fort, wo er auf zwei Paar Schuhe und einen Kapuzenpullover stieß – und auf genug Staubflocken, um ihn davon zu überzeugen, dass es sich bei Parker nicht um einen Sauberkeitsfanatiker handelte. Für Ordnung zu sorgen – besonders in Küche und Badezimmer –, war wahrscheinlich einfach nötig gewesen, während er seine Mutter gepflegt hatte, und dadurch zur Gewohnheit geworden. Ivan war erleichtert darüber, dass Parker nicht in einem solchen Schweinestall lebte, wie es seine eigene Studentenbude gewesen war. Im Laufe seiner Arbeit als verdeckter Ermittler hatte er teilweise in so elenden Verhältnissen leben müssen, dass er Parkers Haus zu schätzen wusste, denn hier war es schöner als in seiner eigenen Wohnung – abgesehen von der Tatsache, dass es sich bei seinem Mitbewohner vermutlich um einen Verbrecher handelte, den er bald verhaften musste.

Ivan schüttelte den Kopf. Daran hatte er doch nicht denken wollen. Bisher hatte er noch nichts gefunden, das weitere Ermittlungen oder einen Durchsuchungsbefehl rechtfertigte. An der Hoffnung, dass es so bleiben würde, war nichts Verwerfliches.

Er setzte sich auf die Bettkante, um über seinen nächsten Schritt nachzudenken. Die Pappkartons konnte er sich vermutlich sparen. Niemand versteckte etwas Wichtiges in einem Karton, wenn es andere Möglichkeiten gab.

Den Nachttisch mit seinem sehr persönlichen Inhalt verschob er auf später und nahm sich stattdessen die Kommode vor, immer auf der Suche nach Hinweisen auf Drogenhandel. Der eine oder andere Joint wäre nach der aktuellen Gesetzeslage überhaupt kein Problem gewesen, weshalb Ivan auch nicht eingeschritten war, als Parker mit Neil Gras geraucht hatte. Doch Martelli glaubte, dass wesentlich mehr vor sich ging. Nachdem er gewissenhaft jede Schublade durchsucht hatte, überprüfte er, ob etwas an ihre Unterseiten oder die Innenwände der Kommode geklebt worden war.

Abgesehen von Staub und ein paar knappen Tangas – ganz hinten in der Schublade und noch mit dem Etikett versehen – fand er absolut gar nichts. Die Tangas regten seine Fantasie heftiger an, als ihm lieb war – dabei mochte er diese eigentlich nicht besonders. Dass Parker sie offensichtlich nicht für Neil angezogen hatte, war beunruhigend beruhigend.

Er richtete sich auf und streckte sich, bis seine Wirbelsäule knackte. Ein Blick auf die Uhr verriet ihm, dass ihm noch mindestens zwei Stunden blieben. Er konnte also den Nachttisch hinter sich bringen und hatte noch genug Zeit für den Kleiderschrank.

Mit der unteren Schublade anzufangen war ein Fehler. Ivan schob sie gleich wieder zu, als er die Sexspielzeuge sah – obwohl es nicht gerade viele waren. Andererseits konnte sich in den Kartons natürlich noch eine ganze Sammlung verbergen. Er musste sich zusammenreißen, denn über Parker mit seinen Spielzeugen nachzudenken war noch wesentlich erregender, als ihn sich mit seinem Freund vorzustellen.

Vorbereitet auf weitere Überraschungen öffnete er die obere Schublade. Überraschend war der Inhalt allerdings. Mit Sex schien das Gerät mit Luftschläuchen und Netzstecker dagegen nicht viel zu tun zu haben – oder Ivan war naiver, als er dachte. Er hob vorsichtig den Schlauch an, um zu sehen, ob sich darunter etwas anderes verbarg, und stellte fest, dass sich am Ende eine Maske wie die eines Kampfpiloten befand. Jetzt wusste er wenigstens, für welchen Teil des Körpers das Gerät bestimmt war.

Das laute Quietschen der aufgequollenen Haustür riss ihn aus seinen Gedanken. Er sprang auf und schloss so leise wie möglich die Schublade. Seine Zeit konnte noch lange nicht abgelaufen sein; Parker war aus irgendeinem Grund früher nach Hause gekommen. Als Ivan aus dem Zimmer geschlüpft war und die Tür geschlossen hatte, hörte er bereits die erste Stufe knarzen. Eigentlich hätte er sich in seinem Zimmer verstecken sollen, sorgte sich aber um Parker. Vielleicht war dieser krank? Dann würde Ivan neue Pläne fürs Essen machen müssen.

Ivan schlich sich also hastig ins Badezimmer, drehte das Wasser auf und wusch sich lautstark die Hände. Nichts wirkte weniger verdächtig, als die Toilette zu benutzen.

Doch als er sich die Hände abgetrocknet hatte und den Flur betrat, wich er überrascht einen Schritt zurück.

„Neil?" Mit Neil hatte er absolut nicht gerechnet – dabei hätte er es vielleicht tun sollen. „Wo ist Parker?"

Neil starrte ihn an, als hätte er ihm eine völlig verrückte Frage gestellt. War sie das wirklich? Er hatte nicht den Eindruck gehabt, dass Neil hier wohnte oder auch nur einen Schlüssel besaß. War ihre Beziehung doch so ernst, dass Neil sich auch in Parkers Abwesenheit in seinem Haus aufhielt? Ivan runzelte die Stirn. Der Gedanke hätte ihn nicht so sehr stören sollen.

„Wer weiß? Wahrscheinlich bei irgendeiner Vorlesung."

Er schob sich an Ivan vorbei und öffnete Parkers Zimmertür.

„Weiß Parker, dass du hier bist?"

Neil warf ihm einen finsteren Blick zu. „Keine Ahnung. Weiß er, dass du hier bist? Musst du nicht arbeiten? Vergiss nicht, dass du Miete zahlst."

Neils gehässiger Tonfall brachte ihn aus dem Gleichgewicht, sodass es einige Sekunden dauerte, bis ihm eine Antwort eingefallen war. Dämlicher erfundener Versicherungsjob. Er hätte sich lieber einen Beruf ausdenken sollen, bei dem er von zu Hause aus arbeiten konnte ... Moment. „Heute konnte ich einiges von hier aus erledigen."

Neils Schnauben klang ungläubig. „Ach ja? Wenn ich rausfinde, dass du gar keine Arbeit hast und Parker nichts zahlen kannst, fliegst du hier schneller raus als bei deiner Frau. Eigentlich braucht er keinen Mitbewohner. Und ich habe ihn davor gewarnt."

„Keine Sorge, ich arbeite." Er konnte nur hoffen, dass Neil es nicht überprüfte und ihn auffliegen ließ.

„Jedenfalls ist es mein gutes Recht, hier zu sein." Neil machte einen Schritt vorwärts, doch Ivan hielt ihn automatisch am Arm fest.

„Wirklich? Dann musst du keine Rücksicht auf einen Mieter nehmen und kannst hier einfach so reinplatzen?"

„Wieso? Hast du was zu verbergen? Abgesehen davon, dass du scharf auf Parkers Arsch bist?" Neils spöttisches Lachen versetzte ihm einen Stich und Ivan errötete. Wie hatte Neil das so schnell bemerkt?

„Das bin ich nicht."

Neil fuhr fort, ohne Ivans Widerspruch zu beachten. „Hast du Angst, dass ich dich dabei überrasche, wie du dich an meinen Jungen ranmachst? Das kannst du sowieso vergessen. Du bist viel zu alt."

Ivan errötete noch heftiger. Neil hatte recht, was an seiner Sehnsucht nach Parker allerdings nichts änderte. Parkers Freund hatte allen Grund, wütend auf ihn zu sein.

„Ich weiß nicht, ob du hier eingezogen bist, weil du an einem naiven Jungen wie Parker deine geheimen Vorlieben ausleben willst, aber glaub mir, es wird nicht funktionieren. Du wirst dich woanders umsehen müssen."

Neil betrat Parkers Zimmer und schlug die Tür zu, bevor Ivan wirklich begriffen hatte, dass Neil als Grund für seinen Einzug die Jagd nach unschuldigen jungen Studenten vermutete. Ivan hörte noch, wie er abschloss, bevor alle anderen Geräusche von lauter Musik übertönt wurden, die vermutlich aus der Dockingstation stammte, die Ivan in Parkers Zimmer gesehen hatte.

Ivan zog sich in sein eigenes Zimmer zurück, wo er immer noch das Hämmern des Basses hören konnte, das ihn nur noch unruhiger machte. Neils überhebliches Benehmen war überraschend gewesen, allerdings nicht so überraschend wie seine eigene verunsicherte Reaktion darauf. Im Augenblick wusste er nicht, was er denken oder tun sollte. Parkers Zimmertür einzutreten und Neil rauszuwerfen – sein erster Instinkt, wenn er an Neil dachte – wäre Ivans Verhältnis zu Parker nicht gerade zuträglich gewesen.

Im Grunde konnte er Neil seine Feindseligkeit nicht einmal vorwerfen – schließlich wollte Ivan tatsächlich mit Parker schlafen und Neil war mit ihm zusammen. Ivan stellte sich vor, einen Freund zu haben, dessen neuer Mitbewohner scharf auf ihn war. Er wäre nicht begeistert gewesen und hätte den Mann, der hinter seinem Freund her war, ganz sicher nicht besonders freundlich behandelt.

Nur fiel es ihm jeden Tag schwerer, sich von Parker fernzuhalten und sich bei diesem angenehmen Zusammenleben nicht in einer Fantasiebeziehung zu verlieren. Mit Parker fühlte er sich so wohl und sicher wie nie zuvor. Egal, was in der Welt dort draußen passierte, schien er hier einen geschützten Rückzugsort von seinem verrückten Leben gefunden zu haben. Er hatte eine Mission, die für Parker vermutlich im Gefängnis enden würde, doch Ivan wollte diese Tatsache so lange wie möglich ignorieren. Er war sicher, dass er einen Drogendealer am Ende nicht davonkommen lassen würde. Das konnte er nicht, so liebenswert Parker auch war. Doch obwohl es nicht das erste Mal war, dass er sich als verdeckter Ermittler gut mit einem Kriminellen verstand, war Parker der erste Verbrecher, den er sich als Teil seines Lebens vorstellen konnte – und zwar als Teil von Ivan *Bekkers* Leben.

Er hatte sich bereits ausgemalt, Parker seinen Eltern und seinen Schwestern vorzustellen. Rick war ihm bereits begegnet. Trish ebenfalls. Parker hätte trotz des Altersunterschieds gut hineingepasst.

Verdammt. Er musste hier raus. Joggen, Einkaufen, ganz egal. Es musste ihn nur davon ablenken, dass Neil sich wahrscheinlich gerade in Parkers gemütlichem Bett befand. Weil er dort hingehörte. Weil Parker ihn dort haben wollte.

Gott, Parker hatte ihn völlig aus dem Gleichgewicht gebracht. Es war beängstigend. Hätte er doch nur mit jemandem darüber reden können. Doch selbst seinem Therapeuten konnte er sich nicht öffnen. Seine Mission war bereits gefährlich genug.

PARKER GING schwungvollen Schrittes die Treppe hinauf und in sein Zimmer.

„Oh, Neil. Hallo." Sein Freund hatte es sich auf dem Bett bequem gemacht, als handelte es sich um sein eigenes. Ironischerweise hatte er nie die Nacht darin verbracht, obwohl sie dort einige Male Sex gehabt hatten. Seine Mutter hatte mehrere Monate vor ihrem Tod darauf bestanden, ihm das bequemste Bett zu kaufen, das zu finden war, um ihm seine vor Sorge schlaflosen Nächte wenigstens etwas angenehmer zu machen.

„Hi. Ich dachte, du hättest heute früher frei und wir könnten ein bisschen rumhängen."

„Nein, heute war einer der längeren Tage. Aber heute Abend habe ich Zeit." Es entsprach nicht ganz der Wahrheit, doch Neil von seinen zwanzig Stunden ehrenamtlicher Arbeit in der Rehabilitationsklinik zu erzählen, hätte ihm lediglich ein Augenrollen und sanften – oder auch weniger sanften – Spott eingebracht. Neil verstand einfach nicht, warum er so viel Wert auf seinen Hochschulabschluss und seine Karriere legte, und wollte ihn stattdessen davon überzeugen, das Geld seiner Mutter in Neils Pläne für seinen Club zu investieren. Auch wenn er nichts gegen Neils Traum hatte, konnte er auf das von seiner Mutter eingerichtete Treuhandkonto nur für bestimmte Zwecke zugreifen und um die Raten einer Hypothek zurückzahlen zu können, fehlte ihm das Einkommen. Eine Vermietung des Landhauses in Muskoka hätte das geändert, doch das brachte er einfach nicht übers Herz. Wie er Ivan bei einem ihrer Gespräche am Wochenende gestanden hatte, verband er zu viele schöne Erinnerung an seine Mutter und seine Großeltern mit diesem Haus, um Fremde darin wohnen zu lassen. Sogar es selbst zu besuchen, fiel ihm zurzeit noch zu schwer.

„Das geht nicht. Ich muss mich mit Leuten treffen. Mich ums Geschäft kümmern."

Wahrscheinlich hatte Neil diese Worte gewählt, um in Parker Schuldgefühle wegen seiner mangelnden finanziellen Unterstützung auszulösen, doch Parker beschloss, sie als Beweis dafür zu betrachten, dass Neil seine Träume auch allein verwirklichen konnte. Am Ende wäre das ohnehin besser – dann konnte er stolz darauf sein, sein Ziel, das er mit so bewundernswerter Leidenschaft verfolgte, aus eigener Kraft erreicht zu haben.

„Wo ist Ivan?" Wenn dieser nicht wieder einen ungewöhnlich langen Arbeitstag gehabt hatte, war er vermutlich schon hier.

„*Wo ist Ivan?* Woher soll ich das wissen?" Der spöttische Tonfall machte Parker klar, dass Ivan nicht zu Neils Lieblingsthemen gehörte.

Parker warf seinen Rucksack in eine Zimmerecke und öffnete den Kleiderschrank, um sich bequemere Kleidung zu suchen. „Ich dachte nur, er wäre schon zu Hause."

„Er war hier, als ich angekommen bin. Ziemlich komisch, weil es noch keine zwei war."

„Zwei?" So lange war Neil schon hier? „Was hast du die ganze Zeit gemacht?"

Neil deutete vage in Richtung Dockingstation. „Mir neue Musik für den Club angehört. Was geraucht. 'ne Weile geschlafen."

Das war beinahe erschreckend: Neil hatte in seinem Zimmer Gras geraucht und es war ihm nicht mal aufgefallen. Wie oft kam Neil vorbei und machte das? Anscheinend so oft, dass Parker den Geruch nicht mehr registrierte. Ziemlich traurig. Wahrscheinlich hielt Ivan ihn bereits für einen Dauerkiffer.

„Bleibst du noch ein bisschen? Hast du schon gegessen?"

„Wie gesagt, ich treffe mich gleich mit ein paar Leuten."

Aber er hatte genug Zeit, um alleine in Parkers Zimmer rumzuhängen? Er öffnete die Vorhänge, um Sonnenlicht hereinzulassen, und suchte das Bett nach Hinweisen auf eine zweite Person ab. Eigentlich hatte Parker nach dem letzten Mal sehr deutlich klargestellt, dass Sex in seinem Bett nicht infrage kam, aber vielleicht hatte Neil trotzdem jemanden mitgebracht. Glücklicherweise fand er dafür keine Anzeichen. Wenn Parker selbst keine Gesellschaft in seinem Bett hatte, musste

Neil die auch nicht haben. Sollte er seine One-Night-Stands doch in seiner eigenen Wohnung vögeln.

Neil stand mit vom Schlafen zerknitterten Kleidern vom Bett auf. „Ich muss jetzt los. Aber sei vorsichtig. Ich traue diesem Ivan nicht."

Meine Güte. Was hatte er bloß für ein Problem mit ihm? „Warum nicht?"

Neil verzog die Lippen zu einem höhnischen kleinen Lächeln. „Weil er so früh hier war. Bist du sicher, dass er wirklich Geld verdient und die Miete bezahlen kann?"

„Du sagst doch selbst immer, dass ich das Geld nicht brauche." Wie oft hatte er sich das anhören müssen? Wären sie ein Paar gewesen, hätte er Neil für eifersüchtig gehalten. Aber das war dumm. Neil war sein bester und ältester Freund, der ihm in der schwersten Zeit seines Lebens beigestanden hatte. Er schuldete ihm eine Menge, und dazu gehörte wohl auch, dass er über einige seiner Macken hinwegsah. Das tat man als Freund eben.

Neils Schnauben klang entfernt spöttisch. „Brauchst du auch nicht. Aber wenn der alte Knacker schon hier wohnt, soll er auch dafür bezahlen."

Alter Knacker? War Neil blind? Ivan war älter als sie beide, aber dabei so heiß, dass es beinahe wehtat. Ivan war der Typ Mann, den Parker in Zeitschriften und Pornofilmen anschmachtete, den er sich allerdings niemals anzusprechen wagen würde.

„Vielleicht ist er krank geworden." Ivan schien schlecht zu schlafen. Manchmal hatte Parker ihn nachts in seinem Zimmer gehört. Er hatte sogar schon darüber nachgedacht, nach ihm zu sehen, so unangebracht es ihm auch erschien, doch es war jedes Mal wieder Ruhe eingekehrt, bevor er sich dazu entschließen konnte.

„Er hat gesagt, er arbeitet von zu Hause, aber ich weiß nicht. Ich traue dem Typen einfach nicht. Ich glaube, er hat es auf deinen Arsch abgesehen. Vielleicht hat er sich nur deshalb einen Studenten als Mitbewohner gesucht."

„Neil, das ist doch lächerlich. Er hat es nicht auf meinen Arsch abgesehen." Wäre es doch nur so gewesen. Parker hätte ihm diesen ohne das geringste Zögern angeboten. „Er ist nicht schwul. Ich habe sogar seine Frau kennengelernt."

„Und wenn du seinen Harem kennengelernt hättest: Der Mann ist schwul und scharf auf dich. Wahrscheinlich hat er den Vormittag damit verbracht, an deiner Unterwäsche zu schnuppern."

Zusammen mit der Röte in seinem Gesicht stieg Hoffnung in Parker auf. Es war irgendwie krank, dass ihm die Vorstellung gefiel. Konnte Ivan wirklich schwul sein? Hatte er sich deswegen scheiden lassen?

„Willst du wirklich nicht bleiben? Ich hätte einen Horrorfilm für uns." Den hatte er nicht, aber Neil hasste Horrorfilme. Ivan und Parker gleichzeitig im Haus zu haben, erschien ihm zu anstrengend. Er wollte nicht den Abend damit verbringen, verbale Klippen zu umschiffen und sich für Neils gehässige Kommentare zu entschuldigen.

„Gott, Parker. Kauf dir von dem Geld, das du mit dem alten Mann verdienst, ein bisschen Geschmack." Er rollte die Augen und hängte sich seine Tasche um. „Bis dann."

„Mach's gut, Neil."

Parker blieb am Fenster stehen und sah Neil schon bald die Einfahrt entlanggehen. Trotzdem bewegte er sich nicht vom Fenster weg und musste sich bald eingestehen, dass er auf die Rückkehr seines Mitbewohners wartete. Er hätte etwas anderes tun sollen, brauchte jedoch zurzeit nicht zu lernen und wollte sowieso nicht allein in seinem Zimmer sitzen und auf Ivan wie ein Eigenbrötler wirken. Also schlüpfte er in eine bequeme Jeans und ein abgetragenes, schon etwas löchriges T-Shirt und ging ins Wohnzimmer hinunter, um fernzusehen.

Als er gerade unten angekommen war, schwang die Tür geräuschvoll auf. Parker zuckte zusammen. Sein erster Gedanke – dass Neil etwas vergessen hatte – löste sich beim Anblick des verschwitzten blonden Mannes in der Tür in Luft auf.

„Ivan." Mehr brachte Parker nicht heraus. Das weiße T-Shirt war beinahe durchsichtig und spannte sich über stahlharte Muskeln. Die abgeschnittene alte Jogginghose war nicht nur extrem kurz, sondern auch fast so dünn und abgetragen wie Ivans T-Shirt. Sein schweißnasses Haar war golden wie Honig und zerzaust. Er wusste nicht, wo Ivan herkam, aber er sah zum Anbeißen aus. Nur an den dunklen Augenringen hatte sich nichts geändert.

„Oh, Parker. Hi. Ich bin ein bisschen gelaufen."

Ein bisschen? Entweder hatten die Hitze und Feuchtigkeit des Tages große Wirkung gezeigt oder er war durch die halbe Stadt gejoggt. Nachdem er mit Parker gelaufen war, hatte er nicht annähernd so erschöpft gewirkt. Andererseits hatte er vielleicht nur Parker schonen wollen.

„Ich wäre mitgekommen, wenn du gewartet hättest."

Irgendwie gelang es Ivan, mit einer Augenbraue ein Schulterzucken auszudrücken, während er um Parker herumging, um sich eine Wasserflasche aus dem Kühlschrank zu holen. Auch wenn sein abweisendes Verhalten vielleicht nur mit seiner Erschöpfung zusammenhing, versetzte es Parker einen Stich. Nach so einer Reaktion widerstrebte es ihm, Neils Behauptung über Ivan auf die Probe zu stellen. In seinem Leben war er so oft abgewiesen worden, dass er von seinem Mitbewohner nicht dasselbe erleben wollte.

Trotzdem folgte er Ivan in die Küche. „Soll ich uns was zu essen machen?"

Der finstere Blick, den Ivan ihm zuwarf, ließ ihn einen Schritt zurückweichen. Vielleicht verhielt er sich zu aufdringlich. War es normal, so viel Zeit mit seinem Mitbewohner zu verbringen? Chris und Thom waren zum Beispiel Freunde, doch Chris verbrachte fast seine gesamte Freizeit mit Alicia.

Parker hätte sich beinahe entschuldigt. Allerdings war er sich keiner Schuld bewusst und erinnerte sich außerdem an Neils Vorwurf, er täte es zu oft. Ihm war ohnehin der Appetit vergangen.

71

Also zog er sich feige ins Wohnzimmer vor den Fernseher zurück und ließ Ivan mit seiner Wasserflasche in der Küche stehen. Er hatte sich einfach zu sehr an die gemeinsamen Abende gewöhnt, obwohl es erst wenige Tage gewesen waren. Vielleicht hatte er deshalb keinen Freund: Er erwartete zu viel Aufmerksamkeit von ihnen.

Er schaltete den Fernseher ein und starrte auf den Bildschirm, ohne ihn wirklich wahrzunehmen.

„Wo ist Neil?" Ivan hatte sich an den Türrahmen gelehnt und sah etwas weniger rot, jedoch noch genauso verschwitzt und verführerisch aus.

„Der ist gegangen. Wieso?" Eigentlich wollte Parker den Altersunterschied zwischen ihnen nicht noch betonen, sondern wie ein erwachsener Mann wirken. Sein leicht beleidigter Tonfall war dabei allerdings nicht sehr hilfreich.

Trotzdem hellte sich Ivans Miene plötzlich auf und sein ganzer Körper schien sich zu entspannen. Erst da wurde Parker bewusst, wie verkrampft und unglücklich er seit seiner Ankunft vor einigen Minuten gewirkt hatte.

„Weil ich bei eurer gemeinsamen Zeit nicht stören wollte. Deswegen bin ich gegangen."

Gemeinsame Zeit? Das war etwas seltsam ausgedrückt, aber Ivan schien es gut gemeint zu haben. Auch wenn Parker viel lieber Zeit mit ihm als mit Neil verbracht hätte. Neil interessierte sich selten dafür, was Parker wollte.

„Er hat heute Abend zu tun. Hast du Lust auf einen Film?" Vermutlich sah Parker sich zu viele Filme an, doch es machte ihm wesentlich mehr Spaß, als Neil in einen Club zu begleiten – falls er ihn überhaupt einmal einlud. Vielleicht sollte er endlich eine Einladung von Alicia annehmen. Genau. Das würde er tun. Beim nächsten Mal würde er mitgehen. Sein plötzlicher Entschluss brachte ihn zum Lächeln. Ivan betrachtete ihn kurz mit einem Blick, den Parker nicht deuten konnte, bevor er das Lächeln erwiderte.

„Aber nur, wenn ich dich nicht von deinen Hausaufgaben abhalte."

„Keine Angst, alles erledigt."

„Hättest du auch Lust auf etwas anderes?"

Etwas anderes? Parker spürte ein nervöses Kribbeln in seinem Bauch, als er sich mögliche Aktivitäten vorstellte – besonders, wenn sie erneut mit einer Massage begannen. Er liebte es, Ivan zu berühren, auch wenn dieser sein Verlangen nicht erwiderte.

„Warum nicht? Woran hast du gedacht?" Hoffentlich ans Küssen. Oder an Sex. Oder …

„Spielst du Karten?"

Er starrte Ivan stirnrunzelnd an, bis die Worte zu ihm durchgedrungen waren und seine Fantasien verdrängt hatten.

„Früher habe ich mit meiner Mutter oft Cribbage gespielt. Und Neil hat versucht, mir Poker beizubringen, aber ich komme einfach nicht hinter die Strategien."

„Ich glaube, ich erinnere mich an die Regeln. Cribbage können wir also gerne spielen. Aber man muss sich nicht gut mit Strategien auskennen, um Spaß an Poker zu haben." Die letzten Worte wurden vom Stoff seines T-Shirts gedämpft, als Ivan es anhob, um sich damit übers Gesicht zu wischen. Die wohlgeformten Bauchmuskeln, zwischen denen ein goldener Pfad bis zu Ivans Hosenbund verlief, zogen Parker in ihren Bann.

Als das T-Shirt sich senkte, konnte Parker endlich wieder einigermaßen logisch denken. „Aber Neil hat gesagt …"

Ivan schnaubte und verdrehte die Augen. „Strategien sind nur wichtig, wenn man in einem Kasino um Geld spielt. Da sollte man keine Anfängerfehler machen. Ich meine die Art von Poker, die man mit Freunden spielt – wo es um Spaß geht, auch wenn man vielleicht mal ein paar Dollar setzt. Ich war sogar mal in einer Pokerrunde, in der sich ein Typ immer aufschreiben musste, welche Karten besser sind."

Das klang wesentlich angenehmer als Neils diktatorische Lehrmethoden, bei denen Parker sich vorkam, als ginge es um Leben und Tod. Außerdem konnte Parker sich immerhin merken, dass ein Full House besser war als ein Flush.

„Na gut, das klingt spaßig." Spaß. Die fehlende Zutat beim Kartenspielen mit Neil.

„Wir können mit Cribbage anfangen, wenn du möchtest."

„Was ist mit dem Abendessen?"

Diesmal erhellte Ivans Lächeln sein ganzes Gesicht. „An einem Pokerabend isst man kein richtiges Essen. Höchstens Chili, aber dafür ist es mir heute echt zu heiß. Wir haben Gemüse, Käse und Dips – das sollte doch reichen."

Das Lächeln war ansteckend und brachte das Kribbeln in Parkers Bauch zurück – begleitet von einem Hauch von Enttäuschung, da es bei einem Kartenspiel nicht viel Körperkontakt geben würde.

„Kannst du dich schon mal um die Snacks kümmern, während ich dusche?" Auf Parkers Nicken hin drehte Ivan sich um und stapfte die Treppe hinauf.

Kaum hatte Parker mit der Zubereitung angefangen, hörte er auch schon die alten Wasserleitungen rasseln. Er musste sich am Rand der Arbeitsplatte festklammern, als Fantasien auf ihn einstürmten: Ivan, der sich nass und seifig selbst berührte, seine Hände über seinen Körper rieb, während um ihn herum Dampf aufstieg und die Feuchtigkeit Spiegel und Fenster beschlagen ließ.

Parker hätte sich hineinschleichen können, um Ivans verschwommenen Umriss durch den transparenten Duschvorhang zu beobachten. Sicher legte er den Kopf in den Nacken und schloss die Augen, als er genüsslich das warme Wasser über sich hinwegspülen ließ. Dann stützte er sich mit einer Hand an der Wand ab, während die andere zu seinem steifen Schwanz hinunterwanderte …

Das Rauschen des Wassers brach ab und riss Parker aus seinen Tagträumen, bevor er noch erregter werden konnte.

Doch er spürte bereits ein lustvolles Pochen in seinem Unterleib, das er mit tiefen Atemzügen zu vertreiben versuchte. Er hatte nicht vor, Ivan mit einer ausgewachsenen Erektion zu begrüßen – er würde es vermutlich nicht als Kompliment betrachten.

Als er Ivans Schritte hörte, war er mit den Snacks beinahe fertig und seine Erektion hatte sich zumindest teilweise beruhigt. Er rückte sich noch ein letztes Mal zurecht und hoffte, Ivan würde nichts bemerken.

„Willst du ein Bier?"

„Wasser reicht mir heute. Meine Beine sind noch ganz zittrig vom Laufen und ich bin ziemlich dehydriert. Aber trink du ruhig eins ohne mich." Ivan legte einen Stapel Karten auf dem Küchentisch ab, bevor er Parker half, die Schüsseln ebenfalls dort zu platzieren.

„Wir benutzen deine Karten?", fragte Parker, als er die letzten Knabbereien auf den Tisch stellte.

„Stört es dich?"

Parker bemühte sich um einen möglichst ernsten Gesichtsausdruck. „Sie könnten gezinkt sein. Wie sollte ein Anfänger wie ich das erkennen?"

Ivan riss kurz die Augen auf, lachte dann jedoch. „Keine Angst, wir spielen doch nur zum Spaß. Die gezinkten Karten gibt es nur bei ernsten Angelegenheiten." Er zwinkerte Parker zu.

„Da ich allerdings nicht nur ehrlich, sondern auch ein Gentleman bin, darfst du als Erster geben."

Parker verdrehte die Augen, griff aber nach dem Kartenstapel, um zu mischen. „Ich warne dich: Ich bin Cribbage-Experte."

„Na und? Dafür mach ich dich beim Poker fertig."

Parker teilte grinsend die Karten aus.

KAPITEL 6

„ICH MACHE mich jetzt auf den Weg zur Arbeit. Zum Essen müsste ich zu Hause sein." Ivan kämpfte gegen ein Gefühl von Déjà-vu an. Dasselbe hatte er häufig zu Colin gesagt, doch unter Mitbewohnern erschien es ihm nicht sehr passend. Irgendwie hatte sich zwischen ihm und Parker eine wesentlich engere Beziehung entwickelt als bei Mitbewohnern üblich. Dass Parker sich dieser Tatsache vermutlich nicht bewusst war, da er vorher nie einen Mitbewohner gehabt hatte, kümmerte Ivan nicht. Er war nicht bereit, dieses Leben mit Parker, das ihm so guttat, einfach aufzugeben. Zumindest noch nicht. Nicht, bevor er konkrete Beweise hatte. Solche Einsätze dauerten manchmal Monate, auch wenn Martelli ihn sicher nicht so lange decken konnte. Für Martelli musste er das Ganze möglichst schnell hinter sich bringen ... während er es für Parker am liebsten möglichst lange hinausgezögert hätte.

Da er nicht riskieren wollte, ein zweites Mal von einem eifersüchtigen und misstrauischen Neil im Haus überrascht zu werden, setzte er heute einen anderen Teil seiner Pläne in die Tat um. Beim Joggen hatte er bereits einige versteckte Plätze gefunden, die bei Bedarf einen guten Blick auf das Haus boten. An einem davon legte er sich nun auf die Lauer, denn Parker würde bald das Haus verlassen. Da dieser immer zu Fuß ging, plante Ivan ihm zu folgen, um herauszufinden, ob sein Ziel wirklich der Campus war und mit wem er sich traf.

Zur Not konnte er mit seinem Handy ein paar Fotos machen und sie auf dem Weg zu seiner nächsten Therapiestunde oder Befragung der SIU zu Hause oder an einem anderen sicheren Ort speichern.

Während er an einem hölzernen Telefonmast lehnte und wartete, zupfte er gelangweilt rostige Heftklammern aus dem Holz, die sich über die Jahre von unzähligen dort angebrachten Zetteln angesammelt hatten.

Endlich tauchte Parker auf. Er lächelte nicht direkt, wirkte aber rundum glücklich. Seine Freude übertrug sich auf Ivan und ließ seine Anspannung verfliegen. Nur seine Finger zuckten, da er nur zu gern über Parkers blonde Haarspitzen gestreichelt hätte.

Als Parker weit genug entfernt war, schlüpfte Ivan aus seinem Versteck und folgte Parkers knackigem Hinterteil in sicherem Abstand. Nachdem er zum dritten Mal beinahe hingefallen wäre und mehrere Fußgänger angerempelt hatte, musste er einsehen, dass er sich vielleicht etwas zu sehr auf diesen verlockenden Körperteil konzentrierte.

Die Gehwege waren voller Studenten auf dem Weg zum Campus, die sich besonders vor dem Eingang zu U-Bahn-Haltestelle stauten, doch Parker blieb nicht stehen, um mit irgendjemandem zu reden. Er wand sich durch die Grüppchen, als hätte er ein Ziel. Martelli hielt Parkers Studium für eine Fassade, um auf dem Campus Kunden zu finden. Ivan war da weniger sicher. Um einen Campus zu betreten, brauchte man schließlich nicht gleich einen Studentenausweis. Parker hätte sich auch einfach so dort aufhalten und Studenten ansprechen können.

Außerdem hatte Ivan bereits miterlebt, wie Parker für mindestens einen Kurs Hausaufgaben erledigt hatte. Jetzt musste er nur herausfinden, ob der Rest seines Stundenplans ebenfalls der Wahrheit entsprach. Und nachdem er sich näher damit vertraut gemacht hatte, würde er auch besser einschätzen können, wann und wo sich Parker Gelegenheit zum Drogenhandel bot. Sein Haus schien er nicht für illegale Aktivitäten zu nutzen, wenn Neil nicht etwa für – oder mit ihm – arbeitete.

Viele Frauen und Männer warfen Parker anerkennende Blicke zu und einige davon wanderten wie Ivans auch zu seinem knackigen Hintern. Parker schien von all dem nichts zu bemerken. Ob es daran lag, dass er vergeben war, oder daran, dass er seine Attraktivität einfach nicht wahrnahm, musste Ivan noch herausfinden. *Nachdem* er herausgefunden hatte, woher Parker seinen Stoff bekam. Die Käufer würde er ebenfalls genauer unter die Lupe nehmen, doch im Vergleich waren sie nur kleine Fische – vor allem, wenn sie lediglich legale Mengen für den Eigenbedarf erwarben.

Parker überquerte den Weg und erklomm die Stufen zu einem nichtssagenden, gedrungenen Gebäude. Da im Eingangsbereich dichtes Gedränge herrschte, schob sich Ivan dichter an Parker heran, um ihn nicht aus den Augen zu verlieren.

Die warme, stickige Luft im Innern des Gebäudes brachte Ivan zum Schwitzen. Gab es hier keine Klimaanlage? Er keuchte ein wenig und sein Herz schlug schneller, während von allen Seiten Rucksäcke und Taschen gegen ihn stießen. Unwillkürlich stellte er sich vor, wie viele Waffen man darin verbergen konnte.

Trotz der Menge ermöglichten es Parkers Größe und seine blonden Haarspitzen, ihn im Auge zu behalten. Ivan kämpfte sich unermüdlich hinter ihm her durch die Menge, bis das Gedränge nach den ersten Abzweigungen endlich nachließ und er freier atmen konnte.

Parker ging eine Treppe hinauf und öffnete eine Tür. Ivan schaute kurz hinein, um den Raum zu überblicken, ging dann aber weiter. Ein so großer Hörsaal hatte grundsätzlich weitere Eingänge und Ivan plante, sich von hinten hineinzuschleichen. Sollte das nicht möglich sein, würde er warten müssen, bis Parker wieder herauskam.

Er folgte dem Flur bis zur nächsten Tür und wartete, bis eine Studentin sie öffnete. Da dahinter tatsächlich derselbe Hörsaal zu sehen war, zog er sich seine Baseballmütze tiefer ins Gesicht und schlüpfte hinter ihr hinein. Nachdem er Parkers unübersehbare Frisur in der Mitte des Raumes entdeckt hatte, suchte er sich einen Platz ganz hinten und beugte sich tief über den Tisch, falls Parker sich einmal umdrehen sollte.

Ivan hielt nach verdächtigen Personen Ausschau, was sich ziemlich schwierig gestaltete, da abgesehen von Parker kaum jemand besonders vertrauenerweckend wirkte – schon gar nicht, wenn sie Parker anstarrten. Ivan behielt genau im Auge, ob sich ihm jemand näherte oder ihn ansprach. Eine Gruppe aus vier Mädchen und zwei Jungen setzte sich in seine Nähe, wobei nicht ersichtlich war, ob sie irgendwelche Hintergedanken hatten oder einfach von Parkers hübschem Gesicht angezogen worden waren.

Da die ständigen Blicke Ivan allmählich nervten, konzentrierte er sich lieber auf Parker. Dieser schien die Aufmerksamkeit hier eher zu bemerken, sie aber nicht zu mögen: Er saß mit hochgezogenen Schultern und gesenktem Kopf da, als wollte er die Blicke abwehren. Nicht gerade das Verhalten eines Drogendealers auf Kundenfang.

Der Professor betrat den Hörsaal, dicht gefolgt von einer jungen Frau, die sich suchend umsah. Plötzlich veränderte sich Parkers Körpersprache und er winkte ihr einladend zu. Sie ging hinüber und setzte sich mit einem Kuss auf Parkers Wange auf den Platz neben ihm. Einzig die Tatsache, dass Parker schwul war, zügelte Ivans Wut. Die Eifersucht auf sie war albern. Einerseits war Parker sowieso mit Neil zusammen, andererseits hätte für Ivan auch sonst keine Chance auf eine Beziehung mit ihm bestanden. Es war lächerlich, daran bei einem mutmaßlichen Kriminellen, der sich wahrscheinlich auf dem Weg ins Gefängnis befand, auch nur zu denken – und seiner Karriere nicht gerade förderlich.

Wer war das Mädchen? Eine Freundin? Eine Kundin? In ihrem rosa T-Shirt wirkte sie furchtbar harmlos.

Ivan ließ den Blick noch einmal durch den Hörsaal wandern. Nahezu alle Studenten hatten ein Notebook oder Tablet auf dem Tisch vor sich platziert. Seit seiner eigenen Studienzeit hatte sich einiges verändert. Er selbst hatte dagegen nicht einmal Papier und Stift mitgebracht. Warum hatte er das hier nicht besser geplant? So machte er sich zur auffälligsten Person im Raum. Na gut, vielleicht abgesehen von dem Typen neben der Wand, der sich von einem ausgiebigen Besäufnis zu erholen schien.

Der Professor bat um Ruhe und begann mit der Vorlesung. Ivan ignorierte ihn, da er es vorzog, Parkers Profil zu betrachten. Dieser schien sich wirklich für das Thema zu interessieren und der konzentrierte Gesichtsausdruck stand ihm ausgesprochen gut. Das Mädchen in Rosa hörte ebenfalls aufmerksam zu, anstatt Parker anzusehen. Es machte sie Ivan etwas sympathischer.

DIE ZWEI Stunden vergingen erstaunlich schnell. Parker anzusehen war wesentlich interessanter als die meisten anderen Aspekte seiner Arbeit. Obwohl der Professor noch redete, kündigten raschelnde Rucksäcke und sich schließende Laptops das Ende der Vorlesung an. Ivan verließ mit gesenktem Kopf unauffällig den Raum und positionierte sich ein Stück weit den Flur hinunter, wo Parker ihn hoffentlich nicht bemerken würde.

Schon bald kamen Parker und das Mädchen in Rosa aus dem Hörsaal, wobei sie sich lächelnd unterhielten. Er folgte ihnen erst, als sie beinahe den Ausgang erreicht hatten.

Er verlor die zwei beinahe, als er sich durch die Menge bis zur Tür kämpfte, und musste draußen erst wieder nach Parkers gefärbten Haarspitzen Ausschau halten. Als er ihn entdeckt hatte, beschleunigte er seinen Schritt, damit sie ihn nicht noch einmal abhängten.

Plötzlich blieben sie stehen. Ivan bremste ebenfalls, und zwar so abrupt, dass er beinahe stolperte. Hier im Freien konnte er sich nirgendwo verstecken und Parker hatte eigentlich keinen Grund, so unvermittelt stehen zu bleiben.

Parker und das Mädchen drehten sich gleichzeitig um, als hätten sie ihren Verfolger bemerkt und wollten ihn zur Rede stellen.

Ivan stockte der Atem, als Parkers Blick auf sein Gesicht fiel. Er errötete. Irgendwie war es diesem unerfahrenen Drogendealer gelungen, ihn bei der Arbeit zu überrumpeln. So etwas war ihm seit Jahren nicht mehr passiert.

„Ivan?"

„Du kennst den Kerl?" Das rosa Mädchen musterte ihn.

„Er ist mein Mitbewohner." Parkers Gesicht wurde ebenfalls rot, obwohl er eigentlich keinen Grund hatte, sich zu schämen.

„Das ist dein Mitbewohner?" Das Mädchen wirkte noch interessierter und machte einen Schritt auf ihn zu, um unter den Schirm seiner Baseballmütze zu spähen. „Hmm."

Aus irgendeinem Grund machte ihr nachdenklicher Gesichtsausdruck ihn nervöser als ein Dutzend Drogendealer mit Schnellfeuerwaffen. Er erinnerte ihn an seine Mutter, wenn sie eine seiner Lügen durchschaute.

„Ich bin Alicia." Sie streckte ihm die Hand entgegen, sodass er sie schütteln musste. Ihr Händedruck war kräftiger, als er es bei ihrer mädchenhaften Kleidung erwartet hatte.

„Ivan."

„Ja, das sagte er schon." Mit einem frechen Grinsen deutete sie in Parkers Richtung.

Ivan errötete noch heftiger. Er warf einen Blick auf Parker, der ihn skeptisch betrachtete.

„Was machst du hier?"

Gott. Eigentlich besaß Ivan ein Talent dazu, sich herauszureden. Nur fiel es ihm in letzter Zeit häufig schwer, einen klaren Gedanken zu fassen.

„Ich … ich habe doch erwähnt, dass ich mir als Gasthörer ein paar Vorlesungen ansehen will, oder?" Verdammt. Das hatte er doch hoffentlich getan. „Also schaue ich mich schon mal um, damit ich mir bald welche fürs nächste Semester aussuchen kann."

Er atmete auf. Das klang völlig einleuchtend.

„Als Gasthörer?", fragte Alicia nicht direkt ungläubig, allerdings auch nicht ganz überzeugt. Immerhin lächelte sie noch. Obwohl ihm Parkers Reaktion wesentlich wichtiger war. „Ein ziemlicher Zufall, dass wir uns hier über den Weg laufen."

„Das stimmt." Panik stieg in ihm auf. Er durfte jetzt keinen Fehler machen. „Ich habe mir den Campus angesehen und dann habe ich Parker bemerkt."

Parker schenkte ihm ein strahlendes Lächeln – ungefähr so wie beim Cribbage, als er Ivan vernichtend geschlagen hatte. Beim Poker war es für Ivan nicht viel besser gelaufen, allerdings hatte er beim Verlieren nie zuvor so viel Spaß gehabt.

„Wir wollten eine Kleinigkeit essen. Willst du mitkommen?"

Ivan musterte Parker. War die Einladung ernst gemeint? Er bemerkte kein Zögern und keine Zurückhaltung. Da er Parker nun ohnehin nicht weiter folgen konnte, war es eine gute Gelegenheit, um seine Bindung zu Parker zu festigen. Außerdem verbrachte er nicht nur gern Zeit mit Parker, sondern konnte so vielleicht Positives über ihn herausfinden, das eine spätere Strafe mildern würde.

IN DEM kleinen Restaurant gab es ziemlich gute Sandwiches und erstaunlich schmackhafte Pommes frites. Sie fanden einen Platz im Freien unter einem Sonnenschirm. Durch die Feuchtigkeit klebte ihnen die Kleidung am Körper, doch eine sanfte Brise machte die Temperatur gerade noch erträglich und der blaue Himmel war ein schöner Anblick. Ivan setzte sich neben Parker, woraufhin Alicia ihn mit einem wissenden Grinsen betrachtete. Da es jedoch noch auffälliger gewesen wäre, wenn er deshalb den Platz gewechselt hätte, blieb er dort.

Ivan verspannte sich, als zwei attraktive Männer auf ihren Tisch zusteuerten. Der dunkelhaarige wirkte unglücklich. Sie sahen völlig normal aus, doch falls sie dort waren, um Ärger zu machen, würde es nicht leicht werden, sowohl Parker als auch Alicia vor ihnen zu schützen. Bei seinen bisherigen Einsätzen als verdeckter Ermittler hatte es ihn bei weitem nicht so sehr beunruhigt, keine Verstärkung rufen zu können. Lag es daran, dass ihn die ganze Situation so verunsicherte? Einerseits erschien Parkers Leben auf den ersten Blick vollkommen normal und unschuldig, andererseits wusste Ivan, dass es sich nur um eine Fassade handelte. Oder zumindest teilweise. Nur war er nicht sicher, welche Teile davon. Diese Tatsache machte ihn verdammt nervös.

„Ivan, das sind mein Freund Chris und sein Mitbewohner Thom. Jungs, das ist Parkers Mitbewohner."

„Solltest du wirklich so fettig essen? In deinem Alter muss man auf seinen Cholesterinspiegel achten", merkte Thom mit finsterem Blick an. Ivan erwiderte den Blick genauso finster. Er war einer der besten Detectives des Drogendezernats und mehrfach für seine Arbeit ausgezeichnet worden. Er hatte es satt, von Parkers

Freunden als alt bezeichnet zu werden. Das war er nicht. Auch wenn es zwischen ihm und Parker einen zugegeben ziemlich großen Altersunterschied gab.

Er verkniff sich eine bissige Antwort, musste allerdings grinsen, als Chris seinem Mitbewohner unter dem Tisch einen Tritt versetzte. Thoms hungriger Blick in Parkers Richtung war Ivan nicht entgangen, Parker dagegen schon. Zumindest reagierte er nicht darauf, sondern blieb völlig entspannt.

Die beiden Neuankömmlinge tauschten böse Blicke und leises Gemurmel aus. Interessanterweise schien Parker die Spannung zwischen ihnen zu bemerken, ohne zu begreifen, dass er die Ursache war. Ivan hatte nicht vor, ihn darüber aufzuklären. Wenn Thom zu feige war, würde Ivan ihm ganz bestimmt nicht helfen.

„Von wegen", kommentierte Alicia Thoms Stichelei. „Hast du dir mal diesen Traumkörper angesehen? Ein bisschen Fett wird da nicht schaden."

Ivan zwinkerte ihr zu, bevor er Thom ansah und die Zähne zu einem Grinsen bleckte, mit dem er gern Verdächtige einschüchterte. Beeindruckenderweise ließ Thom sich nicht davon irritieren, sondern erwiderte das Grinsen. Trotzdem beschloss Ivan, einer Konfrontation mit ihm aus dem Weg zu gehen. Schließlich nahm Parker Thoms Interesse genauso wenig wahr wie das der anderen Menschen um ihn herum.

„Welche Kurse hast du eigentlich noch belegt, Parker?", fuhr Ivan mit der Unterhaltung fort, als wäre sie nie unterbrochen worden, und stupste dabei Parkers Bein mit seinem an.

Parkers Augen weiteten sich und er stotterte ein wenig, als er antwortete. Alicia lächelte nachsichtig, wovon Ivan sich unfreiwillig anstecken ließ. Eigentlich hatte er gehofft, etwas über Parkers Geschäfte und Kontakte herauszufinden, doch alles wirkte vollkommen harmlos.

Als Thom bemerkte, wie gut Ivan sich mit Parker unterhielt, beteiligte er sich ebenfalls am Gespräch und stellte ihm Fragen, was allerdings den gegenteiligen Effekt hatte. Die ungeteilte Aufmerksamkeit beider Männer wurde Parker zu viel und machte ihn so verlegen, dass Ivan Thom am liebsten ebenfalls einen Tritt versetzt hätte.

Parker schob seinen halb gegessenen Salat von sich und stand mit einem Blick auf sein Handy auf. „Oh, das hab ich ja ganz vergessen … ich muss jetzt los."

Er schnappte sich seine Tasche und verließ den Tisch, bevor einer von ihnen reagieren konnte.

„Ähm … hat er nachher nicht noch eine Vorlesung?" Hatte Parker eine Nachricht von seinem Lieferanten erhalten? Oder von einem Kunden? Jedenfalls hatte er es so eingerichtet, dass Ivan ihm nicht folgen konnte, ohne Misstrauen zu erregen.

„Die scheint er heute auszulassen." Alicia schüttelte den Kopf. „Wenn du dir trotzdem noch was ansehen willst, kannst du zu meinem Anthropologiekurs mitkommen."

Ivan sah Parker nach, bis er aus seinem Blickfeld verschwunden war, bevor er sich an Alicia wandte.

„Äh, danke, aber ich sollte mich jetzt sowieso mal im Büro sehen lassen." Ivan aß noch sein Sandwich auf, um nicht unhöflich zu wirken, wäre allerdings am liebsten gleich gegangen. Je länger er dort saß, desto mehr machte sich Ärger bemerkbar. Erst entdeckte Parker ihn, als er ihm folgte, und dann ließ er ihn allein mit seinen Freunden zurück. Verdammt.

„Es war schön, euch kennenzulernen", sagte Ivan schließlich und prägte sich ein letztes Mal ihre Namen und Gesichter ein, falls sich herausstellen sollte, dass sie ebenfalls in die Drogengeschäfte verwickelt waren. Obwohl absolut nichts verdächtig gewirkt hatte.

Mit einem Nicken verließ er den Tisch und machte sich auf den Weg nach Hause.

DAS HAUS war leer. Wo zum Teufel war Parker? Wann würde er zurückkommen? Ivan runzelte die Stirn und wischte sich den Schweiß aus dem Gesicht.

Vielleicht war Parker bereits misstrauisch und hatte sich deshalb so eilig abgesetzt. Ivan musste endlich Beweise finden.

Er betrat Parkers Zimmer, um seine Suche fortzuführen, ließ diesmal allerdings die Tür offen stehen, damit er nicht wieder überrascht wurde.

Weit oben im Schrank neben der Tür bemerkte Ivan eine Pappkiste, die seine Aufmerksamkeit erregte. Er hob sie – überrascht von ihrem Gewicht – herunter. Handelte es sich um Waffen? Drogen? Er stellte sie auf den Boden und entfernte den Deckel.

Scheiße. Neben Papieren befand sich darin Geld. Ein ganzer Berg von Geld. Das war beinahe noch schlimmer als Waffen oder Drogen. Menschen brachten einander für einen Bruchteil dieser Summe um. Ein Teil von ihm hatte vermutet – gehofft – dass ein Irrtum vorlag und Parker nicht in kriminelle Aktivitäten verwickelt war. Nur hatte ihn sein Beruf gelehrt, dass so viel Bargeld niemals harmlos war.

Vielleicht gab es eine Erklärung. Und wenn das Geld doch bedeutete, was Martelli vermutete, konnte Ivan vielleicht Parker davon überzeugen, die Kriminalität aufzugeben. Er war klug und gut aussehend. Sein Studium zu beenden und einen richtigen Beruf zu finden, würde ihm ein sicheres, glückliches Leben bescheren. Bei einem Verbrecher war das weniger wahrscheinlich.

Was dachte sich Parker nur dabei?

Verdammt. Kameras. Was dachte *Ivan* sich nur dabei. Er hatte keinen Gedanken daran verschwendet, dass Parker so viel Geld unter Umständen mit einer Kamera überwachte. So unvorsichtig war er sonst nie. Er spürte einen Adrenalinstoß. Hatte er sich soeben verraten?

Ivan sah sich um, fand jedoch glücklicherweise keinen Hinweis auf eine Kamera. Er stellte die Kiste zurück an ihren Platz und schloss die Schranktür. Anschließend durchsuchte er jeden Winkel des Zimmers nach typischen Verstecken für eine Kamera, wurde aber auch dort nicht fündig. Kein elektronisches Auge, das ihn überwachte.

Er atmete erleichtert durch und bemühte sich, das Zittern seiner Finger zu stoppen und seinen Puls zu verlangsamen. Das Blut rauschte so heftig in seinen Ohren, dass er kaum hören konnte. Jetzt weiterzusuchen wäre ein Fehler gewesen. Er durfte Parker keinen weiteren Grund zum Misstrauen geben. Er verließ das Zimmer und wartete auf Parkers Rückkehr.

IVAN HÖRTE, wie sich in der Etage über ihm die aufgequollene Haustür öffnete und schloss. Er warf einen Blick auf die Treppe, fuhr jedoch mit dem Falten seiner frisch gewaschenen Wäsche fort. Auf eine weitere Auseinandersetzung mit Neil konnte er verzichten und Parker wollte er auch nicht unbedingt sehen, nachdem dieser ihn einfach sitzenlassen hatte – auch wenn er nicht ganz sicher war, was genau ihn so ärgerte. Dass Parker ihn bei seinem Beschattungsversuch entdeckt hatte? Das viele Geld in seinem Schrank? Dass Parker ohne ihn gegangen war?

Jedenfalls hatte er es nicht eilig. Leider besaß er nicht so viele Kleidungsstücke, dass er sich mit dem Falten lange aufhalten konnte, so sorgfältig er dabei auch vorging. Da es im Keller davon abgesehen nichts zu tun gab, wäre es feige gewesen, dort zu bleiben. Außerdem waren diese verrückten Stimmungsschwankungen vollkommen untypisch für ihn. Er musste sie überwinden. Er konnte sie überwinden.

Vielleicht hatte er Glück. Vielleicht hatte Parker sich in sein Zimmer zurückgezogen, um zu lernen. Er holte tief Luft und ging mit dem Wäschekorb unter dem Arm die Treppe hinauf.

Oben angekommen hörte er leises Schluchzen. Stirnrunzelnd stellte er den Wäschekorb ab und folgte dem Geräusch ins Wohnzimmer.

Parker hatte sich auf dem Sofa zusammengekauert und die Arme um seine langen Beine geschlungen. Seine schmalen Schultern bebten, während eine im Sonnenlicht des späten Nachmittags glitzernde Träne seine Wange hinabrollte und von seinem Kinn auf sein T-Shirt tropfte. Ivan würde die Person umbringen, die Parker zum Weinen gebracht hatte. Außer er hatte sich von Neil getrennt. Der kurze Anflug von Freude war im Angesicht von Parkers Kummer absolut unangebracht.

„Was ist passiert?"

Parker keuchte und seine Hände verkrallten sich vor Schreck in den Sofakissen. „Oh. Ich wusste nicht, dass du hier bist." Er wischte sich mit beiden Händen durchs Gesicht und schniefte laut, bevor er aufstand.

„Ich habe mich nur um die Wäsche gekümmert. Bist du verletzt?" Ivan konnte nichts Offensichtliches erkennen, war mit den handgreiflichen Methoden in Verbrecherkreisen aber nur allzu gut vertraut.

„Nein, mir geht's gut." Parkers Blick wanderte wild durch den Raum, als suchte er nach einem Fluchtweg, wie Ivan es oft bei Verhaftungen erlebte, wenn er jemandem Handschellen anlegte. „Ich gehe lieber hoch."

„Setz dich." Seit dem verunglückten Einsatz hatte Ivan seinen autoritären Diensttonfall nicht mehr benutzt, was seiner Wirkung offenbar nicht geschadet hatte: Parker ließ sich augenblicklich wieder auf die Couch fallen, von wo aus er ihn mit geröteten grünen Augen ansah. Der Schmerz in seinen Augen war herzerweichend und Ivan war Parker hilflos ausgeliefert.

Auch wenn es vielleicht ein Fehler war, musste er Parker einfach helfen. Er setzte sich neben ihn und zog ihn an sich. Dass er sich mit Parker an seiner Brust plötzlich fühlte, als befände sich sein Universum wieder im Gleichgewicht, schob er auf die Stimmungsschwankungen. Dass Parker dort hingehörte, bildete er sich nur ein.

„Soll ich Neil anrufen?" Falls Neil nicht der Verantwortliche war.

Parker atmete scharf ein. „Nein. Er würde mich für einen Idioten halten."

Um eine Trennung handelte es sich also nicht. „Was ist denn los? Ich halte dich ganz bestimmt nicht für einen Idioten." Nur für verführerisch, hinreißend und nahezu perfekt. Außer in Bezug auf seinen Männergeschmack.

„Ich ... ich helfe ehrenamtlich in einer Rehaklinik."

Ivan blinzelte überrascht. Trotzdem erklärte diese neue Information noch nicht seine Trauer. Doch anstatt ihn zu drängen, streichelte er Parker den Rücken, als frische Tränen auf sein T-Shirt tropften.

„Ich habe dir doch erzählt, dass ich meinen Abschluss in Soziologie machen will, oder?"

Ivan brummte zustimmend, da Parker ihn mit seinem gesenkten Kopf nicht nicken sehen konnte.

„Wenn ich den habe, will ich Physiotherapeut werden. Und weil mein Stundenplan nicht besonders voll ist, blieb mir viel Zeit und ich habe mich einsam gefühlt. Das Haus kam mir so leer vor."

Und warum zum Teufel hatte Neil nichts dagegen unternommen? Abgesehen von den Plänen zu seinem Club, die Parker erwähnt hatte, wusste Ivan nicht, womit er seine Zeit verbrachte. Hätte Ivan einen netten, liebenswerten und humorvollen Freund wie Parker gehabt, hätte er jede freie Minute mit ihm verbracht.

„Was ist mit Neil?", fragte Ivan also.

Parker hob leicht eine Schulter. „Nach dem Tod meiner Mutter hat er mir sehr geholfen, aber ich kann nicht erwarten, dass er mir auch jetzt noch dauernd Gesellschaft leistet."

Ivan unterdrückte den Drang, Parker zu schütteln, denn eigentlich wollte er das mit Neil tun. Oder auch mehr als das. Es war doch selbstverständlich, Zeit mit seinem Partner zu verbringen und ihn in einer neuen Phase seines Lebens zu unterstützen. Plötzlich ergab Parkers Suche nach einem Mitbewohner zu einer so ungewöhnlichen Zeit einen Sinn. Das Haus war nicht riesig, aber für eine Person doch sehr groß. Besonders wenn man nicht häufig Freunde einlud und der Partner nicht bei einem einziehen wollte.

„Jedenfalls dachte ich, das mit der Klinik wäre gut für meinen Lebenslauf, und ich hatte ja schon Erfahrung damit, einen todkranken Menschen zu pflegen."

Ivan warf ihm einen schockierten Blick zu. „Du hast es für eine gute Idee gehalten, dich so kurz nach der Sache mit deiner Mutter um todkranke Patienten zu kümmern?"

Parker gab ein verschnupft klingendes Schnauben von sich. „Nein, ganz so dumm bin ich nicht – auch wenn ich es vielleicht eines Tages tun werde. Ich bin nämlich wirklich froh, dass ich ihr in ihren letzten Monaten helfen konnte. Aber im Moment unterstütze ich eine Physiotherapeutin, die hauptsächlich mit Unfallopfern arbeitet, deren Beweglichkeit eingeschränkt ist."

Das klang schon besser. Und lange nicht so deprimierend. „Aber heute ... ist etwas Schlimmes passiert?"

Parker nickte und schmiegte sich dichter an ihn. „Steve. Er war zwei Jahre älter als ich und nach einem Motorradunfall gelähmt. Es ist ihm nicht immer leichtgefallen, damit umzugehen – die Therapie kann manchmal hart sein –, aber meistens war er gut gelaunt und optimistisch. Er ... er hat Selbstmord begangen."

Parker zitterte und frische Tränen durchnässten Ivans T-Shirt. Ivan hatte in seinem Leben bereits schlimme Dinge gesehen, doch Parker schien wesentlich empathischer zu sein als er. Das Leid anderer setzte ihm offensichtlich sehr zu.

„Das tut mir leid, Parker. Es ist immer schwer, jemanden zu verlieren." War es leichter oder schwerer, als im Dienst einen jungen Mann zu erschießen? Ivan zog Parker noch fester an sich, um gleichzeitig zu trösten und getröstet zu werden.

„Ich wusste es nicht. Ich habe nicht bemerkt, wie schlecht es ihm ging."

Ivan legte auch den anderen Arm um Parker. „Manchmal kann man es nicht wissen. Manchmal verbergen Menschen es viel zu gut."

Parker schmiegte sich minutenlang an ihn, bis er endlich aufhörte zu weinen. Mittlerweile waren ihre T-Shirts ziemlich durchnässt, was sich nicht gerade angenehm anfühlte.

Als Parker sich aufrichtete, zwang Ivan sich, ihn loszulassen.

„Warum trinkst du nicht etwas?", schlug er vor. „Ich hole uns trockene T-Shirts."

Parker kam der Aufforderung mit hängendem Kopf nach.

Ivan nahm zwei saubere T-Shirts aus dem Wäschekorb, während sich Parker geräuschvoll die Nase putzte. Als Ivan die Küche betrat, hatte sich Parker das Gesicht getrocknet und eine Flasche Wasser aus dem Kühlschrank geholt. Ivan legte die T-Shirts auf der Arbeitsplatte ab und zog sein schmutziges aus, und nachdem Parker dasselbe getan hatte, warf er sie neben die Kellertür. Er würde sie später waschen.

Als er sich anschließend zu Parker umdrehte, wurde er sich plötzlich der Situation bewusst – genau wie sein Schwanz. Parker hatte zum Trinken den Kopf in den Nacken gelegt, was Ivans Aufmerksamkeit auf seinen langen Hals und die goldene Haut seiner Brust lenkte. Er stand mit nacktem Oberkörper nur einen Meter von einem ebenfalls halb nackten Parker entfernt. Parker, der sich so gutherzig um seine Mutter gekümmert und um einen fast Fremden geweint hatte. Dem sein Freund so wenig Aufmerksamkeit schenkte. Der der attraktivste, hinreißendste Mann war, den Ivan je kennengelernt hatte. Der Ivan gegen seinen Willen zum Lachen brachte.

Die Versuchung war einfach zu groß. Die Wärme in seinem Herzen zu überwältigend. Ivan streckte eine Hand aus und presste sie gegen die seidige Haut an Parkers Bauch.

Parker wich zwar nicht zurück, doch es schien ihn Überwindung zu kosten und seine Wangenknochen röteten sich.

„Ist dir das recht?", fragte Ivan.

„Ich denke, schon. Aber ich bin nicht ... na ja, so durchtrainiert wie du." Er sprach leise und zögerte, bevor er vorsichtig eine Fingerspitze über Ivans Bauchmuskeln gleiten ließ. Ivan zischte, als die Berührung Lust in ihm aufwallen ließ.

„Aber ich liebe diesen Teil von dir." Ivan streichelte sanft darüber und hoffte, dass Parker nicht nur vor Verlegenheit erschauderte. Parker war vielleicht nicht durchtrainiert, jedoch weit entfernt von übergewichtig. Und Ivan sagte die Wahrheit: Er liebte es, wie verschieden sie in dieser Hinsicht waren.

„Warum?"

„Dadurch wirkst du nicht mehr so einschüchternd."

„Einschüchternd? Ich bin doch nicht einschüchternd."

Parker wirkte ernsthaft verwirrt. Ivan ließ seine Hand auf seinem Bauch liegen und schaute ihm in die Augen.

„Und ob. Das hier ist der einzige Teil von dir, der nicht ganz perfekt ist."

Parker keuchte überrascht und errötete noch heftiger.

„Jeder würde sich glücklich schätzen, dich zu haben. Du bist liebenswertig, gutherzig und so umwerfend wie ein Model." Ivan ließ seinen Blick über diese perfekten Gesichtszüge wandern, die von Beginn an so anziehend auf ihn gewirkt hatten. Wenn die Chance bestand, Parker wieder auf den rechten Weg zu lenken, wollte er alles dafür tun. Das Gefängnis würde Parker nicht unversehrt überstehen. Und Ivan musste zugeben, dass er Parker nicht nur aus reiner Menschenliebe helfen wollte, sondern zusätzlich von seinen primitivsten Instinkten geleitet wurde. Er wollte Parker. Auch wenn er ihn wohl niemals ganz bekommen konnte, wollte er ihn. So sehr, dass er sowohl seine persönlichen als auch seine beruflichen Moralvorstellungen und Prinzipien über Bord warf. Außerdem war Parker ein viel zu guter Mensch, um ein Leben als Krimineller zu führen. Wenn er wirklich etwas Illegales getan hatte, musste es sich um einen Fehler gehandelt haben. Irgendwie würde er davon nicht nur Parker, sondern auch Martelli überzeugen.

„Aber ich ... ich bin nicht perfekt." Parker klang atemlos und heiser. Seine flussbettgrünen Augen waren weit aufgerissen und Ivan bildete sich ein, in der Luft die Wärme zu spüren, die von Parkers nackter Haut ausging. Er wollte ihn noch viel mehr berühren. Er wollte so nah bei ihm sein wie auf dem Sofa, nur ohne störende Kleidungsstücke zwischen ihnen. Es erschien ihm so wichtig wie sein nächster Atemzug.

Parkers Augen waren noch vom Weinen gerötet, kräftiger als seine roten Wangen. Wie gern er ihm doch seinen Schmerz abgenommen hätte.

Angesichts der Wärme in Parkers Blick biss er sich auf die Lippe. Wie konnte er Parker davon überzeugen, dass er doch perfekt war? Zumindest war er perfekt für Ivan. Eigentlich hätte Neil jetzt hier sein sollen, um Parker zu trösten. Ivan wollte etwas, das ihm nicht gehörte, und hätte sich dafür eigentlich schuldig fühlen müssen. War diese eine Berührung, die ihn von innen heraus zu verbrennen schien, das Einzige, was er je von Parker bekommen würde? Konnte Parker aus seinem Gesicht lesen, dass er viel mehr wollte, als er zu sagen wagte?

Während Ivan ihn noch so ansah, schienen Parkers Augen plötzlich aufzuleuchten. Er machte einen Schritt auf Ivan zu, wodurch er Ivans Hand zwischen ihren warmen Körpern gefangen hielt, und legte seine Hände an Ivans Wangen. Dann beugte er sich hinunter, um seine weichen, vollen Lippen auf Ivans zu legen. Es war so wundervoll, wie Ivan es sich vorgestellt hatte. Er zögerte nur für den Bruchteil einer Sekunde, bevor er den Kuss erwiderte, woraufhin Parker noch wilder und leidenschaftlicher reagierte. Er schlang seine Arme um Parkers Taille und genoss das Gefühl seiner seidigen Haut. Parker schob seine Hüften vorwärts, was Ivan ein Stöhnen entlockte.

Als er spürte, dass Parker genauso steif war wie er, war es um ihn geschehen. Er würde nehmen, was Parker ihm gab. Er würde versuchen, ihm im Gegenzug Trost zu spenden. Sich dafür zu hassen, dass er Parker zur Untreue verleitet hatte, verschob er auf den nächsten Morgen.

PARKER WAR nie zuvor so geküsst worden, gleichzeitig gierig und liebevoll. Ein Zusammenspiel weicher Lippen, einer warmen Zunge, eifriger Hände und eines muskulösen Körpers. Ivans Haut war unter Parkers Händen warm, glatt und mit drahtigen Härchen bedeckt. Die wenigen Männer, mit denen er bisher geschlafen hatte, waren völlig enthaart gewesen. Ivans Körperbehaarung ließ ihn erbeben. Er wurde von einem Mann umarmt. Von einem Mann geküsst. Von einem Mann, der ihn für perfekt hielt. Er hätte dahinter eine Sehschwäche vermutet, wäre da nicht Ivans unübersehbares Verlangen gewesen. Sein spürbar steifer Schwanz.

Ivan küsste ihn noch leidenschaftlicher, glühend heiß und elektrisierend, während Parker sich bemühte, ihre Körper noch dichter aneinanderzupressen. Auch wenn es schwer zu glauben war, dass Ivan ihn für perfekt hielt, fühlte er nichts von der Unsicherheit, die er bei anderen Männern empfunden hatte. Stattdessen wollte er mehr.

„He", murmelte Ivan und entfernte sich ein oder zwei Zentimeter. Das Blau seiner Augen war aus der Nähe betrachtet atemberaubend. Seine Lippen waren gerötet und sahen so verführerisch aus, wie sie geschmeckt hatten.

„Ja?" Ivan wollte doch hoffentlich nicht aufhören. Andererseits wusste er nach wie vor nicht, ob Ivan überhaupt schwul war. Auch wenn er es nach diesem Kuss hoffte.

„Ist das hier in Ordnung für dich?" Er konnte Ivans Blick nicht genau deuten.

„Ja." Das war alles, was er herausbrachte. Dann bemerkte er, wie weich und verführerisch die Haut direkt unter Ivans Kiefer wirkte, wo seine Bartstoppeln aufhörten. Obwohl er bisher nie bei irgendjemandem die Initiative ergriffen hatte, leckte er an der Stelle und kratzte sanft mit den Zähnen darüber, bevor er daran saugte.

Ivan stöhnte und klammerte sich an ihn. Wärme durchflutete Parker bei dieser Reaktion. Wäre sein Mund nicht beschäftigt gewesen, hätte er gelächelt.

Er konnte nicht genug von Ivans weicher, salziger Haut bekommen und ließ seine Lippen weiter nach oben wandern, um sie vorsichtig an Ivans Bartstoppeln zu reiben, bis sie kribbelten. Als Ivan plötzlich eine Hand in Parkers Jeans schob und sie an seinen Hintern legte, war Parker derjenige, der stöhnend den Kopf in den Nacken warf.

Als er sich wieder vorbeugte, um weiterzumachen, wo er aufgehört hatte, stoppte Ivan ihn mit einer Hand an seinem Kinn. Gefiel es Ivan etwa nicht, wenn er …

Bevor er den Gedanken zu Ende führen konnte, lagen Ivans Lippen bereits auf seinen. Das war ihm recht. Mehr als recht. Er hätte Ivan noch ewig so küssen können. Nur hieße das, sie würden nie zum aufregenderen Teil kommen.

Ivans Hand wanderte von seinem Kinn über seinen Oberkörper bis zu seinem Hosenknopf hinunter, um ihn geschickt zu öffnen. Parker hielt die Luft an, während er Ivans Kuss erwiderte. Er selbst hätte noch viel mehr Übung gebraucht, um gleichzeitig beide Hände und seine Zunge so gezielt einzusetzen.

Ivan schob die Hand in seine Jeans und strich über seinen Schwanz, während die andere seinen Hintern streichelte.

Parker war damit überfordert, zur selben Zeit zu küssen, zu atmen, zu fühlen und zu berühren, und löste sich keuchend von Ivans Lippen. Ivans wilder Blick folgte ihm und raubte ihm den Atem. Niemand hatte ihn je so angesehen, nicht einmal beim Sex. Sein Unterleib zog sich zusammen und er schob Ivan hastig von sich.

Ivan schien sich zu fangen. Sein feuriger Blick kühlte ab und er runzelte die Stirn. „Ist alles in Ordnung? Entschuldige. Ich hätte nicht einfach …"

Parker unterbrach ihn, indem er ihm einen Finger auf die Lippen legte. Mit einem zittrigen Grinsen sagte er: „Alles in Ordnung. Ich stand nur kurz davor, dass es mir ein bisschen äh … *zu* gut ging. Dank deiner Hand."

Nach einem kurzen verwirrten Blick verschwand das Stirnrunzeln und wurde durch ein selbstzufriedenes Grinsen ersetzt. Die blauen Augen fingen wieder

Feuer und brachten Parker zum Schwitzen. Wie sollte er da bloß widerstehen? Er musste sich zusammenreißen, damit das Ganze nicht zu schnell vorbei war.

Allerdings hatte Ivan ganz andere Pläne. Er zog Parkers Jeans herunter, schob ihn gegen die Arbeitsplatte und sank vor ihm auf die Knie, bevor er Parkers Schwanz ohne das kleinste Zögern tief in den Mund nahm. Jetzt besaß Parker wenigstens Gewissheit darüber, was der Grund für Ivans Scheidung gewesen war. Es bestand nämlich kein Zweifel daran, dass er das nicht zum ersten Mal tat.

Dann verflogen alle Gedanken und Zweifel, als sein Körper von blendender Lust durchflutet wurde. Er bog den Rücken durch und ergoss sich in Ivans einladenden Mund, während er sich in seinem blonden Haar verkrallte, um nicht das Gleichgewicht zu verlieren.

Schließlich lehnte er sich keuchend an den Küchenschrank und bemühte sich, wieder zu Atem zu kommen. Ivan leckte ihn sauber, doch Parker war zu verlegen, um hinzusehen. Sekunden. Bei Ivans Talent und Enthusiasmus hatte er nur Sekunden durchgehalten. Und jetzt würde er sich revanchieren müssen. Auch wenn er das natürlich wollte – am liebsten hätte er Ivan von Kopf bis Fuß abgeleckt –, würde er dann nicht mehr vor Ivan verbergen können, dass er bei weitem nicht so geübt war.

Trotzdem war er es Ivan schuldig. Er biss sich auf die Lippe und senkte den Kopf, um Ivan anzusehen. Ivan schien es zu spüren und hob den Blick. Parker keuchte leise. Ivans gerötete und leicht geschwollene Lippen befanden sich nur wenige Zentimeter von seinem noch feuchten Schwanz entfernt, auf dem er Ivans warmen Atem spürte. Nach dieser Blamage war die Wahrscheinlichkeit, dass Ivan das jemals wieder für ihn tun würde, nicht sehr hoch, und Parker bereute jetzt, die Gelegenheit versäumt zu haben, ihm dabei zuzusehen.

Warum hatte er nicht einige Angebote von Neils Freunden angenommen? Die meisten von ihnen waren ihm zwar schrecklich unsympathisch, aber Übung machte bekanntlich den Meister. Und von meisterhaft war er beim Sex eindeutig weit entfernt. Kein Wunder, dass niemand an einer Beziehung mit ihm interessiert war.

„Tut mir leid." Er brachte die Worte vor lauter Scham nur in ersticktem Tonfall heraus.

„Was tut dir leid?" Ivan stand auf und streichelte ihm dabei über den Bauch. Eine beeindruckende Erektion presste sich gegen seinen Reißverschluss, während Parkers Jeans noch auf seinen Füßen lag.

Was für eine Frage. Er hatte es doch aus nächster Nähe miterlebt. Parker deutete auf seinen halb steifen Schwanz. „Dass es so schnell ging."

Ivan schaute unsicher an ihm vorbei. „Ich wollte es so. Ich wollte dir einen Ausweg verschaffen."

„Einen Ausweg?" Offenbar hatte Ivans Mund Parkers Denkvermögen beeinträchtigt.

Ivan wich noch immer seinem Blick aus, streichelte aber so sanft über Parkers Schlüsselbein, dass er eine Gänsehaut bekam. „Ich wollte dir eine Gelegenheit geben, es dir anders zu überlegen. Falls du es dabei belassen willst."

Ohne darüber nachzudenken, sagte er das Erste, was ihm in den Sinn kam. „Ich habe es mir nicht anders überlegt. Ich will dich." Am liebsten hätte er die Worte gleich zurückgenommen. So direkt war er sonst niemals.

Doch dann bemerkte er, dass es genau das Richtige gewesen war: Ivan begegnete endlich wieder seinem Blick und das brennende Verlangen in seinen Augen übertrug sich auf Parker und weckte seinen Schwanz gleich wieder auf.

Ivan wackelte mit den Augenbrauen. „Außerdem hast du dabei so unglaublich heiß ausgesehen."

Parker, der sich seiner Nacktheit unangenehm bewusst war, lachte nervös. „Du hast mich angesehen?"

„Und ob", antwortete Ivan mit tiefer, heiserer Stimme, die bis in Parkers Inneres vorzudringen schien. Mit dieser Stimme hätte Ivan ihn zu so ziemlich allem bringen können.

„Oh."

„Und ich habe bemerkt, wie empfindlich diese Stelle ist." Ivan leckte über sein Schlüsselbein, brachte ihn zum Zittern. Ihm selbst war es bisher nie aufgefallen. Niemand hatte sich je bemüht herauszufinden, was ihm gefiel. Oder es lag an Ivan, der ihn ansah, als wollte er ihn mit Haut und Haar verschlingen.

Nachdem er wieder zu Parkers Mund hinaufgewandert war, küsste er ihn, sodass Parker sich selbst auf seiner Zunge schmecken konnte. Parker stöhnte und presste sich an Ivans muskulösen Körper.

„Dann willst du also nicht aufhören?", fragte Ivan in den Kuss hinein.

Als ob. Es wunderte ihn eher, dass der ehemalige Hetero es bisher nicht getan hatte.

„Nein." Sein Atem vermischte sich mit Ivans. Plötzlich begriff er, warum manche Männer nicht gern küssten. In gewisser Hinsicht war es intimer als Sex. „Wäre es dir etwa lieber?"

„Gott, nein. Auf keinen Fall."

Na dann. „Willst du mich gleich hier ficken?" Wo kam nur wieder diese Direktheit her? Neil wäre stolz auf ihn gewesen.

Parker musste grinsen, als Ivan stöhnte und ihm seine Hüften entgegenschob.

„Lass uns lieber hochgehen." Ivan löste sich von ihm und machte einen Schritt zurück. Als Parker ihm folgen wollte, stolperte er über seine Jeans, die er völlig vergessen hatte.

Ivan fing ihn auf, bevor er hinfiel, was Parker allerdings nicht daran hinderte, erneut heftig zu erröten.

„Also wirklich, ich habe dich doch gefragt, ob du es dir anders überlegt hast. Du musst keinen Unfall vortäuschen, um aus der Sache rauszukommen."

Parker musste lachen und ging auf die Treppe zu. Ivan folgte ihm mit einem sanften Klaps auf Parkers Hintern.

OBEN ANGEKOMMEN zögerte Parker. Sein Bett war größer und bequemer, aber … Die Erinnerung daran, wie er darin jede Nacht mit dieser dämlichen, lauten Maschine schlafen musste, lenkte seine Schritte stattdessen zu Ivans Zimmer. Auch wenn es sich bei der Maschine um ein notwendiges Übel handelte, da sie verhinderte, dass er im Schlaf aufhörte zu atmen, wollte er nach all den dummen Witzen von Neil auf keinen Fall, dass Ivan davon erfuhr. Und Ivans Bett zu verlassen, um in sein eigenes zurückzukehren, stellte er sich leichter und unauffälliger vor, als Ivan davon zu überzeugen, Parkers zu verlassen – falls Ivan nach dem Sex überhaupt mit ihm in einem Bett schlafen wollte.

„Bist du sicher?", fragte Ivan. „Das Bett ist ziemlich klein."

„Hast du etwa Angst, mir zu nahe zu kommen?" Ernsthaft: Was war nur mit ihm passiert?

Und schon verwandelte Ivan sich wieder in die wilde Bestie und kam auf ihn zu. „Kein bisschen."

Kaum hatte Parker die Tür geöffnet, umarmte Ivan ihn von hinten und streichelte seinen Oberkörper.

Parker zuckte zusammen, als Ivans raue Fingerspitzen dabei seine Brustwarzen liebkosten. Ivan konnte einfach nichts falsch machen. Parker liebte jede Sekunde. Selbst als Ivan ihn mit dem Hintern in der Luft auf das Bett schob und er ihm hilflos ausgeliefert war.

Auch wenn es Parker eigentlich lieber war, das Gesicht seines Sexpartners zu sehen, hatte Ivan ihm bereits einen fantastischen Orgasmus verschafft. Da wollte Parker beim zweiten nicht wählerisch sein, solange er ihn von Ivan bekam.

Doch er hatte sich geirrt. Nachdem Ivan einige Sekunden lang seinen Hintern liebkost und massiert hatte, drehte er Parker sanft um, sodass er auf dem Rücken lag. Anschließend entledigte er sich hastig seiner verbliebenen Kleidung und schob sich mit dem Blick eines hungrigen Löwen an Parkers Körper hinauf auf das Bett. Dass er kein bisschen zögerte, als sich jeder Teil ihrer nackten Körper berührte, bestärkte Parker in seiner Überzeugung, dass Ivan mit Männern Erfahrung hatte.

Parker dankte der Gottheit, die für schüchterne schwule Jungen zuständig war. Wären sie beide zurückhaltend gewesen, hätte es nämlich Monate dauern können, bis etwas passiert wäre. Auch wenn er am nächsten Morgen vielleicht bereuen würde, mit einem beinahe Fremden geschlafen zu haben, der außerdem sein Mitbewohner war, erwies sich sein Verlangen im Augenblick als zu stark. Er wollte Ivan so sehr in sich spüren, dass er unwillkürlich die Beine spreizte und die Knie an seine Brust zog.

Ivans Blick wanderte über seinen ganzen Körper, was ihn zugleich verlegen machte und erregte. Er hatte noch nie so dagelegen, während ihn ein Mann genüsslich betrachtete. Dann presste Ivan langsam und vorsichtig ihre Schwänze zusammen, was ihnen beiden ein Zischen entlockte. So heiß. So hart. Parker konnte nicht verhindern, dass seine Hüften sich hoben. Gott, er würde doch nicht noch einmal so schnell kommen, oder?

Doch Ivan schien es nicht eilig damit zu haben, das Gleitgel oder die Kondome aus dem Nachttisch zu holen, obwohl Parker natürlich wusste, dass sich beides dort befand.

Viel länger dachte Parker allerdings nicht darüber nach, denn Ivan begann seinen Hals zu küssen, seine Ohren, seine Brust – und vor allem die neu entdeckte erogene Zone an seinem Schlüsselbein –, und allein das fühlte sich besser an, als es ernsthafter Sex je getan hatte. Parker hätte nichts dagegen gehabt, ewig so weiterzumachen. Während Ivan sich dabei langsam an ihm rieb, kribbelte Parkers ganzer Körper und er kam dem Höhepunkt immer näher.

Er streichelte über Ivans haarige Arme, bevor er seine eigenen um Ivans Rücken schlang und seine Finger darin vergrub, damit er sich an ihn klammern und seinen Stößen entgegenschieben konnte.

Beim nächsten Mal würde er sich die Zeit nehmen, sich jeden Zentimeter von Ivans Körper genau anzusehen. Diese stählernen Muskeln schrien geradezu danach, bewundert, geküsst und abgeleckt zu werden.

Ivan schob eine Hand unter Parkers Körper und legte sie an seinen Hintern, um ihn noch fester an sich zu ziehen. Parker hielt das für eine fantastische Idee und ließ seine Hände tiefer wandern, um dasselbe zu tun.

Parker wusste, dass er so nicht mehr lange durchhalten würde. Verdammt. „Ivan, ich …"

Ivan küsste ihn hastig, schlang seine Zunge um Parkers und schluckte das heisere Stöhnen hinunter, mit dem Parker zum Höhepunkt kam.

Bald lag er völlig erschöpft da und konnte kaum einen klaren Gedanken fassen, während Ivan ihm noch immer die Zunge in den Mund stieß und sich an Parkers jetzt feuchtem Schwanz rieb, wobei sich sein Hintern unter Parkers Händen rhythmisch hob und senkte. Es dauerte nicht lange, bis auch Ivan den Kopf in den Nacken warf und sein ganzer Körper sich versteifte.

Parker spürte seinen zuckenden Schwanz und die warme Flüssigkeit, die seinen eigenen traf, bis Ivan schließlich keuchend auf ihm zusammensank. Parker betrachtete lächelnd die Zimmerdecke. Bald würde es ziemlich klebrig werden, wenn sie noch lange so liegen blieben, doch Parker wollte sich keinen Zentimeter bewegen.

Natürlich musste Parker vorsichtig sein: Zwar hatte sich Ivan als weniger heterosexuell erwiesen als gedacht, was jedoch nichts daran änderte, dass er gerade eine schlimme Scheidung hinter sich hatte. Die Wahrscheinlichkeit, dass er sich auf eine Beziehung einlassen würde, war gleich null. Doch während sie noch erschöpft und verschwitzt dort lagen, gestattete sich Parker, zumindest davon zu träumen. Zu träumen, dass dies ihr ganz normales Leben war. Wenn Ivan von einem langen Tag im Versicherungsbüro nach Hause kam – und Parker hatte sich diesen Beruf nie so anstrengend vorgestellt –, wartete Parker auf ihn, kochte für ihn und nahm ihn mit ins Bett. Hmm. Der Traum unterschied sich nicht sehr von dem, was Ivan für ihn getan hatte. Vielleicht war er doch nicht so weit hergeholt.

Als Ivan Atem geschöpft hatte, küsste er Parkers Hals, bevor er sich hinunterbeugte, um sein T-Shirt vom Boden aufzuheben und ihre Körper damit abzuwischen.

„Igitt", sagte Parker gespielt vorwurfsvoll.

Ivan zog eine Augenbraue hoch. „Ich hätte auch deins nehmen können."

„Hättest du nicht, das ist noch unten."

„Egal, ich zeig dir jetzt mal was richtig Ekelhaftes." Ivan setzte sich auf ihn und hielt bedrohlich das schmutzige T-Shirt über sein Gesicht. Parker zappelte und versuchte auszuweichen, musste aber lachen.

Als sie von dem spielerischen Kampf außer Atem waren, warf Ivan das T-Shirt auf den Boden, zog Parker an seine Brust und streifte Parkers Nacken mit seinen Lippen.

Parkers Augenlider wurden immer schwerer, als er sich in Ivans warmen Armen entspannte. Bis ihn ein tiefer Atemzug, der erschreckend wie ein Schnarchen klang, aufschreckte. Er durfte hier nicht einschlafen. Das ging nicht.

Vorsichtig schlüpfte er aus Ivans Umarmung. Seine Kleider lagen alle im Erdgeschoss, wo er sie am nächsten Morgen einsammeln konnte.

„Wo gehst du hin?", bremste ihn Ivans schläfrige Stimme.

„In mein Zimmer."

„Bleib doch hier. Ich hätte nichts dagegen."

Parker warf ihm über seine Schulter hinweg einen Blick zu. Er wäre nur zu gern geblieben. Nur war es nicht ratsam, ohne sein dämliches, hässliches Gerät zu schlafen. Und wenn seine Unerfahrenheit Ivan noch nicht in die Flucht geschlagen hatte, würde die Maschine es ganz sicher tun. Wie sollte ein Partner auch darüber hinwegsehen, wenn schon Parker selbst den Anblick kaum ertragen konnte?

„Ich kann nicht. Ich … ich kann einfach nicht." Parker wandte sich ab und floh aus dem Zimmer. Mit einem Mann die Nacht zu verbringen, neben ihm zu schlafen, hätte wahrscheinlich ohnehin zu Missverständnissen geführt. Parker war ziemlich sicher, dass Ivan nach seiner Scheidung nicht mehr von ihm wollte als unkomplizierten Sex. Vielleicht würde sich das ändern, wenn er darüber hinweg war, aber bis dahin durfte Parker nichts überstürzen.

In seinem Zimmer angekommen betrachtete er sein großes Bett. Heute wirkte es bei weitem nicht so bequem wie sonst.

Seufzend ließ er sich auf der Bettkante nieder und öffnete die Schublade mit der Maschine, um sie anzulegen. Als er dann mit der Maske über dem Gesicht auf den kühlen Laken lag, wünschte er sich, Ivan hielte ihn noch in den Armen, während er den Geruch von Schweiß und Sperma einatmete.

KAPITEL 7

PARKERS BRUST war blutüberströmt und einige Spritzer bedeckten auch die kalkweiße Haut seines Gesichts. Ivan bemühte sich verzweifelt, die Blutung zu stoppen und ihn zum Atmen zu bringen, sein Herz zum Schlagen zu bringen. Doch als die flussbettgrünen Augen glasig wurden, wusste er, dass er versagt hatte. Erneut. Mit einem lauten Keuchen, als hätte ihn sein Albtraum beinahe erstickt, setzte sich Ivan im Bett auf.

Während er noch heftig nach Luft schnappte, wischte er sich mit einem Stück seiner Decke den Schweiß aus dem Gesicht und von der Brust. Parker war nicht die einzige Person, die er in seinen Träumen nicht retten konnte, tauchte aber am häufigsten darin auf. Und bei ihm war es am erschreckendsten. Innerhalb weniger Tage war er Ivan unglaublich wichtig geworden, was wenig mit seiner Mission zu tun haben schien.

Dass Parker letzte Nacht nicht bei ihm geblieben war, hatte ihn geradezu lächerlich stark verletzt. Vielleicht hatten sich am Ende doch Schuldgefühle wegen seiner Untreue bemerkbar gemacht. Selbst Ivan hatte Schuldgefühle. Am Abend hatte er noch gehofft, diese würden sich am Morgen in Grenzen halten, weil sie nicht noch weiter gegangen waren. Dabei wusste er genau, wie albern es war, nur Analsex als „richtigen" Sex zu betrachten. Sie hatten sich geküsst und berührt. Nackte Haut gestreichelt. Ivan hatte Parker einen geblasen. Sie waren beide gekommen. Es konnte kein Zweifel daran bestehen, dass sie Sex gehabt hatten.

Ivan hatte Parker bewusst dazu gebracht, Neil zu betrügen. Dass er Neil nicht mochte, machte das nicht besser. Wie er Colin damals gesagt hatte, gab es für so ein Verhalten keine Rechtfertigung, weshalb Ivan sich neben seinen anderen Problemen jetzt zusätzlich mit Schuldgefühlen herumplagen musste. Das schlimmste dieser Probleme war, dass er sich mit einem Verdächtigen eingelassen hatte. Auch wenn es in schnulzigen Liebesromanen oft anders dargestellt wurde, handelte es sich dabei für einen Polizisten um ein absolutes Tabu.

Trotzdem bereute er, dass er diese Nacht nicht mit Parker in seinen Armen verbracht hatte. Vielleicht hätte das den Albtraum verhindert. Er war überrascht gewesen, als Parker gegangen war, da sich das schmale Bett mit zwei Personen erstaunlich bequem angefühlt hatte. Es hatte ihn ebenfalls überrascht, dass Parker Ivans Zimmer ausgesucht hatte. Im Nachhinein, wenn er genauer darüber nachdachte, war es allerdings überhaupt nicht mehr überraschend. Parker musste klar gewesen sein, dass ihn das Bett an seine Untreue erinnern würde, wie es bei Ivans in seiner Wohnung der Fall gewesen war, bis er ein neues gekauft hatte.

Er stand auf und ignorierte so gut es ging die getrockneten Spermareste an seinem Bauch, als er in eine Jogginghose schlüpfte. Er brauchte dringend eine Dusche und dann musste er hier raus, bevor Parker aufwachte. Ein Blick auf die Uhr zeigte ihm, dass ihn seine Albträume früh geweckt hatten. Parker würde, wie die meisten Studenten, hoffentlich noch einige Stunden schlafen.

NACH SEINER Dusche zog Ivan sich an. Parker schien er damit glücklicherweise nicht geweckt zu haben. Mit seiner Kleidung vom Vortag und den Bettlaken machte er sich auf den Weg in den Keller, um alles zu waschen. Es wäre ihm zu schwergefallen, eine weitere Nacht auf diesen Bettlaken zu verbringen.

Während er die Waschmaschine einschaltete, wurde er plötzlich von einer unangenehmen Mischung aus Verlangen und Reue übermannt. Ursprünglich hatte er vorgehabt, Parker zu weiteren Vorlesungen zu begleiten, doch was letzte Nacht passiert war, konnte er unmöglich einfach ignorieren. Schon gar nicht, falls sie Neil über den Weg liefen. Er musste bereits zu viele Geheimnisse für sich behalten, um noch ein weiteres bewältigen zu können, ohne das Gefühl zu haben, sein Kopf würde bald platzen. Er wollte nicht, dass alles in einem Desaster endete.

Also plante er stattdessen, Parker erneut heimlich zu folgen. Er wollte ohnehin nicht den Tag in diesem Haus verbringen und sich ständig an die gemeinsame Nacht erinnern. Er hatte in seinem Leben viel Sex gehabt – vor Colin, mit Colin und nach Colin. Doch selbst zu Beginn ihrer Beziehung hatte es ihn niemals so aus der Bahn geworfen, wie es Sex mit Parker getan hatte. Er durfte nicht vergessen, in welcher Situation er sich hier befand.

Ivan schleppte sich die Treppe hinauf, um schnell zu frühstücken, bevor er sich in seinem Versteck positionierte und auf Parker wartete, stolperte jedoch in der Küche über Parkers Jeans. Diesmal war die Reue stärker als das Verlangen und steigerte sich bis zur Wut, die sich in ihm ausbreitete, bis er kaum noch atmen konnte. Es machte ihn wütend, dass Parker ihn zu seinem Seitensprung gemacht hatte. Es machte ihn wütend, wie sehr er Parker wollte. Mit einem Knurren rammte er seine Faust gegen die Wand.

Schmerz explodierte in seinen Fingerknöcheln und schoss seinen Arm hinauf. Er presste die Hand an seine Brust und umschloss sie mit seiner anderen. Die Wand hatte eine kleine Delle und die Farbe war leicht abgeblättert. Am wütendsten machte ihn, dass Parker ein Krimineller war. Wäre er das nicht gewesen, hätte Ivan ihn nie kennengelernt und bei weitem nicht so viele Probleme gehabt.

Seine Fingerknöchel pochten im Rhythmus seines durch die Wut beschleunigten Pulses, während einige Kratzer darauf zu bluten begannen. Das war alles Parkers Schuld. Er hatte das Bedürfnis, ihn zu schütteln und anzuschreien, Neil eine zu verpassen. Als er bemerkte, dass er auf die Treppe zugegangen war, hielt er inne und holte zittrig Luft, um sich wieder in den Griff zu bekommen. Dann hörte er, wie sich im Obergeschoss eine Tür öffnete. Er wusste, dass er schnell dort raus musste.

Seine Hand zitterte so heftig, dass er sie kaum um den Türgriff schließen konnte, doch nach der trockenen Nacht ließ sich die Tür wenigstens einigermaßen problemlos öffnen. Sein Herz schlug schneller, als er Wasser rauschen hörte. *Schnell raus, schnell raus.*

Er schlug die Tür hinter sich zu und lief los. Auch wenn er nicht sicher war, wohin, lief er, als ginge es um sein Leben.

PARKER STOLPERTE aus dem Badezimmer. Er hatte nicht so gut geschlafen, wie er es nach zwei fantastischen Orgasmen erwartet hatte, was natürlich vor allem mit seiner Krankheit zusammenhing. Eigentlich hatte er gehofft, sie durch seinen Gewichtsverlust überwinden zu können, war jedoch enttäuscht worden. Selbst wenn er das gesundheitliche Risiko eingegangen wäre, ohne das Gerät bei Ivan zu schlafen, hätte er Ivan niemals sein unglaublich lautes Schnarchen antun können. So sehr er sich auch wünschte, eines Tages in den Armen eines anderen Mannes aufzuwachen, war es unter diesen Voraussetzungen einfach nicht möglich.

Andererseits hatte er es bisher ebenfalls für unmöglich gehalten, dass ein attraktiver, liebevoller Mann wie Ivan sich je für ihn interessieren würde. Vielleicht musste er die Sache nur langsam angehen.

Als er an Ivans offener Zimmertür vorbeikam, musste er einfach einen Blick hineinwerfen. Der leere Raum und die blanke Matratze waren beinahe schockierend. Ivan musste im Morgengrauen aufgestanden sein, um jeden Hinweis auf ihren gemeinsamen Abend zu beseitigen. Dabei hatte Parker darauf gehofft, einen Blick auf seinen schlafenden Mitbewohner zu erhaschen und sich dabei an das wunderschöne Erlebnis zu erinnern.

Na ja, er konnte es Ivan nicht verübeln, in einem sauberen Bett schlafen zu wollen. Er erinnerte sich nur zu gut an ein katastrophales Date vor einigen Monaten: Die Laken des Mannes waren derart verschmutzt gewesen, dass Parker geflohen war und seine Lust auf Dates noch nachgelassen hatte.

„Ivan?" Da ihm niemand antwortete, ging er die Treppe hinunter und rief erneut. „Ivan?" Nichts. Wo war er nur? Eigentlich hatte er Parker zum Campus begleiten wollen. Er hatte sich bereits darauf gefreut. Es hatte ihm Spaß gemacht, Ivan seinen Freunden vorzustellen. Er hatte es genossen, in der Öffentlichkeit Zeit mit ihm zu verbringen. Es gab ihm das Gefühl, dass sie mehr als eine Wohngemeinschaft waren. Er lachte. Nach der letzten Nacht war das wohl wirklich der Fall. Aber wie konnte er ihr Verhältnis bezeichnen, ohne Ivan Angst zu machen? Sexfreunde – oder eher eine Sex-WG? Vielleicht würde es Parker nach und nach gelingen, sogar noch mehr daraus zu machen. Er würde alles dafür geben.

Das Erdgeschoss war leer. Nur seine Jeans und Boxershorts lagen auf dem Küchenboden – eine angenehme Erinnerung an den letzten Abend. Würde Ivan sich darauf einlassen, ihn wieder so zu verwöhnen? Beim nächsten Mal wollte Parker ihm zusehen und würde hoffentlich länger durchhalten.

Das Geräusch der Waschmaschine lenkte seine Aufmerksamkeit auf den Keller.

„Ivan?", rief er in den Keller hinunter, erhielt allerdings auch diesmal keine Antwort. Trotzdem ging er die Treppe hinab, um sich davon zu überzeugen, dass wirklich niemand im Raum war. Mit einem Stirnrunzeln und langsameren Schritten begab er sich wieder ins Erdgeschoss.

Wohin war Ivan nur verschwunden? War er früh aufgestanden, um zu joggen? Doch wenn er nicht bald zurückkam, würde er nicht mehr duschen können, bevor Parker sich auf den Weg machen musste. So kurz vor den Prüfungen wollte Parker nichts verpassen. Parker verstaute einen Apfel und einen Müsliriegel in seiner Tasche und schaltete den Toaster ein, bevor er hastig seine Jeans und Unterwäsche in sein Zimmer brachte. Als er zurückkam, war seine Scheibe Toast fertig und er holte sich einen Teller aus dem Küchenschrank. Plötzlich bemerkte er einen Schatten an der Wand und sah genauer hin. War da eine Delle? Als er mit den Fingern darüberstrich, blätterte Farbe ab. Er kannte jeden Zentimeter dieses Hauses in- und auswendig. Die Delle war neu. Sehr seltsam.

Nachdem er seinen Toast mit Erdnussbutter und einem winzigen Klecks Marmelade bestrichen und sich am Küchentisch niedergelassen hatte, betrachtete er weiter die ovale Vertiefung. Wie konnte das passiert sein? Und wann?

Er verbrachte noch einige Minuten damit, das Geschirr zu spülen und die Küche aufzuräumen, konnte schließlich aber nicht mehr länger warten. Er musste ohne Ivan gehen. Auch wenn Ivan es vielleicht nur vergessen hatte oder in seinem Büro gebraucht wurde, ließ Parkers gute Laune plötzlich stark nach.

Er berührte noch ein letztes Mal die Stelle der Arbeitsplatte, die der Ausgangspunkt für alles gewesen war, da Ivan ihm dort den Schwanz gelutscht und den Verstand geraubt hatte, bevor er sich die Tasche umhängte und das Haus verließ.

IVAN KLOPFTE an die Tür und hoffte, dass es sich um die richtige Adresse handelte. Während er wartete, ging er unruhig auf der kleinen Veranda auf und ab, da er damit rechnete, dass es etwas dauern würde, bis ihm jemand öffnete. Dabei hatte er es wirklich eilig, was nicht nur an der zunehmenden Hitze lag.

Obwohl ihm ein Blick auf seine Armbanduhr verriet, dass kaum Zeit vergangen war, klopfte er erneut – mit seiner linken Hand. Die rechte war geschwollen und aufgeschürft, was sich in den überfüllten Verkehrsmitteln der frühen Morgenstunden als verdammt unangenehm erwiesen hatte. Er hatte mehrmals Schmerzensschreie unterdrücken müssen, als er angerempelt oder von Taschen und Rucksäcken getroffen worden war.

Ivan wurde aus seinen Gedanken gerissen, als er hinter sich ein Auto näherkommen hörte. Er war ziemlich sicher, von niemandem verfolgt worden zu sein, presste sich aber vorsichtshalber an die Hauswand, sodass ihn der Busch am Rand der Veranda verdeckte. Durch die Zweige hindurch erkannte er einen weißen Ford Crown Victoria. Er musste entweder einem Polizisten oder einem Rentner gehören – niemand anders fuhr so ein Auto.

Er bemühte sich, den Fahrer zu erkennen, der selbst für eine Wohnsiedlung sehr langsam unterwegs war. Er hatte gerade eine Brille und weißes Haar ausgemacht, als hinter ihm plötzlich die Tür aufflog. Er hechtete von der Veranda und wandte sich der neuen Gefahr zu.

Mit klopfendem Herzen starrte er den Mann in der Tür an, bis ihm klar wurde, wer da vor ihm stand.

„Ivan? Bist du das?"

Ivan richtete sich aus seiner zusammengekauerten Abwehrhaltung auf und betrat die Veranda, während er gegen die Verlegenheit ankämpfte, die seine übertriebene Reaktion in ihm ausgelöst hatte – was ihn allerdings nicht daran hinderte, sich noch einmal misstrauisch umzusehen, bevor er antwortete.

„Kurt. Ich muss mit dir reden."

„Kein Problem, komm rein."

„Ist dein Junge da?"

„Mein Junge?" Kurt verdrehte die Augen, führte ihn aber ins Haus und schloss die Tür. „Davy arbeitet noch."

Nach der heißen Sonne war die kühle Luft im Haus ausgesprochen angenehm. Ihm war egal, ob Kurt seine Wortwahl gefiel, solange sie ungestört waren. Außerdem war ihm Davys Name entfallen gewesen.

Er folgte Kurt, als dieser langsam zum Wohnzimmer vorging und sich dann vorsichtig auf der Couch niederließ. Offenbar litt er noch unter ziemlich großen Schmerzen. Außerdem schien er durch seine Verletzung weiter an Gewicht verloren zu haben, nachdem er bereits wegen der Sorge um sein Coming-out einige Kilo abgenommen hatte. Hoffentlich aß er jetzt genug.

Kurt schaltete den Fernseher aus und bot Ivan einen Sessel an. Ivan ließ sich, immer noch nervös, auf dem Rand nieder und atmete tief durch.

„Ich muss mich entschuldigen. Im Moment bin ich ein schlechter Freund. Ich freue mich, dass es mit Davy doch noch geklappt hat. Irgendwann musst du mir erzählen, wie es dazu gekommen ist."

„Und wie sieht es bei dir aus? Simon hat mir erzählt, was passiert ist. Er hat gesagt, dass du vorläufig beurlaubt bist." Kurt runzelte die Stirn. „Die SIU gibt dir doch nicht etwa die Schuld am Tod des Jungen?"

Ivan unterdrückte ein Keuchen. Über Dmitri wollte er nicht reden. Schon gar nicht, wenn der Albtraum mit Parker an seiner Stelle noch so frisch in seiner Erinnerung war. Also ignorierte er die Frage.

„Kurt", sagte er stattdessen. „Ich brauche Hilfe, aber ich weiß nicht, wem ich trauen kann."

„Ich helfe gerne. Aber was ist los?"

Ivan ballte seine Hände zu Fäusten und zischte, als er dafür mit stechenden Schmerzen bestraft wurde.

„Scheiße, Ivan. Wen hast du geschlagen? Und warum?"

„Lange Geschichte. Aber es war ein Etwas und kein Jemand."

„Das sieht schmerzhaft aus. Lass mich etwas zum Verbinden holen, bevor du mir von deinem Problem erzählst."

Kurt erhob sich steif und vorsichtig von seinem Platz. Vielleicht waren seine Nähte noch nicht gezogen worden. Wie lange war er überhaupt schon wieder zu Hause? Ivan ärgerte sich erneut darüber, dass seine Mission ihn bisher von einem Besuch abgehalten hatte.

„Ich weiß nicht." So unruhig, als hätte er ein paar Espresso zu viel gehabt, sprang Ivan auf, um aus dem Fenster zu schauen.

„Wir haben doch beide keinen dringenden Termin, oder?" Kurt verließ mit langsamen Schritten das Wohnzimmer.

Das stimmte nicht ganz. Eigentlich war Ivan verabredet gewesen. Er bereute, für Parker keinen Zettel zurückgelassen zu haben, um ihm mitzuteilen, dass er ihn nicht zum Campus begleiten konnte. Nur war ihm das, während er noch gegen Erinnerungen der letzten Nacht angekämpft hatte, die er noch wesentlich mehr bereute, in diesem Moment unwichtig vorgekommen. Außerdem wäre ein mit seiner linken Hand geschriebener Zettel sowieso kaum zu entziffern gewesen.

Nachdem er einige Mal im Zimmer auf und ab gegangen war, warf er einen weiteren Blick aus dem Fenster. Er konnte nichts Beunruhigendes entdecken. Zumindest *noch* nicht.

„Was ist los?" Kurts Frage ließ ihn zusammenzucken, da er seine Rückkehr nicht bemerkt hatte. Wenigstens hatte er sich jetzt besser im Griff als eben vor dem Haus.

„Nichts." Zumindest *noch* nicht.

„Komm her. Wenn du dich auf den Couchtisch setzt, muss ich mich nicht so weit runterbeugen."

Da er Kurt keine Schmerzen verursachen wollte – das hatte er in letzter Zeit bei viel zu vielen Menschen getan –, kam er der Aufforderung nach.

Kurt betrachtete ihn mit besorgten blauen Augen. „Du siehst echt fertig aus. Verrätst du mir, wo das Problem liegt, oder muss ich es erst aus dir rausprügeln?"

Der Scherz entlockte ihm ein Brummen – so nah er einem Lachen an diesem Tag eben kam. Kurt konnte ziemlich Furcht einflößend sein, aber heute wäre wahrscheinlich selbst ein einarmiges Äffchen mit Ivan fertiggeworden.

„Aber ernsthaft, Ivan: Wobei brauchst du Hilfe?" Kurt nahm seine Hand und begann, sie zu säubern und zu verbinden.

Während Kurt ihn verarztete, erzählte Ivan, wie er zu Parkers Mitbewohner geworden war. Obwohl die Mission erst vor wenigen Tagen begonnen hatte, kam es ihm vor, als wären es bereits Jahre.

„Das ist doch verrückt, Ivan. Was hat Sarge sich nur dabei gedacht?" Kurt strich sich aufgebracht die Haare aus dem Gesicht, sodass es ganz zerzaust war, bevor er sich wieder Ivans Hand widmete. „Es verstößt gegen jede Vorschrift und könnte dich deine Karriere kosten. Und wenn du tatsächlich Beweise findest, werden sie vielleicht sogar als unzulässig betrachtet."

Ivan zuckte mit den Schultern und strich über die Knöpfe der Fernbedienung auf dem Tisch. Darüber hatte er ebenfalls nachgedacht, das Risiko allerdings wegen des Maulwurfs auf sich genommen. Und was die Beweise gegen Parker anging, war er nicht mehr so sicher, ob er überhaupt welche finden wollte.

„Es gibt da … noch andere Probleme."

Kurt verzog das Gesicht und stieß zischend die Luft aus. „Scheiße. Ich muss besser aufpassen."

„Alles in Ordnung?"

„Ja. Oder zumindest wird es das bald wieder sein. Wenn alles verheilt ist."

Ivan atmete erleichtert auf. Seine dummen Probleme und seine dämliche Hand waren nichts im Vergleich zu dem, was Kurt durchgemacht hatte. Er stand auf. „Ich sollte jetzt gehen. Du hast schon genug Probleme."

„Setz dich gefälligst hin, Ivan." Kurt stand ebenfalls auf – mit leicht schmerzverzerrtem Gesicht – und straffte die Schultern. Trotz des Gewichtsverlusts wirkte er nach wie vor verdammt imposant.

„Kurt, ich …"

„Muss ich dich erst dazu zwingen?"

Kurt schien es ernst zu meinen und Ivan wollte nicht dafür verantwortlich sein, dass sich seine Verletzungen verschlimmerten.

„Nein." Er ließ sich wieder auf den Sessel fallen, woraufhin sich Kurt vorsichtig auf die Couch setzte.

„Und jetzt rede, Ivan."

„Wenn wirklich ein Spitzel Informationen an die Russenmafia weitergibt, bist du der Einzige, dem ich vertrauen kann. Deswegen bin ich hier. Ich … ich weiß einfach nicht mehr, wie es weitergehen soll." Er stützte den Kopf auf seine gesunde Hand.

„Du musst das Ganze beenden. Wenn der Junge wirklich so eine große Rolle im Drogenhandel spielen würde, hättest du schon lange etwas gefunden."

„Du hast den Rest noch nicht gehört." Ivan berichtete ihm, was er in Parkers Zimmer gefunden hatte. Kurt hörte aufmerksam zu.

„Na gut, das gibt einem wirklich zu denken. Selbst wenn er viel von seiner Mutter geerbt haben sollte, hätte er keinen Grund, so große Mengen Bargeld in seinem Schrank aufzubewahren."

99

Ivan schaute sich nervös im Raum um. Es widerstrebte ihm, das Schlimmste zuzugeben. Das, was ihn seinen Job kosten und diese Mission sinnlos machen würde.

„Ja, ich weiß. Aber das ist noch nicht alles. Ich ... ich habe Mist gebaut. Dieser Junge ..." Nein. Er hatte einen Namen. „Parker ... Er ist ... Ich bin ... Wir haben ..." Kurts Augen weiteten sich und er richtete sich auf. „Du hast mit ihm geschlafen?"

Ivan seufzte. „Ja. Und so jung ist er übrigens nicht mehr." Das wollte er unbedingt klarstellen. Er fühlte sich bereits schuldig genug – da wollte er sich nicht noch fälschlich vorwerfen lassen, sich an Kindern zu vergreifen.

„Aber nicht wegen der Mission, oder? Spielst du nicht den geschiedenen Mann?" Nein. Mit der Mission hatte es nun wirklich nichts zu tun. Er hatte einfach nicht widerstehen können. Doch er konnte sich nicht dazu überwinden, es auszusprechen. „Es wird nicht noch einmal passieren. Das habe ich mir geschworen."

Kurt betrachtete ihn beinahe mitleidig. „Oh, verdammt."

„Allerdings." Ivan war froh, dass er es nicht hatte aussprechen müssen, um von Kurt verstanden zu werden. Er hatte Parker einfach ein einziges Mal haben müssen.

„Was hast du jetzt vor?"

Ivan bemühte sich um ein Lächeln. Auch wenn Kurt jetzt offenbar sein Glück gefunden hatte, war der Weg dahin ziemlich kompliziert gewesen. Er würde Ivan seinen Ausrutscher nicht vorwerfen. Er war wirklich dankbar für diese Freundschaft und gönnte Kurt seine Beziehung mit Davy. Nach einer schweren Zeit schien es ihm – zumindest auf emotionaler Ebene – endlich wieder gut zu gehen. Beneidenswert.

„Ich weiß es nicht."

„Rede mit Sarge. Sag ihm, es hat keinen Sinn mehr. Es wird zu gefährlich."

„Aber wenn ich gehe, könnte es für Parker gefährlich werden."

„Für Parker? Warum?"

„Vergiss nicht den Maulwurf. Wenn Razhin herausfindet, dass wir Parker beschattet haben ... Ich glaube nicht, dass Parker versteht, wie skrupellos diese Leute sind."

„Aber du kannst da nicht bleiben. Und wenn du versuchst, Parker die Drogen auszureden, weiß er, dass du Polizist bist. Und dann könnte es für dich verdammt unangenehm werden. Du musst da raus."

„Aber ich glaube, es könnte funktionieren. Du weißt nicht, wie nett er ist. Wie naiv. Ihm ist sicher nicht klar, wie heimtückisch es in der Welt der Drogen zugeht. Und sein ..." Er unterbrach sich. Über Neil wollte er jetzt nicht reden. „Egal. Jedenfalls glaube ich nicht, dass er schon zu tief drinsteckt."

„Tief genug, um Sarge auf sich aufmerksam zu machen."

„Mir egal. Da muss ein Irrtum vorliegen. Das Gefängnis würde Parker umbringen. Er denkt einfach nicht wie ein Krimineller."

Es war erschreckend, wie heftig er Parker verteidigte. Wegen Drogenvergehen Verurteilte wurden häufig rückfällig. Das wusste Ivan. Trotzdem glaubte Ivan daran, dass Parker anders war. Er musste es einfach sein. Ihm durfte einfach nichts passieren.

Kurt betrachtete ihn mit zusammengepressten Lippen und sein wissender Blick war Ivan zu viel. Er wich ihm aus und schaute sich stattdessen im Zimmer um. In dem schockierend weißen Zimmer, wie er plötzlich feststellte.

„Ivan, jetzt hör mir mal zu."

„Hast du schon mal was von Farbe gehört? Es gibt viele verschiedene."

„Ivan, komm schon."

Mit einem Seufzen richtete Ivan den Blick auf Kurt.

„Das geht so nicht weiter. Ich weiß nicht, warum du zugestimmt hast. Ich weiß nicht, warum Sarge dich darum gebeten hat. Aber es war von Anfang an ein Fehler."

„Ja, ich weiß." Ivans Lachen grenzte an hysterisch. „Ich dachte immer, Sarge kann mich nicht besonders gut leiden. Hat mich verdammt überrascht, dass er mir damit vertraut hat. Aber manchmal … manchmal spüre ich Blicke auf mir. Als würde man mich genau beobachten. Ich glaube beinahe, er hat damit gerechnet, dass ich versage. Oder er wollte mich irgendwie reinlegen. Aber das ist verrückt, oder?"

Ivan biss sich auf die Lippe, bis sie blutete, um weiteres hysterisches Gelächter zu unterdrücken. Er musste sich zusammenreißen. Zumindest äußerlich.

„Ivan, du bist einer der besten Detectives. Ich kann mir nicht vorstellen, dass Sarge böse Absichten hat. Dafür sehe ich einfach keinen Grund. Aber wenn es wirklich einen Maulwurf gibt, hat ihn das vielleicht so erschreckt, dass er Mist gebaut hat. Und das hat er. Er hätte dich nie auf diese Mission schicken sollen und mir wäre es am liebsten, wenn du sie sofort aufgeben würdest. Aber wenn du unbedingt weitermachen willst, kann ich Simon darüber informieren. Ich selbst bin dir in meinem Zustand keine große Hilfe. Wenn du also welche brauchst, kannst du dich an ihn wenden, in Ordnung?"

Simon. Bei einem ziemlich neuen Mitarbeiter wie ihm war es unwahrscheinlich, dass er etwas mit der undichten Stelle zu tun hatte. Außerdem arbeitete er nicht für das Drogendezernat, sondern für die Mordkommission.

Ivan nickte. „Danke."

„Und was die Farbe angeht: In zwei Wochen haben wir eine Art Anstreichparty geplant. Ich würde mich freuen, wenn du kommen könntest."

„Das wäre schön. Ich versuche es, okay?" Auch wenn er es wahrscheinlich nicht schaffen würde. Kurt schien das, seinem Gesichtsausdruck nach zu urteilen, ebenfalls klar zu sein. Entweder würde Ivan noch mit seiner Mission beschäftigt sein oder, wenn er sich in Parker irrte, vielleicht sogar tot.

Er stand auf. Kurt brauchte Ruhe und Ivan musste sich auf den Weg nach Hause machen – auf den Weg zu Parkers Haus. Wenn er sich beeilte, blieb ihm noch etwas Zeit, um die anderen Kisten in Parkers Schrank zu durchsuchen, bevor

Parker von der Klinik zurückkam. Parkers ehrenamtliche Arbeit war ein weiterer Grund, aus dem Ivan ihn noch lange nicht aufgegeben hatte.

„WO IST denn heute dein sexy Mitbewohner?" Alicia stupste Parkers Schulter an, woraufhin er sich um ein Grinsen bemühte.

„Keine Ahnung. Er war nicht da, als ich aufgestanden bin."

„Tja, vielleicht musste er früh zur Arbeit. Leider kann er sein Geld nicht damit verdienen, deinen Knackarsch anzustarren."

Parker wandte sich ab. Ivan schien nach der letzten Nacht mit seinem Arsch nichts mehr zu tun haben zu wollen. Wann würde Parker es endlich begreifen? Sex war Sex. Mehr hatte es nicht zu bedeuten und er sollte in der Lage sein, es zu vergessen – was ihm bisher eigentlich nie besonders schwergefallen war. Doch diesmal tat es überraschend weh. Er hatte wirklich geglaubt, Ivan wäre an ihm persönlich interessiert und nicht nur an einer schnellen Nummer.

„Mein Arsch interessiert ihn nicht." Jetzt nicht mehr, nachdem er ihn einmal gehabt hatte.

Alicia zog lachend die Augenbrauen hoch. „So blind kannst du doch nicht sein."

Offensichtlich doch. Er kämpfte gegen Tränen an. „Wovon redest du überhaupt?"

Alicia beugte sich vor, um ihr Tablet aus ihrer Tasche zu holen. „Hast du das echt nicht gemerkt? Ich dachte gestern, Chris müsste sich jeden Moment zwischen Ivan und Thom werfen."

„Thom? Was hat der damit zu tun?" Wenigstens half ihm die Verwirrung, seine Tränen zu unterdrücken.

„Verdammte Scheiße, du bist wirklich blind." Sie schüttelte den Kopf. „Thom ist total scharf auf dich. Chris sagt, er musste gestern einen sehr deprimierenden Abend mit ihm verbringen. Es war jedenfalls nicht schwer, die Funken zu sehen, die zwischen dir und Ivan sprühen. Wir hätten damit ein Steak grillen können."

Parker presste eine Hand gegen seine Wange, um sicherzugehen, dass sie nicht tatsächlich brannte. „Ich hatte keine Ahnung, dass Thom an mir interessiert ist. Ich dachte …" Eigentlich hatte er überhaupt nicht viel über ihn gedacht. Höchstens, dass Thom ihn nicht besonders mochte. Wie hatte er es nicht bemerken können? Andererseits hätte er wahrscheinlich selbst jetzt, nachdem er von ihm versetzt worden war, Ivan Thom vorgezogen. Keine sehr kluge Entscheidung – Thom machte einen verdammt netten Eindruck und war ziemlich süß. Aber Ivan ging ihm einfach nicht mehr aus dem Kopf.

„Ach, ich weiß nicht. Es ging wohl nur um Sex."

Alicia starrte ihn mit offenem Mund an. Seine Wangen glühten weiter. Das hatte er eigentlich niemandem verraten wollen.

„Du hattest Sex mit Ivan? Ich bin gleichzeitig schockiert und kein bisschen überrascht. Erzähl mir alles!"

Alles? Als wäre er nicht bereits verlegen und verletzt genug gewesen. „Er ist nicht hier. Er ist gegangen, ohne mir eine Nachricht zu hinterlassen. Was soll ich sonst noch erzählen?"

„Oh." Alicia lächelte ihm traurig zu und tätschelte seinen Unterarm. „Dafür gab es bestimmt einen guten Grund. Mach dir keine Sorgen. So heftige Gefühle verschwinden nicht einfach, so sehr Thom es auch hofft."

Glücklicherweise betrat der Professor den Raum und bewahrte ihn davor, antworten zu müssen. Ob Alicia recht hatte? Trotzdem würde er heute das gemeinsame Mittagessen auslassen und früher in der Klinik anfangen, um sich auf andere Gedanken zu bringen.

IVAN LIEß sich schweißüberströmt gegen die Tür fallen. Es war ein verdammt heißer Tag und in der U-Bahn hatte die Klimaanlage nicht funktioniert. Außerdem hatte er das Gefühl gehabt, verfolgt zu werden, weshalb er früher ausgestiegen und ein ganzes Stück gelaufen war – auf komplizierten Umwegen. Einen Verfolger hatte er dabei allerdings nicht entdecken können.

Er holte mehrmals keuchend Luft. Sein regelmäßiges Joggen hatte ihn nicht darauf vorbereitet, wie anstrengend diese ständige Vorsicht und Paranoia war. Ein ganzer Marathon wäre ihm lieber gewesen, als durchgängig unsichtbare Blicke zu spüren.

Nachdem er im Keller seine Wäsche in den Trockner gesteckt hatte, ging er einmal durchs ganze Haus. Wie vermutet war niemand dort. Falls Neil nicht wieder unangemeldet auftauchte, müsste ihm ungefähr eine Stunde bleiben, um sich Parkers Schrank zu widmen.

Vorher trocknete er allerdings den Schweiß und wechselte sein T-Shirt – er wollte nicht, dass Parkers Zimmer nach Schweiß roch und ihn misstrauisch machte.

Einigermaßen sauber und trocken betrat er Parkers Zimmer und bemühte sich, das große Bett zu ignorieren. Es war albern, zu bereuen, dass Parker ihn nicht eingeladen hatte, es mit ihm zu teilen. Und falls es Ivan nicht gelingen sollte, Parker vom falschen Weg abzubringen, sollte er wenigstens noch einige Nächte in seinem bequemen Bett verbringen. Gefängnisbetten hatten lange nicht so weiche Matratzen.

Also wandte er sich stattdessen dem Schrank zu und hob die Kiste mit dem Geld herunter, um einen Blick hineinzuwerfen. Das Geld war noch da. Woher es stammte, blieb weiterhin ein Rätsel. Ivan nahm einen Aktenordner und blätterte ihn durch. Die Papiere waren nicht gerade gut sortiert. Urkunden, Verträge und Rechnungen für zwei verschiedene Immobilien waren miteinander vermischt und nicht nach Datum sortiert worden. Zu dem Studenten, der immer gleich seine Hausaufgaben erledigte, passte das eigentlich nicht. Andererseits war er noch nicht lange für die Unterlagen verantwortlich.

Außerdem fand Ivan Dokumente zu einem Treuhandkonto, das für die laufenden Kosten in Parkers Leben aufkam, was einiges erklärte – allerdings nicht, warum so hohe Ausgaben für das Haus vermerkt waren, bei dem es sich um das Landhaus in Muskoka handeln musste, das Parker erwähnt hatte. Er überflog die Rechnungen und spürte Verzweiflung in sich aufsteigen. Die Anschaffungen passten genau zum Anbau von Marihuana, wenn man ihn im großen Rahmen plante. Und zum Landhaus schien ein ausgedehntes Grundstück zu gehören. Verdammt. Vermutlich kam das Geld von Razhin, der das Projekt finanzierte. In diesem Fall blieb ihm nicht mehr viel Zeit, um Parker da rauszuholen. Bei dieser Summe würde Razhin ihn sicher nicht einfach gehen lassen.

Er platzierte alles wieder in der Kiste und stellte sie ins Regal. Scheiße, Scheiße, Scheiße. Auf dem Regalbrett befand sich eine weitere Kiste, die einem kleinen Schrankkoffer ähnelte. Er beschloss hineinzusehen – viel schlimmer konnte es ohnehin nicht kommen.

Die Scharniere des Deckels ließen sich nur schwer bewegen, was darauf hindeutete, dass sie nicht häufig geöffnet wurde. Im Innern fand Ivan ein Durcheinander von Fotos vor. Obwohl sich darunter wahrscheinlich kein Foto von Parker mit einer Hanfpflanze verbarg, konnte Ivan nicht widerstehen und sah sich einige an. Er erkannte Parkers Mutter wieder, die auf einigen von Parker aufgestellten Fotos im Erdgeschoss zu sehen war.

Er suchte nach Fotos von Parker, bis er eines von seiner Mutter fand, die den Arm um einen jungen Teenager gelegt hatte, und ihm klar wurde, dass er sich bereits mehrere angesehen und ihn nur nicht erkannte hatte.

Er nahm einige Fotos und entfernte sich ein paar Schritte vom Schrank, bis er sie im Sonnenlicht betrachten konnte. Als Junge war Parker wirklich niedlich gewesen. Man sah bereits einige Hinweise auf seine jetzige Schönheit, doch er war ziemlich pummelig und die attraktiven Wangenknochen versteckten sich noch unter Babyspeck. Auf einigen Bildern war auch Neil zu sehen, der sich kaum verändert hatte. Aus den letzten Jahren schien es keine Fotos zu geben, was vermutlich mit der schweren Krankheit von Parkers Mutter zusammenhing. Während dieser Jahre hatte Parker irgendwie fünfundzwanzig Kilo verloren, bis er wie ein Model aussah. Nur das Lächeln war dasselbe geblieben. Ivan berührte eines der Fotos sanft mit seiner Fingerspitze. Parkers Unsicherheit und Bescheidenheit ergaben plötzlich einen Sinn. Er war offensichtlich nicht daran gewöhnt, von allen Seiten bewundert zu werden.

Plötzlich sah er aus dem Augenwinkel, dass sich vor dem Haus etwas bewegte. Er schaute auf und stellte fest, dass es sich um Parker handelte, der auf das Haus zukam. Scheiße. Beim Betrachten der Fotos hatte er die Zeit vergessen. Hastig legte er die Fotos in die Kiste, stellte diese in den Schrank und schlüpfte aus Parkers Zimmer, als sich gerade die Haustür öffnete. Leise schloss er die Zimmertür und schlich sich in sein eigenes.

Dort saß er dann und lauschte, bis er das vertraute Knarzen der Stufen hörte. Hoffentlich würde Parker vorbeigehen und sich in sein Zimmer zurückziehen. Ivan brauchte nämlich dringend Zeit zum Nachdenken.

KAPITEL 8

PARKER BLIEB vor Ivans Tür stehen. Sie war verschlossen. Ivan musste also vor ihm nach Hause gekommen sein, was ungewöhnlich war. Hatte er vielleicht doch Probleme mit seiner Arbeit? Wenn er als Versicherungsvertreter auf Provisionsbasis arbeitete, verkaufte er vielleicht nicht genug Policen. Das hätte auch sein etwas launisches Verhalten erklärt.

Parker hatte bereits eine Hand gehoben, um zu klopfen, als er sich daran erinnerte, wie Ivan am Morgen einfach ohne ihn verschwunden war. Es verunsicherte ihn. Falls Ivan ihn als Freund betrachtete – oder zumindest nicht nur als eine schnelle Nummer –, würde er auf ihn zukommen. Dann würde Parker wissen, wie es zwischen ihnen aussah.

Obwohl sein eigenes Zimmer sowohl gemütlich als auch beruhigend war, hätte er sich jetzt viel lieber mit Ivan auf seiner schmalen Matratze zusammengekuschelt. Sex war dabei nicht unbedingt nötig. Erst in Ivans Armen war ihm klar geworden, wie sehr er sich nach menschlicher Wärme gesehnt hatte.

Mit einem Seufzer, der eher zu seiner Zeit als deprimierter Teenager gepasst hätte, warf er seine Zimmertür hinter sich zu und ließ sich auf sein Bett fallen. Sein Blick fiel auf die offene Schranktür und zwei T-Shirts, die samt Kleiderbügel auf den Boden gefallen waren. Er runzelte die Stirn.

Normalerweise waren seine Schranktüren immer geschlossen – eine Angewohnheit aus seiner Kindheit. Damals waren ihm die Kleider und Schuhe darin nachts unheimlich vorgekommen, hatten ihm gefährliche Monster vorgegaukelt. Seitdem ließ er ihn niemals offen. Natürlich hatte er am Morgen etwas neben sich gestanden, als Ivan ihn versetzt hatte. Trotzdem war es schwer zu glauben, dass dadurch eine jahrelange Angewohnheit unterbrochen worden war.

Davon abgesehen war er sicher, diese T-Shirts seit Wochen nicht mehr angefasst zu haben, da er sie nur trug, wenn er mit Neil einen Club besuchte. Und davon hatte er zurzeit die Nase voll. Da Neil der Meinung war, Parker brauche dringend mal wieder Sex, hatte er ihn jemandem vorgestellt, der es auf nichts anderes abgesehen hatte und ihn sich mit allen Mitteln holen wollte. Der Typ war ziemlich grob geworden und Parker konnte von Glück reden, dass er mit ein paar blauen Flecken davongekommen war – und mit einem vorwurfsvollen Vortrag von Neil, weil er vor dem Typen geflüchtet war, anstatt mit ihm zu schlafen. Da Clubs ohnehin nicht sein Ding waren – entweder wurde er angestarrt wie ein Freak oder völlig ignoriert –, hatte er seitdem jede Einladung von Neil abgelehnt. Seit Neil so oft geschäftliche Verabredungen hatte, hielten diese sich glücklicherweise in Grenzen.

Parker erhob sich vom Bett, um die T-Shirts aufzuhängen, wobei sein Blick auf die Kiste mit seinen Akten fiel. Er hatte viel über Alicias Bemerkung zu seinem

Landhaus nachgedacht. Hätte er es für dieses Jahr vielleicht doch öffnen sollen? Es war noch nicht zu spät. Mit dem Haus verband er viele Erinnerungen an seine Mutter – glückliche Erinnerungen, im Gegensatz zu den deprimierenden dieses Hauses. Deshalb hatte er auch das Erdgeschoss neu möbliert und das Hauptschlafzimmer umgeräumt. Er wollte nicht ständig an diese schlimme Zeit erinnert werden.

Als es seiner Mutter schlechter ging, hatten sie das Landhaus nicht mehr besucht. Was wäre es für ein Gefühl, jetzt ohne seine Mutter das Haus zu betreten? Vielleicht war es leichter, wenn er Freunde einlud. Er hatte Neil gesagt, dass er das Haus zwar nie verkaufen, es jedoch wahrscheinlich auch nicht mehr besuchen wolle – etwas voreilig, allerdings hatte Neil ihn schließlich bereits zwei Wochen nach dem Tod seiner Mutter danach gefragt.

Wenn er sich nicht irrte, befanden sich unter seinen Papieren Informationen zu einer Firma, die Ferienhäuser auf die Sommersaison vorbereitete. Es konnte nicht schaden, dort zumindest einmal anzurufen und nach Ablauf und Preisen zu fragen.

Er holte die Kiste mit den Unterlagen vom Regalbrett und stellte sie auf sein Bett. Als er den Deckel öffnete, dauerte es einen Moment, bis er begriff, was er vor sich sah: unzählige Geldscheinbündel. Schockiert nahm er einige heraus und warf sie auf die Matratze.

Dann stupste er eines vorsichtig mit dem Finger an, als könnte es ihn beißen. Was zum Teufel hatte das zu bedeuten? Er konnte nicht einmal einschätzen, um wie viel es sich handelte. Ein Bündel wurde von einem Papierstreifen mit dem Logo einer Bank zusammengehalten, doch die anderen schienen aus wahllos zusammengewürfelten großen Scheinen zu bestehen.

Wo kam es bloß her? Hätte Neil davon gewusst, hätte er sicher schon um Geld für seinen verdammten Club gebettelt. Damit hätte man das Projekt wahrscheinlich vollständig finanzieren können.

Ein lautes Kinderlachen, das sogar durch das geschlossene Fenster drang, riss Parker aus seinen Gedanken. Während er das Geld hastig wieder in die Kiste stopfte, hörte er, wie sich Ivans Zimmertür öffnete und schloss. Er stellte die Kiste wieder an ihren Platz. Dort konnte sie bleiben, bis er sich überlegt hatte, was er tun sollte. Die Polizei zu alarmieren, weil er Geld in seinem Schrank gefunden hatte, klang ziemlich absurd, war aber womöglich die beste Vorgehensweise. Er musste erst darüber nachdenken. Auch wenn es vielleicht feige war, kam er manchmal nur zurecht, indem er Probleme fürs Erste ignorierte.

Nachdem er einige Male tief durchgeatmet hatte, warf er einen Blick in den Spiegel. Nein, er sah nicht wie jemand aus, der gerade mehrere Tausend Dollar in seinem Schrank gefunden hatte.

IVAN SCHAUTE gerade in den Kühlschrank, als Parker die Küche betrat. Vielleicht konnten sie zusammen kochen, wenn Ivan überhaupt noch etwas mit ihm zu tun haben wollte.

„Hallo, Ivan. Du bist aber früh zurück."

Ivan fuhr so hastig herum, dass er sich beinahe den Kopf am Griff des Gefrierfachs stieß. „Äh, oh, Parker. Hi, ich habe dich gar nicht gehört."

Parker unterdrückte ein Augenrollen. Das war nun wirklich nicht zu übersehen gewesen.

„Wie war die Arbeit?" Er hätte ihn eigentlich fragen sollen, wo er gewesen war, anstatt ihm eine leichte Ausrede zu liefern.

„Die Arbeit? Oh, natürlich. Gut. Ich hatte viel zu tun."

Viel zu tun. Klar. Deswegen war er auch vor Parker nach Hause gekommen. Und seine Verwirrung über die Frage war beinahe schmerzhaft offensichtlich. Glaubte Ivan wirklich, Parker würde seine Lügen nicht bemerken? Eigentlich hatte er die Frage nicht stellen wollen, doch Ivans Verhalten schrie geradezu danach.

„Ähm, kann ich dich was fragen?"

Ivan hob übertrieben gleichgültig die Schulter.

„Ähm … na ja … warst du in meinem Schlafzimmer?" Die Worte klangen schrecklich vorwurfsvoll und er hätte sie am liebsten gleich wieder zurückgenommen. Er hoffte nur so sehr, irgendwie ausschließen zu können, dass Ivan etwas mit dem Geld zu tun hatte.

Ivan wirkte plötzlich absolut nicht mehr gleichgültig, sondern richtete sich auf und musterte ihn finster. „Damit hätte ich deine Privatsphäre verletzt. Außerdem hast du ja deutlich gemacht, dass ich in deinem Zimmer nicht willkommen bin."

War das der Grund für Ivans Verhalten? Dass Parker in seinem eigenen Bett geschlafen hatte? Warum sollte das Ivan dermaßen stören? Doch wenn eine Erklärung vielleicht diese beginnende Freundschaft – hoffentlich mit Aussicht auf mehr – retten konnte, würde Parker das Risiko eingehen, ihm von seinem Problem zu erzählen.

„Hör zu, wegen gestern Abend …"

Ivan winkte ab. „Nein, du musst nichts erklären. Es war ein Fehler. Es hätte nicht passieren dürfen und wird nicht wieder passieren. Kein Problem."

Parker blinzelte. Bevor er auch nur über eine Antwort nachdenken konnte, hatte Ivan sich bereits einen Apfel geschnappt und war aus der Küche gestürmt, als wäre er auf der Flucht.

Ein Fehler. Parker war immer nur ein verdammter Fehler. Die beste Nacht seines Lebens hätte nicht passieren dürfen und würde nie wieder passieren. Er hatte nicht einmal die Chance gehabt, Ivan zu fragen, ob er ihn zu weiteren Kursen begleiten wollte. Offenbar war das Ganze nur ein Trick gewesen, um Parkers Vertrauen zu gewinnen. Das einzig Tröstende – falls man es überhaupt als tröstend bezeichnen konnte – waren zwei fantastische Orgasmen, während Ivan nur einen gehabt hatte. Vielleicht war es auch gerade diese Unerfahrenheit gewesen, die Ivan in die Flucht geschlagen hatte. Wenigstens war er von Ivan unterbrochen worden, bevor er ihm seine gesundheitlichen Probleme anvertraut hatte – denn damit hätte er sich offensichtlich völlig umsonst blamiert.

Mit zitternden Fingern holte er sein Handy aus der Tasche und wählte Alicias Nummer.

„Hi, ähm, hast du vielleicht Lust, heute Abend was zu unternehmen?" Er hatte nämlich nicht vor, den Abend mit einem abweisenden Ivan zu verbringen.

„Ich wollte mit Chris und Thom ins Kino gehen. Komm doch mit."

„Meinst du? Was ist mit Thom?" Er wollte ihn nicht verletzen, hatte aber ganz sicher nicht vor, mit ihm ins Bett zu springen.

„Der kommt schon klar. Und er ist ein netter Kerl. Auch wenn er vielleicht versuchen wird, dir das mit Ivan auszureden."

Das würde leider nicht funktionieren. Er würde Zeit brauchen, um über diese alberne Vernarrtheit hinwegzukommen. Eine Nacht mit einem „netten Kerl" würde da nicht helfen. Trotzdem war ein Abend unter Leuten eine gute Gelegenheit, um sich von Ivans verletzendem Verhalten abzulenken. Zumindest hoffte er das.

„Wann wollt ihr los?"

„Sollen wir uns in einer Stunde im Lettie's treffen? Dann können wir vorher noch was essen."

„Gerne."

Parker legte auf und trommelte mit den Fingern auf die Arbeitsplatte. In einer Stunde. Bis dahin konnte er noch etwas Zeit in einer Buchhandlung oder einem Café verbringen – im Haus wollte er nämlich auf keinen Fall bleiben. Er dachte kurz darüber nach, Ivan einen Zettel zu hinterlassen, verwarf den Gedanken jedoch sofort. Der Mann schien sich nicht im Geringsten für Parker zu interessieren.

Mit seinem Handy und seinem Portemonnaie in der Tasche verließ er das Haus.

IVAN WAR ein Arschloch. Anders konnte man es nicht sagen. Bereits wenige Minuten später hatte er seine unfreundlichen Worte bereut und war hinuntergegangen, um sich zu entschuldigen. Allerdings war Parker nicht aufzufinden gewesen. Nachdem er stundenlang gewartet hatte – auch auf die Gefahr hin, dass Parker mit Neil nach Hause kommen und vor Ivans Augen mit ihm in seinem Zimmer verschwinden würde –, war er wegen der vielen schlaflosen Nächte irgendwann so erschöpft gewesen, dass er hatte aufgeben müssen. Allerdings hatten seine Träume in dieser Nacht zur Abwechslung aus vielen erotischen Szenen mit Parker und ihm in den Hauptrollen bestanden.

Wesentlich erholter hatte er sich am Morgen trotzdem nicht gefühlt, nur war sein Schlafanzug diesmal feucht vor Sperma anstelle von schweißdurchtränkt. Als er sich nach einer Dusche die Treppe hinuntergeschleppt hatte, war Parker bereits fort gewesen. Oder er war erst gar nicht nach Hause gekommen. Dieser quälende Gedanke hatte ihn den ganzen Tag über wie Zahnschmerzen verfolgt, selbst wenn er nicht aktiv darüber nachgedacht hatte.

Als wäre der Tag ohne die verschiedenen Schuldgefühle in Bezug auf Parker nicht schon schlimm genug gewesen. Er hatte eine weitere Befragung der SIU und eine sinnlose Therapiesitzung voller Lügen über sich ergehen lassen müssen, bevor sein Bus auf dem Heimweg durch einen Verkehrsunfall aufgehalten worden war. Nachdem er den heißen, überfüllten Bus nicht länger hatte ertragen können, da er durch die drängelnden Fahrgäste immer aggressiver geworden war, hatte er erneut den Bus verlassen, um den Rest des Weges zu Fuß zurückzulegen. Draußen war die Hitze wenigsten etwas erträglicher gewesen.

Allerdings stellte er jetzt fest, dass ihn sein verworrener Weg ganz unbewusst nicht etwa zu Parkers Haus, sondern zum Campus geführt hatte und er gerade auf das Gebäude zusteuerte, in dem Parkers Vorlesung stattgefunden hatte. Mit einem Knurren zwang er sich, daran vorbeizugehen, genau wie am Stadion und am Bata Shoe Museum, das seine Schwestern liebten, und betrat stattdessen die erstbeste Kneipe.

Im Innern war es kühl und dunkel, was seinen angespannten Nerven guttat. Ein Bier würde den Rest erledigen. Wenn er sich ausreichend beruhigt hatte, würde er zum Haus zurückkehren und die Entschuldigung nachholen. Er konnte verstehen, warum Parker seine Untreue augenblicklich bereut hatte und aus seinem Bett geflohen war. Ivan hätte niemals damit gerechnet, einmal der „andere Mann" zu sein. Dabei fürchtete er, dass er einer weiteren Nacht mit Parker augenblicklich zugestimmt hätte.

PARKER SASS mit verschränkten Armen auf dem Sofa und war bereits bei der vierten Folge seines *Doctor-Who*-Marathons angekommen. Während er normalerweise in der Lage war, sich völlig in seinen SciFi-Serien zu verlieren, schaute er heute allerdings ständig auf die Uhr. Er hatte beinahe schon damit gerechnet, bei seiner Rückkehr ein richtiges Zuhause zu betreten. Seit Ivan das erste Mal für ihn gekocht hatte, war dieses Zusammenleben zur Gewohnheit geworden. Nur schien sich nach der gemeinsamen Nacht alles verändert zu haben. Er war immer noch nicht sicher, ob es an ihm lag oder ob Ivan einfach nur ein Arschloch war, das ihn ausgenutzt hatte. Parker hatte sich nach der Uni noch eine ganze Weile in einem Café aufgehalten und gehofft, Ivan würde dann sicher zu Hause sein. Am besten bereits beim Kochen. Doch das Haus war bei seiner Rückkehr leer gewesen. Verlassen. Wenn sie das nicht endlich klärten, wie sollten sie dann weiterhin ein Haus teilen? Um seinen Freund zurückzubekommen, hätte Parker sogar bereitwillig so getan, als hätten sie niemals Sex gehabt. So sehr vermisste er Ivan.

Mittlerweile war er so verunsichert, dass er sich sogar mit einem kurzen Blick in Ivans Zimmer davon überzeugt hatte, dass sich alles noch an seinem Platz befand, dass Ivan nicht heimlich ausgezogen war – auch wenn ihm sein gesunder Menschenverstand sagte, wie extrem solch eine Reaktion gewesen wäre. Ivan war ihm einfach so wichtig.

Als die Zeit voranschritt und die Schatten immer länger wurden, musste er sich damit abfinden, dass Ivan an diesem Tag vielleicht nicht mehr nach Hause kommen würde. Vielleicht hatte er diesmal wirklich eine Verabredung. Träfe er sich mit einem Mann oder waren ihm seine Neigungen so zuwider, dass er es erneut mit einer Frau versuchen würde? Parker schlang so gut es ging seine Arme um seinen Bauch und beugte sich vornüber, um gegen den Schmerz anzukämpfen, den diese Vorstellung auslöste.

Er hätte Thoms Einladung annehmen sollen. Thom hatte ihn nach dem Kinobesuch – der sich erschreckend wie ein gemeinsames Date angefühlt hatte – angesprochen und ihn um ein richtiges Date gebeten. Parker hatte sich zum ersten Mal in seinem Leben mit den Worten „das ist kompliziert" herausreden müssen. Normalerweise war sein Liebesleben einfach nicht vorhanden, aber ganz bestimmt nicht kompliziert. Andererseits war es das jetzt, da er hier allein in einem leeren Haus saß, vielleicht genauso wenig. Vielleicht wollte ihn Ivan einfach nicht, nachdem er ihn einmal benutzt hatte, um sich Erleichterung zu verschaffen.

Thom hatte wirklich verständnisvoll auf die Zurückweisung reagiert. Hätten Alicia oder Chris ihn eher auf Thoms Gefühle hingewiesen, hätte er sich jetzt vielleicht sogar in einer Beziehung mit ihm befunden. Dann hätte er nicht nach einem Mitbewohner gesucht … und Ivan niemals kennengelernt.

Sein Herz zog sich bei dieser unerträglichen Vorstellung schmerzhaft zusammen. Er hatte unmerklich tiefe Gefühle für Ivan entwickelt, sodass er jetzt mit seiner eigenen Zurückweisung kämpfen musste. Vielleicht sollte er Thom doch anrufen und sich wenigstens auf unkomplizierten Sex mit ihm einlassen. Dann gelänge es Parker unter Umständen, Ivan wieder nur als Mitbewohner zu betrachten.

Und eines Tages würde er vielleicht mit einem anderen Mann zusammenwohnen und den Mut aufbringen, mit ihm in einem Bett zu schlafen – sogar mit seiner hässlichen Kampfpilotenmaske.

Plötzlich öffnete sich geräuschvoll die Haustür und Parker sprang erleichtert auf.

„Ivan?"

„Verdammt, nein." Neil stürmte mit Lebensmitteln beladen in die Küche. „Wie kannst du mich nur mit dem alten Sack verwechseln?"

Parker ignorierte die eindeutig rhetorische Frage. „Was machst du hier?"

Neil verdrehte die Augen. „Ich freue mich auch, dich zu sehen."

„Was soll das alles?" Parker sah zu, wie Neil Berge von Snacks, verschiedenen Bierspezialitäten und anderen teuren alkoholischen Getränken auspackte.

„Ich habe ein paar Leute hierher eingeladen. Zu einer Party."

Parker schloss die Augen und zählte bis zehn. Dann bis zwanzig. „Eine Party? Hier?"

„Ich möchte einen guten Eindruck machen, um Investoren für mein Projekt zu gewinnen. Meine Wohnung ist zu klein."

Parker verkniff sich die Bemerkung, dass Neil mehr Geld für eine größere Wohnung geblieben wäre, wenn er weniger für Kleidung, Schuhe und Gras ausgegeben hätte.

„Ich habe keine Lust auf Gäste."

„Komm schon, Parker. Du bist ja noch schlimmer als der langweilige alte Sack." So sah er Ivan absolut nicht. „Du übertreibst."

„Ernsthaft, wenn du so weitermachst, sitzt du bald nur noch alleine in deinem Haus und schimpfst über ‚die Jugend von heute'. Du musst dich dringend mal wieder flachlegen lassen und ich brauche dringend Investoren. Gute Kandidaten für beides kommen in ..." Neil warf einen Blick auf ein weiteres seiner teuren Spielzeuge an seinem Handgelenk. „... einer knappen halben Stunde. Also hilf mir bei den Vorbereitungen, ja?"

Parker zögerte. Er hatte Neil bisher nie etwas abgeschlagen, da er ihm so dankbar für seine Freundschaft war. Außerdem schadete es vielleicht nicht, wenn er sich ein bisschen ablenkte und sich die von Neil eingeladenen potenziellen Sexpartner wenigstens ansah. Schließlich schien er selbst bei der Auswahl kein glückliches Händchen zu haben. Er hätte ohnehin den ganzen Abend schlecht gelaunt vor dem Fernseher verbracht. Ziemlich traurig.

„Na gut. Gib mir die Chips." Er füllte sie in Schüsseln um und brachte sie ins Wohnzimmer. Neil folgte ihm mit Erdnüssen.

„Und mach diesen peinlichen Scheiß aus." Ohne auf eine Reaktion von Parker zu warten, schnappte sich Neil die Fernbedienung und schaltete auf einen Musiksender um – allerdings nicht den, der Ivan gefiel. Und schon wieder dachte er an Ivan. „Nur fette Versager gucken sich so was an. Das hast du nicht nötig."

Parker biss sich auf die Lippe. Vor nicht allzu langer Zeit hatte er selbst zu diesen „fetten Versagern" gehört, über die Neil so abwertend sprach. Was allerdings nicht das Geringste mit seiner Vorliebe für Science-Fiction zu tun hatte. Mittlerweile zweifelte er daran, dass Neils Männer seinem Geschmack entsprachen. Egal: Er würde sie sich ansehen und am nächsten Tag Thom anrufen, um ihn um ein Date zu bitten.

AUS EINEM Bier waren fünf geworden. Oder sechs? Vielleicht sogar sieben – kombiniert mit einem Teller Nachos, um den Alkohol aufzusaugen. Normalerweise bevorzugte Ivan gesundes Essen, doch heute hatte er den fettigen, käsebedeckten Chips nicht widerstehen können. Vielleicht war es so ähnlich, wie seine Trauer mit Schokolade zu bekämpfen. Als es dunkel wurde, hatte er sich bereits ein komplettes Baseballspiel angesehen. Obwohl er sich weder die Teams noch das Ergebnis gemerkt hatte, kannte der Barkeeper seinen Namen und er war angenehm angeheitert. Bereit, Parker – und Neil – gegenüberzutreten.

Als er auf Parkers Haus zuging, nahm er die Musik einer in der Nähe stattfindenden Party wahr. Es erschien ihm ziemlich früh dafür, doch ein Blick auf seine Uhr überraschte ihn: Es war schon beinahe elf. Er hatte sich länger in der Kneipe aufgehalten als gedacht.

Beim Einbiegen in Parkers Zufahrt wurde ihm klar, dass die Musik aus Parkers Haus kam. Was sollte das? Hatte man als Mitbewohner nicht wenigstens eine Warnung verdient? Oder eine Einladung?

Bevor er das Haus betreten konnte, lenkte ihn eine Bewegung auf dem schmalen Weg zwischen diesem und dem Nachbarhaus ab. Vorsichtig schlich er sich bis zur Hausecke und spähte darum herum. Neil kniete auf dem Boden und lutschte einen Schwanz, der nicht zu Parker gehörte. Der Anblick schockierte ihn im ersten Moment. Dann wurde er erst von Freude übermannt, da Parker sich jetzt vielleicht von Neil trennen würde, aber gleich darauf von Wut darüber, dass Neil ihm so etwas antat. Und zu guter Letzt folgte Verwirrung, da Parker im Grunde genau dasselbe getan hatte. Verdammt, der Alkohol macht ihn ganz durcheinander. Nachdem er mit seinem Handy ein Foto gemacht hatte – ziemlich fies, aber vielleicht brauchte er einen Beweis –, entfernte er sich leise und betrat hastig das Haus.

Im Innern musste er sich an einigen Männern vorbeischieben, die von leicht bekleideten, stark geschminkten Frauen mit Zehn-Zentimeter-Absätzen begleitet wurden. So hatte er sich Parkers Freunde eigentlich nicht vorgestellt. Vielleicht handelte es sich nur um Kunden.

Mit diesem ernüchternden Gedanken setzte er seine Suche nach Parker fort, bis er ihn schließlich im Wohnzimmer fand. Parker wurde von einem muskulösen, dunkelhaarigen Mann ähnlicher Größe an die Wand gepresst. Sie küssten sich und Parker wand sich unter ihm. Blind vor Wut packte Ivan den Mann und riss ihn von Parker fort.

„Was soll die Scheiße?" Obwohl Ivan nicht sicher war, wen er damit überhaupt gemeint hatte, antwortete der fremde Typ.

„Ich hab ihn zuerst gesehen."

„Und?"

„Also hau ab, bevor ich dir die Nase breche."

Von wegen. Wahrscheinlich hatte der Typ ein paar kleine Prügeleien für sich entschieden und hielt sich jetzt für einen richtigen Kämpfer. Doch seine Haltung, die einen Anfänger eingeschüchtert haben mochte, erkannte Ivan als völlig falsch.

„Es interessiert mich nicht, ob du ihn zuerst gesehen hast, du Arschloch."

Eine Ader pochte in der Schläfe des Mannes. Er ließ seine Fingerknöchel knacken. Aus welcher Wrestling-Show er das wohl hatte?

„Wie hast du mich genannt?"

„Als wäre ich der Erste. Jammerlappen."

Ivan richtete seinen Blick für den Bruchteil einer Sekunde auf Parker, was der fremde Mann ausnutzte, um sich auf ihn zu stürzen. Ivan wich der Faust problemlos aus und stieß ihn gegen die Wand. Der Mann sackte stöhnend auf dem Boden zusammen und hielt sich den Kopf.

Ivan ignorierte ihn – das würde er sich nicht noch einmal trauen. Dass die anderen Gäste ihn anstarrten, kümmerte ihn ebenfalls nicht. Ihn interessierte im Augenblick nur Parker. Parker, der dieses Arschloch geküsst hatte, während sein Freund einem anderen Mann einen blies. „Wer zum Teufel ist das? Und was ist hier los?"

Parker betrachtete kurz den Mann auf dem Boden, bevor er mit einem großen Schritt über ihn hinwegstieg, um sich Ivan zu nähern. „Ich glaube, er heißt Bran. Oder Brad? Ich weiß es nicht genau."

Er wusste es nicht. Er küsste einen Mann, dessen Namen er nicht einmal kannte. Ivans Wut nahm noch zu und er ballte seine Hände zu Fäusten. Durch den Einfluss des Alkohols konnte er die Schmerzen seiner verletzten Hand kaum noch spüren. Trotzdem hätte es alles nur noch schlimmer gemacht, wenn er jemanden geschlagen hätte – selbst Brad. Als Parker eine Hand ausstreckte, um seinen Arm zu berühren, wich er zurück. Das konnte er jetzt einfach nicht ertragen. Es ging nicht.

„Neil hat ein paar Leute eingeladen."

„Ach ja? Und weiß er, was du hier mit Brad gemacht hast?" Ivan schüttelte den Kopf. Er war jetzt nicht in der Verfassung, ein Gespräch mit Parker zu führen. Nicht bei Parkers vom Küssen feuchten und roten Lippen. „Vergiss es. Aber beim nächsten Mal will ich das vorher wissen. Ich wohne hier schließlich auch."

Plötzlich tauchte Neil neben Parker auf und legte einen Arm um seine Taille. „Das ist Parkers Haus. Er kann hier machen, was er will, und zwar ohne deine Erlaubnis."

So standen sie mit ihren geröteten Lippen vor ihm – Parkers vom Küssen und Neils von seinem kleinen Abstecher in den Garten mit einem anderen Mann. Ivan zitterte vor Wut. Als Neil ihn frech angrinste und Parkers Wange mit diesen Lippen küsste, die sich vor Minuten noch um einen fremden Schwanz gelegt hatten, zuckte Ivans Hand zu seiner Hüfte.

Sein Ärger verflog, als ihm plötzlich klar wurde, was er da gerade tat. In Parkers Gegenwart schien er in ein Gefühlschaos zu geraten, durch das er völlig die Kontrolle über sich verlor. Hätte er seine Dienstwaffe gehabt, hätte er sie wahrscheinlich gerade auf Neil gerichtet. Ein erschreckender Gedanke, der ihn augenblicklich auf den Boden der Tatsachen zurückholte.

Er starrte die beiden an. So gern er in diesem Augenblick das Haus verlassen hätte, musste er doch an seine Mission denken. Also nickte er nur steif und zog sich in sein Zimmer zurück.

Auf dem Weg die Treppe hinauf hörte er Neil noch sagen: „Alles in Ordnung, Brad? Alte Leute können echt nerven."

Jetzt war er also der seltsame, alte Mitbewohner. Und gefährlich, wie er gerade festgestellt hatte. Dieser Einsatz lief wirklich großartig.

PARKER WISCHTE sich mit dem Ärmel die Lippen ab, während er zusah, wie Neil Brad auf die Beine half. Brad war wie alle anderen Männer, die Neil ihm vorgestellt

113

hatte: Arrogant und aufdringlich war er davon ausgegangen, dass Parker bei seinen Geschichten über seinen riesigen Schwanz nur so dahinschmelzen würde. Der einzige Unterschied war, dass Brad gern küsste. Doch im Gegensatz zu seinen Küssen mit Ivan war dieser hier furchtbar gewesen. Viel zu feucht. Und der Typ roch nicht besonders gut. Warum hielten Männer mit Geld es nie für nötig, auch nur das kleinste bisschen Wert auf rücksichtsvolles Verhalten oder Körperhygiene zu legen?

Er war so darin versunken, Ivan hinterherzuschauen, dass Neil ihm einen Ellbogen in die Rippen stieß, um ihn auf sich aufmerksam zu machen.

„Was ist?"

Neil sah ihn finster an. „Ernsthaft? Du stehst auf den alten Sack?"

Parker zuckte mit den Schultern. Er und Neil hatten schon immer einen sehr unterschiedlichen Geschmack gehabt, weswegen er sich häufig herablassende Kommentare von ihm anhören musste. Doch selbst nach Ivans abweisendem Verhalten und seinem überraschenden Wutausbruch mochte er ihn noch wesentlich lieber als Brad. Die gemeinsamen Abende, das Essen und die Filme hatten ihm viel bedeutet. Und der unglaubliche Sex. So stellte Parker sich eine Beziehung vor. So hatte er sich seine Beziehung mit Ivan erhofft.

„Pass auf, dass alles ganz bleibt, okay? Ich gehe jetzt ins Bett."

„Ins Bett? Aber nicht alleine, oder?"

Auch wenn Ivans letzter wütender, verächtlicher Blick ihm nicht gerade viel Hoffnung machte, wollte Parker wenigstens versuchen, mit ihm zu reden. Also ging er, ohne Neil zu antworten, die Treppe hinauf. Da er außer Neil sowieso keinen der Gäste kannte, war es ihm egal, ob sie ihn für unhöflich hielten.

Oben angekommen blieb er unentschlossen zwischen Ivans und seiner Tür stehen. Das Haus war solide gebaut, sodass die Musik im Erdgeschoss sie nicht am Schlafen hindern sollte. Das Vernünftigste wäre gewesen, mit dem Gespräch bis zum nächsten Morgen zu warten. Nur war er weder müde noch wollte er die Spannungen zwischen ihnen noch länger bestehen lassen. Sie hatten sich anfangs so gut verstanden. Auch wenn ihm das nicht zum ersten Mal passierte, wollte er bei Ivan nicht zulassen, dass es so endete. Außerdem würde er wegen der Auseinandersetzung mit Ivan sicher lange wach liegen und am Ende wieder über das mysteriöse Geld nachgrübeln. Das wollte er unbedingt verhindern.

Parker leckte sich über seine plötzlich trockenen Lippen und klopfte mit einem tiefen Atemzug an Ivans Tür. Dann wartete er. Atmete aus. Wartete weiter. Hatte er laut genug geklopft? Hatte Ivan ihn gehört? In der kurzen Zeit konnte er doch eigentlich nicht eingeschlafen sein.

Da sich niemand im Flur befand, der ihn bei seinem albernen Verhalten beobachten konnte, presste er ein Ohr an die Tür. Stille. Er hörte nicht einmal den Fernseher.

Als er gerade erneut die Hand gehoben hatte, um zu klopfen, brüllte Ivan plötzlich: „Was?" Parker zuckte zusammen.

„Kann ich reinkommen?"

Parker beschloss, das gedämpfte Brummen als ein Ja zu betrachten, und öffnete die Tür.

Ivan saß auf dem Bett. Er hatte ein Handtuch um eine Faust gewickelt und auf dem Nachttisch lag Verbandsmaterial.

„Ich wusste nicht, dass du dich verletzt hast." Obwohl er sich jetzt, da er darüber nachdachte, bei Ivans Auseinandersetzung mit Brad an etwas Weißes an seiner Hand erinnerte.

„Das, äh, war ich schon vorher. Es hat nur nicht gerade geholfen." Ivan bemühte sich sehr, Parkers Blick auszuweichen.

Parker setzte sich neben ihn und hob Ivans Hand in seinen Schoß. Unter dem feuchten Handtuch kam ein sich lösender Verband zum Vorschein, den Parker vorsichtig ganz entfernte. Darunter befand sich ein dunkler Bluterguss, doch die Haut war kaum aufgeschürft.

„Wie hast du das geschafft?" Sich mit Leuten zu prügeln gehörte sicher nicht zum Alltag eines Versicherungsvertreters. Er musste an seine Vermutung denken, dass es mit Ivans Arbeit nicht besonders gut lief. Ob er ihm anbieten sollte, die Miete etwas zu senken?

„Ich, ähm, schulde dir die Reparaturkosten für deine Küchenwand."

Parkers Finger schlossen sich vor Verblüffung fester um Ivans Hand, was diesem ein Keuchen entlockte. „Oh, tut mir leid."

Ivan hatte seinen Frust an der Wand ausgelassen? Wann? Warum?

„Solltest du dich nicht lieber um deine Gäste kümmern?" Plötzlich klang Ivan beinahe bockig.

Parker wickelte den Verband ein letztes Mal um Ivans Hand und befestigte ihn. „Es sind Neils Gäste. Ich kenne da niemanden. Außerdem bin ich lieber hier bei dir." Na bitte. Ausnahmsweise hatte er es gewagt, seine Gefühle auszusprechen. Jetzt wartete er mit wild klopfendem Herzen auf Ivans Antwort.

„Du kennst Brad. Sah zumindest so aus."

Parker runzelte die Stirn. Ivan sah ihn auch jetzt nicht an. Offenbar interessierte ihn nicht besonders, was Parker gerade gesagt hatte. „Neil versucht immer, mich mit irgendwelchen Typen zu verkuppeln. Brad war nur noch ein bisschen aufdringlicher als die meisten anderen."

Ivan richtete sich auf und sprang vom Bett. „Neil versucht, dich zu verkuppeln? Verdammt, Parker, warum lässt du dich so behandeln? Und er betrügt dich. Du hast etwas viel Besseres verdient."

Ihm fehlten die Worte. Ivan schien sowohl auf ihn als auch um seinetwillen wütend zu sein, doch Parker brauchte einige Sekunden, um das Gesagte zu begreifen.

„Neil kann mich nicht betrügen. Wir sind nur Freunde."

Ivan erstarrte. „Ihr seid nicht zusammen?"

Jetzt spürte Parker selbst Verärgerung in sich aufsteigen. Offenbar hatte Ivan ihn für untreu gehalten. „Andere sehen das vielleicht nicht so, aber ich würde nie jemanden betrügen." Es verletzte ihn, dass Ivan ihm das zutraute.

Ivan berührte mit der Hand Parkers Wange. „Tut mir leid."

„Ach ja?"

„Ich ... Mein ..." Ivan schüttelte den Kopf, als müsste er seine Gedanken ordnen. „Tut mir leid. Ich habe mit solchen Sachen schon schlechte Erfahrungen gemacht."

Seine Frau konnte es nicht gewesen sein – sonst wäre sie nicht so leicht damit durchgekommen, ihm alles wegzunehmen. „Hast du ... hast du jemanden mit mir betrogen, als wir ...?" Es war nicht unmöglich, dass Ivan sich bereits mit jemand anderem traf. Oder hatte er vielleicht sogar seine Frau mit einem Mann betrogen?

„Nein. Das würde ich nie tun. Ich meine ..." Ivan ließ sich seufzend wieder auf das Bett sinken. „Ich wollte dich von der ersten Sekunde an. Und als ich dich besser kennengelernt habe, mochte ich dich auch noch. Aber ich habe mich dafür gehasst, dass ich mich auf die Nacht mit dir eingelassen habe, weil ich dachte, du wärst vergeben."

Parkers Wut und Verwirrung lösten sich mit einem Schlag in Luft auf. „Deshalb hast du es also als Fehler bezeichnet und wolltest nicht, dass es wieder passiert?"

Was bedeutete, dass er vielleicht doch eine Chance hatte, seinen Mitbewohner zu seinem Freund zu machen – ein bisschen klischeehaft und eventuell auch etwas zu früh, aber damit konnte er leben. Schließlich ging es um Ivan, der Parker bereits so schrecklich wichtig war.

„Genau. Es schien für uns beide keine gute Idee zu sein. Aber ich konnte dir einfach nicht widerstehen."

Als er diesmal eine Hand an Parkers Wange legte, schmiegte Parker sich an sie. Ivan streichelte ihn sanft und Parker hörte das Knistern seiner Stoppeln – in der Eile war er an diesem Morgen nicht dazu gekommen, sich zu rasieren.

„Du konntest nicht widerstehen?" Obwohl Ivan nicht der erste Mann war, der das sagte, hatte Parker es bisher nie geglaubt. Er hatte es für einen billigen Anmachspruch gehalten. Nur klang Ivan dabei so furchtbar aufrichtig. Ivans Lippen verzogen sich zu einem kleinen, wissenden Lächeln, während er seine Finger an Parkers Hals hinuntergleiten ließ. Die erste Berührung seines Schlüsselbeins brachte Parker zum Keuchen und sein Schwanz erwachte zum Leben.

Es dauerte nur Sekunden, bis sie nackt waren und Ivans warmes Gewicht ihn auf die Matratze presste. Ivan lächelte ihm zu, bevor er seine Lippen auf Parkers senkte.

Das Aneinanderreiben ihrer Erektionen entlockte Parker ein Stöhnen, das Ivan nutzte, um mit seiner Zunge tiefer in Parkers Mund einzutauchen. Parker saugte an ihr.

So bewegten sie sich zusammen, während Ivans Lust Parkers eigene noch steigerte, bis sie den gesamten Raum zu erfüllen schien. Das erste Mal war offenbar kein Zufall gewesen: So stellte Parker sich guten Sex vor. Das hatte er bei den letzten Männern vermisst. Und es lag nicht nur daran, dass Ivan so verdammt heiß war, sondern vor allem an seiner Persönlichkeit. Er war ein guter Mensch. Er war so liebevoll. Es machte ihn zum attraktivsten Mann, dem Parker je begegnet war.

Ivan löste sich von Parkers Mund, um Lippen und Zunge an Parkers Hals hinunterwandern zu lassen. Als er sich an Parkers Körper hinunterschob, wurde Parkers Erektion gegen diese fantastischen Bauchmuskeln gepresst. Ivan hob den Kopf, um ihn mit einem frechen, beinahe teuflischen Grinsen zu betrachten. Dann senkte er den Kopf und leckte über Parkers Schlüsselbein.

„Ivan. Verdammt." Parkers Hüften hoben sich, sodass die Haare an Ivans Bauch über seinen Schwanz strichen und die empfindliche Haut kitzelten.

Ivans Lippen wanderten weiter nach unten, bis er Parker ohne das geringste Zögern in den Mund nahm. Parker verkrallte seine Finger in den Laken und spreizte stöhnend die Beine. Wenn Ivan ihn weiter so herrlich quälte, würde er auch diesmal nicht lange durchhalten. Abgesehen von seinen Spielzeugen hatte er schon lange nichts mehr in sich gehabt, doch er wollte – musste – Ivans Aufmerksamkeit würdig sein.

„Stopp. Bitte."

Ivan hob den Kopf und seine goldenen Augenbrauen. Die Luft auf seiner feuchten, warmen Haut brachte Parker zum Zittern.

„Alles in Ordnung?"

„Ja", antwortete Parker verlegen. „Aber ich halte nicht mehr lange durch und ..." Konnte er es aussprechen? Wagte er es? Doch offenbar war das überhaupt nicht nötig. Ivans Augen schienen sich zu verdunkeln und seine Hüften zuckten. Er verstand ihn ohne Worte.

Ivan streichelte Parkers Schwanz, während er die andere Hand zum Nachttisch ausstreckte. Kondome landeten auf der Matratze, dann eine Flasche Gleitgel, die gegen Parker rollte und sich an seiner warmen Haut sehr kühl anfühlte.

Während Ivan sich ein Kondom überstreifte, leckte er die ersten Tropfen Flüssigkeit von Parkers Schwanz, bevor er nach der Flasche griff und sie öffnete.

„Wie oft benutzt du den Dildo in deiner Schublade?"

So sehr Parker bereits schwitzte, errötete er jetzt doch noch ein bisschen heftiger. Ivan war von der Größe seines Spielzeugs nicht weit entfernt. „Oft genug."

Ivan schloss kurz die Augen und seine Hüften zuckten erneut. Er schien Parker so sehr zu wollen wie Parker ihn.

„Bitte beeil dich." Er konnte das Warten kaum noch ertragen.

Mit einem heiseren Knurren schob Ivan sich an seinem Körper hinauf. Nachdem er Gleitgel über das Kondom gestrichen hatte, verteilte er etwas davon an Parkers Eingang und brachte sich in Position. Sein Lächeln war auch jetzt noch voller Lust, jedoch gleichzeitig liebevoll und zärtlich.

„Entspann dich einfach", flüsterte Ivan und küsste ihn. Er schob sich in Parkers Körper, während er seine Zunge in Parkers Mund schob.

Schon nach kurzer Zeit trieben Ivans rhythmische Stöße ihn beinahe in den Wahnsinn. Während er anfangs noch versuchte, sich mit Ivan zu bewegen, verlor er zwischen leidenschaftlichen Küssen und dem perfekten Druck auf seine Prostata bald völlig die Kontrolle.

Irgendwann löste Ivan sich von seinen Lippen und richtete sich ein wenig auf, wodurch er den Winkel seiner Stöße veränderte, die Parker jetzt jedes Mal ein heiseres Stöhnen entlockten, das tief aus seinem Innern hervorbrach.

„Du bist so unglaublich heiß." Ivan lächelte auf ihn herab und legte eine Hand um seine Erektion.

Parker bäumte sich auf, als sich sein ganzer Körper versteifte und er mit Ivans Namen auf den Lippen explodierte, sich zuckend in Ivans Hand ergoss. Nur wenige Sekunden später schloss Ivan die Augen und kam ebenfalls bebend zum Höhepunkt.

Parker lag erschöpft und glücklich da, während Ivan das Kondom entsorgte und ihn sanft säuberte. Zwar hatte Parker niemals besseren Sex gehabt, doch was ihn wirklich Hoffnung auf eine Zukunft mit Ivan schöpfen ließ, waren der liebevolle Kuss und die geflüsterten Worte der Dankbarkeit.

KAPITEL 9

IVAN HATTE ein ernstes Problem.

Er zog Parkers warmen Körper näher an sich, während er den kleinen Fernseher auf der Kommode anschaltete. Er hatte mit einem Verdächtigen geschlafen. Schon wieder. Für mehrere Stunden hatte er völlig vergessen, dass er nicht wirklich Ivan Baker der Versicherungsvertreter war, der sich nach einem Streit mit einem potenziellen Partner versöhnte. Das Hauptargument gegen Sex mit Parker hatte er dabei völlig außer Acht gelassen. Als er herausgefunden hatte, dass Parker keine Beziehung mit Neil führte, war es wie Sonnenschein gewesen, der durch eine dichte Wolkendecke gebrochen war und nichts als Licht und Regenbögen zurückgelassen hatte. Doch so sehr er Parker auch wollte, gab es Hinweise auf ein Verbrechen, die er Martelli nicht mehr lange vorenthalten durfte.

Andererseits konnte er Parker nur helfen, wenn dieser ihm vertraute, weshalb er ihn nicht vor den Kopf stoßen durfte und möglichst viel Zeit mit ihm verbringen musste. Auch wenn ihm eine Stimme in seinem Hinterkopf – die ziemlich wie Trish klang – vorwarf, dass er sich das nur einredete, um sich zu holen, was er wollte. Er ignorierte sie. Diese Mission war bisher so furchtbar gewesen, dass er Parker beinahe als eine Art Belohnung betrachtete.

Er streichelte Parker abwesend, während dieser immer ruhiger atmete und langsam einzuschlafen schien. Hoffentlich würde Parkers Anwesenheit die Albträume heute vertreiben. Zumindest würde er beim Aufwachen gleich sehen, dass Parker lebendig und unverletzt neben ihm atmete.

Da er noch nicht schläfrig war, hörte er mit halbem Ohr dem Fernseher zu, während er Parker in dem Bemühen betrachtete, sich diesen Augenblick genau einzuprägen, damit er später allein in seiner Wohnung an ihn zurückdenken konnte.

Als Parkers Atemzüge in Schnarchen übergingen, musste Ivan lächeln. Für einen so zierlichen, ruhigen Mann war es überraschend laut. Zum Glück konnte Ivan bei so ziemlich allem gut schlafen – abgesehen von seinen Albträumen. Aber bei dieser Nacht hatte er ein gutes Gefühl. Und wenn er einmal richtig durchschlafen konnte, war er hoffentlich bald wieder der Alte.

Als ihm allmählich die Augen zufielen, schaltete er den Fernseher aus, machte es sich auf seinem Kissen bequem und schmiegte sich dichter an Parkers Körper, der perfekt in seine Arme passte.

Doch noch bevor er einschlief, brach Parkers Schnarchen unvermittelt ab und er setzte sich auf.

Die plötzliche Bewegung riss Ivan aus dem Halbschlaf. Er sprang aus dem Bett und schaltete das Licht ein, um sich nach Gefahren und Möglichkeiten zur Verteidigung umzusehen, da er keine Waffe hatte.

„Was ist? Was ist passiert?" Alles schien ganz normal zu sein. Selbst der gedämpfte Bass der Musik hatte sich nicht verändert.

„Ich … ich kann hier nicht schlafen. Ich muss jetzt in mein Zimmer."

Ivan biss die Zähne zusammen, um eine sarkastische Bemerkung zu verhindern. Eigentlich hätte es ihm sogar lieber sein sollen, damit er nach einer gemeinsamen Nacht nicht noch mehr an Parker hing. Doch wann hatte er sich das letzte Mal so wohlgefühlt?

Parker stand mit schamrotem Gesicht auf und wich Ivans Blick aus, als er seine Kleider einsammelte – eine Reaktion, die Ivan beim letzten Mal auf Parkers Untreue geschoben hatte. Nur wusste er jetzt, dass es damit nichts zu tun hatte. Wo lag also das Problem?

Er holte tief Luft und bemühte sich um einen ruhigen Tonfall. „Warum kannst du nicht hier schlafen?"

„Es geht einfach nicht." Parker errötete noch heftiger. Der letzte Rest von Ivans Verärgerung verflog.

„Warte. Mir kannst du es doch verraten." Ivan schlang die Arme um Parker, ohne die Kleidungsstücke zu beachten, die Parker noch umklammerte, und sah ihm ins Gesicht.

Als Parker endlich den Blick hob, zog Ivan ihn angesichts der Verunsicherung darin noch etwas fester an sich. Er würde Parker nicht vor allem beschützen können, aber hierbei wollte er ihm helfen.

„Woran liegt es?", fragte er noch einmal sanft.

Parker stieß ihn von sich und musterte ihn finster. „Also gut. Wenn du es unbedingt wissen willst, komm mit."

Nachdem Ivan in seine Unterwäsche geschlüpft war, folgte er Parker zu seinem Zimmer. Im Flur war es laut – die Party schien noch in vollem Gange zu sein.

In Parkers Zimmer schloss Ivan die Tür ab, während Parker seine Kleider auf einen Stuhl warf und zum Nachttisch ging.

Ivan musste ein Lachen unterdrücken. Das Problem hatte doch sicher nichts mit Parkers begrenzter Auswahl an Sexspielzeugen zu tun?

Als Parker allerdings die Pilotenmaske mit den schwarzen Schläuchen hervorholte, verging ihm das Lachen. Das seltsame Gerät? Was sollte das …?

„Was ist das?"

„Ein Beatmungsgerät. Es sorgt dafür, dass ich im Schlaf weiteratme."

„Dass du weiteratmest?" Ivan verstand nicht, warum Parker so wütend klang. Er selbst fand den Gedanken, dass sich Parker ohne diese Maschine in Lebensgefahr befand, eher Furcht einflößend.

Parker zuckte mit den Schultern. „Na gut, ganz so dramatisch ist es nicht." Er ließ sich resigniert auf das Bett fallen.

„Kannst du es mir erklären?"

„Ich leide unter sogenannter Schlafapnoe. Dadurch schnarche ich und höre jede Nacht mehrmals für einige Sekunden auf zu atmen. Wenn ich das Gerät nicht benutze, bekomme ich schlimme Kopfschmerzen und Blutdruckprobleme."

„Aber du hörst nicht einfach … ganz auf zu atmen, oder?"

Parker wickelte den Schlauch um seine Hand. „Es ist nicht sehr wahrscheinlich. Zumindest ist es bis jetzt noch nicht passiert."

„Okay, du brauchst also dieses Gerät. Und wo liegt das Problem?"

Parker starrte ihn an, als wäre er ein Außerirdischer, und schwieg. Da verstand Ivan endlich. Was ihm in seinem Alter nicht weiter schlimm erschien, war für einen so unsicheren jungen Mann sicher wesentlich belastender. Vermutlich hatte Parker hier bisher nie einen Mann übernachten lassen.

Allerdings war er im Augenblick viel zu erschöpft, um diese Erkenntnis mit Parker zu teilen – nach einem langen Gespräch wäre auch der letzte Rest seiner durch den Sex verursachten Entspannung verloren gewesen.

„Komm, setz die Maske auf und lass uns schlafen." Schlafen. Mit Parker in seinen Armen würde es ihm vielleicht wirklich gelingen.

„Das geht nicht!"

„Warum sollte das bitte nicht gehen?" Ivan entledigte sich seiner Unterwäsche und kletterte zu Parker ins Bett.

„Es ist zu laut. Neil hat sich immer geweigert, hier zu übernachten."

Ivan setzte sich auf und jeder einzelne Muskel in seinem Körper spannte sich an. „Ich dachte, ihr seid kein Paar."

Parker verdrehte die Augen. „Das sind wir auch nicht. Meine Güte. Er ist nun mal seit meiner Kindheit mein bester Freund. Man kann übrigens auch bei jemandem übernachten, ohne Sex zu haben."

Ivan ließ sich wieder auf sein Kissen sinken und deutete auf die Maschine. „Aber man kann auch bei jemandem übernachten, der gesundheitliche Probleme hat. Du wirst schon sehen."

Bevor Ivan sicher war, ob er sich das feuchte Glitzern in Parkers Augen nur einbildete, senkte dieser den Blick, um die Maske in seiner Hand zu betrachten. Dann legte er sie mit zitternden Fingern, jedoch eindeutig geübten Handgriffen an.

„Komm her." Ivan klopfte neben sich auf die Matratze, woraufhin Parker in seine Richtung rutschte. „Lass uns ein bisschen schlafen, Darth."

Parker riss entsetzt die Augen auf und hob eine Hand, als wollte er die Maske entfernen.

„Beruhige dich, das war doch nur ein Scherz." Er schlang einen Arm um Parkers Taille und zog ihn an sich. Auch wenn ihm Parkers verspannter Körper das Gefühl gab, mit einem Surfbrett zu kuscheln, ließ er sich nicht beirren, sondern presste seine Nase gegen Parkers Hals und küsste ihn ganz sanft. Mit einem Mal wich die Anspannung aus Parkers Körper und er schmiegte sich an Ivan. Ivan entspannte sich ebenfalls und atmete Parkers verschwitzen Duft ein, zu dem er am liebsten für den Rest seines Lebens eingeschlafen wäre.

PARKER TANZTE durch die Küche. Er hatte die Musik so leise gestellt, dass sie Ivan nicht wecken würde, jedoch laut genug, um dazu singen zu können. Neben Ivan zu schlafen hatte seine kühnsten Vorstellungen übertroffen, da er es in seiner Fantasie niemals gewagt hatte, seine Maske zu tragen. Irgendwie hatte er einen Mann gefunden, der nicht nur gut im Bett war und kein Problem mit Parkers Unerfahrenheit hatte, sondern auch mit seinen gesundheitlichen Problemen zurechtkam.

Ivan war einige Male aufgewacht – offenbar aus einem Albtraum –, hatte sich allerdings schnell wieder beruhigt, als er Parker gesehen und ihn kurz getätschelt hatte.

Parker sang gut gelaunt vor sich hin, während er Schüsseln für den Pfannkuchenteig aus dem Schrank holte. Es handelte sich um ein etwas älteres Lied – das ihn ein bisschen an Ivan erinnerte, wie es zurzeit so ziemlich alles tat –, aber er kannte den Text. Auch wenn er kein besonders guter Koch war, konnte man bei Pfannkuchen nicht viel falsch machen und Ivan hatte sich ein Frühstück verdient. Parker fragte sich, ob Ivan heute mit ihm zum Markt gehen würde. War das etwas, das nur Paare unternahmen? Er wollte Ivan nicht unter Druck setzten, nachdem er gerade erst eine Scheidung hinter sich hatte. Trotzdem konnte er es kaum erwarten, Neil zu erzählen, dass er recht gehabt hatte. Und er war so glücklich, dass er ihm vielleicht sogar das nach der Party hinterlassene Chaos verzeihen würde. Seine gute Laune war an diesem Morgen grenzenlos.

Als sich plötzlich warme Arme um ihn legten, lehnte er sich seufzend an Ivans Brust. So musste es sein. Das hatte er sich gewünscht und vermisst.

„Guten Morgen." Ivans Stimme war noch heiser vom Schlafen. Seine Lippen an Parkers Nacken gaben ihm das Gefühl, nach Hause gekommen zu sein. Solange er nichts überstürzte, indem er Ivan in eine neue Beziehung drängte, war alles großartig. „Was kochst du da?"

„Pfannkuchen."

„Tatsächlich? Ich muss dich ab jetzt jede Nacht dazu bringen, mit mir zu schlafen."

Parker schloss die Augen und unterdrückte tapfer eine weinerliche Bitte, genau das zu tun. Ivan hatte sich bisher durch nichts abschrecken lassen und so sollte es bleiben.

„Sollen wir essen?" Na bitte, das war doch eine ganz normale Frage.

„Gerne."

Parker verteilte die fertigen Pfannkuchen. Vermutlich nicht genug für sie beide, aber dann würde er einfach mehr machen.

Nachdem er sich gegenüber von Ivan an den Küchentisch gesetzt hatte, lächelte er ihm schüchtern zu. Es war das erste Mal, dass er nach einer Nacht mit einem Mann auch mit ihm frühstückte. Es war verdammt großartig. War es zu früh, um vorzuschlagen, immer in einem Bett zu schlafen? Vielleicht hatte Ivan nur gescherzt. Vielleicht wollte Ivan sich nicht einschränken und auch mit anderen Männern schlafen. Bisher hatten sie noch keine Regeln aufgestellt. Trotzdem war Parker froh, dass er sich am Vorabend dagegen entschieden hatte, Thom anzurufen. Er wusste einfach, dass er nach einer Nacht mit Thom nicht dasselbe Glücksgefühl empfunden hätte. Bei Ivan passte alles.

„Neils Gäste haben ziemlich viel Unordnung hinterlassen", bemerkte Ivan zwischen zwei Bissen.

„Ja, ich weiß. Ich räume nach dem Frühstück auf. Hast du Lust, danach zum St. Lawrence Market zu gehen?" Er wartete mit angehaltenem Atem auf eine Antwort. Möglicherweise war Ivan nur auf Sex aus und wollte sonst nichts mit ihm zu tun haben. Er schien jedenfalls nicht als offen schwuler Mann zu leben. Ob er sich dann mit Parker in der Öffentlichkeit zeigen würde?

„Warum lässt du dir das von ihm gefallen? Er nutzt dich aus."

Parker verzog das Gesicht. Ganz so naiv war er nun auch wieder nicht. „Als wir nach dem Tod meiner Großmutter hier eingezogen sind, habe ich auch die Schule gewechselt. Niemand wollte etwas mit mir zu tun haben – ich war nicht nur der neue Junge, sondern auch …" Er schluckte schwer. So verständnisvoll Ivan bisher auch gewesen war, hatte er die Einstellung der meisten schwulen Männer zu Übergewicht oft genug erleben müssen. Zurzeit war er einigermaßen schlank, aber das musste nicht für immer so bleiben. Und Ivan war so durchtrainiert …

Ivan betrachtete ihn fragend mit seinen blauen Augen. „Sondern auch …?"

„Sondern auch dick", flüsterte Parker. Ivans Blick wurde weicher. Hoffentlich handelte es sich nicht um Mitleid.

„Gibt es hier deshalb keine Fotos von dir? Du solltest ein paar von dir und deiner Mutter aufhängen." Ivan hustete, als hätte er sich verschluckt. „Ich meine … du hast doch bestimmt welche, oder?"

Parker nickte.

„Als Kind warst du bestimmt niedlich", sagte Ivan überzeugt. Parker musste lächeln. „Dann bist du Neil also dankbar, weil er sich mit dir angefreundet hat?", kam Ivan zum Thema zurück. „Und deshalb lässt du dir so viel von ihm gefallen?"

„Ja. Er hat mir immer beigestanden. Er hat mir sehr geholfen, als meine Mutter gestorben ist. Auch wenn er manchmal egoistisch sein kann, hat er mich nie im Stich gelassen. Er war fast mein ganzes Leben lang bei mir. Außerdem war er mein Erster."

„Wie meinst du das?"

Musste er das wirklich erklären? Vielleicht hätte er es lieber nicht erwähnen sollen. Über Sex zu reden fiel ihm nicht leicht. „Du weißt schon. Mein erster … Mann."

Seine Antwort war ein finsterer Gesichtsausdruck.

„Jetzt hasse ich ihn erst recht."

Was? „Warum? Oh." Parker begriff und musste erneut lächeln. Plötzlich ergab einiges einen Sinn. Er hatte noch nie erlebt, dass jemand seinetwegen eifersüchtig war, und musste zugeben, dass er es mochte. Sogar sehr.

„Ja, oh." Ivan erwiderte das Lächeln. „Anscheinend gefällt dir das auch noch. Irgendwelche anderen Exfreunde, von denen ich wissen sollte? Sonstige Geheimnisse?"

Parker verstand nicht, warum Ivans Lächeln plötzlich fast ein bisschen ängstlich wirkte. Er hatte nichts zu befürchten.

„Keine Exfreunde. Zumindest keine, mit denen es ernst war. Aber erinnerst du dich an Thom? Er wollte mit mir ausgehen."

„Natürlich wollte er das. Er hat die ganze Zeit deinen Arsch angestarrt."

Unglaublich. Außer ihm hatte es wirklich jeder bemerkt. Er war wohl noch zu sehr daran gewöhnt, dass man ihn wegen seines Übergewichts anstarrte. Wer ihn attraktiv fand, musste es schon aussprechen – und das passierte selten.

„Normalerweise interessieren sich Männer eher für Neil. Ich bin nicht daran gewöhnt, dass sie mich wollen."

„Neil? Machst du Witze?"

„Nein." Obwohl er nicht wusste, warum Ivan so verärgert war, gefiel ihm, dass er ihn für attraktiver als Neil hielt.

„Und übrigens hasse ich Thom ebenfalls, nur nicht so … Warte mal, du hast nicht mit ihm geschlafen, oder?"

„Nein."

„Gut. Dann hasse ich ihn nicht ganz so sehr wie Neil."

Parker gab ein Geräusch von sich, das beinahe wie ein Kichern klang. Daran hätte er sich gewöhnen können. Trotzdem …

„Du hast was von Geheimnissen gesagt." Neil würde ihm sicher nicht helfen können, das Richtige zu tun, und er wusste nicht, wen er sonst fragen konnte. Ivan vertraute er.

„Ähm, ja. Worum geht es?"

„Weißt du noch, wie ich dich gefragt habe, ob du in meinem Zimmer warst?"

Ivan wurde etwas blass und wirkte noch unglücklicher, als wenn er von Neil sprach. „Ja."

„Tut mir leid, wenn es geklungen hat, als würde ich dir nicht vertrauen. Das tue ich nämlich." Das tat er wirklich. In vielerlei Hinsicht sogar mehr als Neil – bei Ivan konnte er sich zum Beispiel darauf verlassen, dass dieser sich nicht über ihn lustig machte.

„Okay. Das ist gut." Ivan schien noch etwas hinzufügen zu wollen, verstummte dann aber und schob seinen Teller von sich, obwohl darauf noch etwas von seinem sirupdurchtränkten Pfannkuchen lag.

„Also, irgendjemand war in meinem Zimmer." Parker streckte eine Hand aus, um eine von Ivans zu drücken. „Nicht du. Das glaube ich dir. Du hattest ja auch gar keinen Grund. Aber ich habe Geld in meinem Schrank gefunden. Viel Geld."

Ivan runzelte die Stirn. „Geld?"

„Ja. Ganze Geldscheinbündel, wie man sie aus Filmen kennt. In der Kiste mit meinen Unterlagen. Um die kümmere ich mich leider viel zu selten." Parker warf einen verlegenen Blick auf die vielen Briefe, die sich in einem Korb in der Ecke des Raumes angesammelt hatten. „Ich weiß nicht, wer es dort versteckt hat, und auch nicht, was ich jetzt unternehmen soll."

„Du weißt wirklich nicht, woher es kommt?"

Was war nur mit Ivan los? Hatte er das nicht gerade gesagt?

„Verrückt, nicht wahr? Was soll ich jetzt machen? Die Polizei anrufen? Aber die lacht mich bestimmt nur aus."

„Wie viel Geld?", fragte Ivan mit leicht erstickter Stimme.

„Ich weiß es nicht genau. Ich glaube, ein paar Tausend Dollar. Ich habe es mir nicht lange angesehen."

Ivan sprang auf und rieb sich das Gesicht, während er in der Küche auf und ab ging. Parker wurde kalt. Er hatte Ivan bisher nie so verstört gesehen und es machte ihm ein bisschen Angst.

Als Ivan vor ihm stehen blieb und ihn ansah, verwandelte sich der Anflug von Angst in Übelkeit. Der Sirupgeruch war plötzlich unerträglich. „Was ist los? Es ist doch nicht etwa dein Geld?"

„Können wir im Wohnzimmer reden?"

Diese Worte konnten nichts Gutes bedeuten. Trotz mangelnder Erfahrung mit Beziehungen war Parker da ganz sicher.

„Natürlich." Er stand widerstrebend auf und folgte Ivan ins Wohnzimmer, wo er sich auf seinen üblichen Platz auf der Couch setzte. Ivan überraschte ihn, indem er sich neben ihm niederließ.

„Hör zu, ich ..." Ivan betrachtete die Zimmerdecke. Wäre er nicht bereits so aufgebracht gewesen, hätte Parker ihn aufgefordert, es gefälligst endlich auszuspucken.

„Verdammt, Parker. Ich kann nicht ... Ich musste noch nie ..." Ivan wippte unruhig mit einem Bein, woraufhin Parker ein nervöses Kichern unterdrücken musste – in der Highschool hatte einer seiner Mitschüler behauptet, es handle sich um ein Zeichen sexueller Frustration. Nach der letzten Nacht war das bei Ivan allerdings ziemlich unwahrscheinlich. Und trotzdem klang es, als wollte er die Sache mit Parker beenden, was nach dem fantastischen Sex einfach nur verrückt war. Außerdem verstand er nicht ganz, was das alles mit dem magischen Geldhaufen zu tun hatte.

„Ich bin Polizist. Ich arbeite als verdeckter Ermittler."

Parker blinzelte. Das erklärte einiges. „Oh, okay. Das erzählt man wohl nicht einfach jedem." Er durfte sich nicht verletzt fühlen, weil Ivan es ihm nicht eher anvertraut hatte. Sie kannten sich schließlich noch keinen Monat.

Ivan ließ lautstark die Fingerknöchel seiner gesunden Hand knacken. „Damit meinte ich, dass ich gegen *dich* ermittle."

„Gegen mich?" Parker fehlten die Worte. Jetzt war er derjenige, der im Raum auf und ab ging. „Aber warum?"

„Drogenhandel. Bei dir werden Verbindungen zu Viktor Razhin, dem Oberhaupt der Russenmafia vermutet."

„Drogenhandel?" Parkers Stimme klang heiser und hysterisch, was er allerdings nicht verhindern konnte. „Ich bin kein Drogenhändler! Und ich kenne keinen Viktor Razhin und auch keine anderen Kriminellen."

Er blieb neben dem Bücherregal stehen und musste die Hände zu Fäusten ballen, um nicht mit einem Buch nach Ivan zu werfen. Eigentlich war er absolut nicht gewalttätig, aber das hier war unerträglich schmerzhaft. Ivan hielt ihn für einen Drogendealer.

„Das weiß ich. Natürlich bist du das nicht." Ivan warf ihm einen flehenden Blick aus seinen blauen Augen zu. Parker wollte ihm glauben.

Der Schmerz ließ etwas nach, bis ihm ein anderer Gedanke kam. „Aber du weißt es erst jetzt, weil ich dir das mit dem Geld erzählt habe. Vorher warst du dir nicht sicher."

Ivans schuldbewusster Blick sprach Bände. Der Schmerz schnürte Parkers Herz ein wie eine Boa ihre nächste Mahlzeit. Parker schluckte schwer, kämpfte gegen die Übelkeit an.

„Parker, es tut mir leid. Falls es dich beruhigt: Nachdem ich dich kennengelernt hatte, wollte ich nicht mehr glauben, was mein Vorgesetzter mir über dich erzählt hat."

„Du hast mit mir geschlafen, obwohl du dachtest, ich wäre ein Dealer." Und nicht nur das. Er hatte Parker akzeptiert, wie er war, hatte ihn liebevoll behandelt, hatte ihn sich eine Zukunft mit Ivan ausmalen lassen. Und jetzt hatte es sich als Lüge entpuppt. Alles war nur gespielt gewesen. Nur warum? Damit Parker etwas ausplauderte? Er wandte sich mit brennenden Augen ab. Ivan hatte ihm mit dieser Enthüllung so viel genommen, dass er ihm nicht zeigen wollte, wie sehr es ihn verletzte.

Das Sofa knarzte. Dann spürte er Ivans Wärme an seinem Rücken. So gern er sich auch an ihn gelehnt hätte, konnte er es jetzt nicht mehr.

„Dass ich mit dir geschlafen habe, hat nichts mit meinem Auftrag zu tun. Das schwöre ich. Ich konnte dir nur nicht widerstehen." Ivan legte ihm eine Hand auf die Schulter, doch er entzog sich ihr.

Vor einer Stunde hätte er diese Worte noch liebend gern gehört, denn niemand hatte sie je so voller Leidenschaft ausgesprochen. Allerdings hatte er vor einer Stunde nicht gewusst, dass Ivan ein verdammter Lügner und ein verdammt guter Schauspieler war.

„Das hättest du aber tun sollen." Parker war stolz darauf, wie fest seine Stimme klang. Er biss sich in die Wange, um die Tränen zu unterdrücken. Dann entfernte er sich einen Schritt von Ivan und drehte sich um.

Ivans flehendem Blick zu widerstehen erforderte seine ganze Kraft.

„Ich weiß, dass es dafür keine Entschuldigung gibt. Aber ich muss trotzdem meine Arbeit erledigen."

„Toll, dann weißt du ja jetzt, dass ich kein Drogenhändler bin, und kannst zu deinem alten Leben zurückkehren, Ivan Baker. Oh, warte. Heißt du überhaupt so?"

Er verzog das Gesicht. Er hatte Ivans Namen gerufen, als er gekommen war. Beinahe hatte er hinzugefügt, dass er ihn liebte, obwohl es zu früh gewesen wäre. Und vielleicht war jetzt selbst dieser Name eine Lüge … Plötzlich bekam er keine Luft mehr und alles drehte sich.

„Parker, beruhig dich! Setzt dich hin und atme. Langsam und gleichmäßig."

Glühend heiße Hände legten sich auf seine Schultern und schoben ihn auf das Sofa. Parker bemühte sich, nicht wie ein totaler Versager in Ohnmacht zu fallen.

Nachdem er einige Sekunden tief durchgeatmet hatte, nahm er Ivan wahr, der vor ihm auf dem Boden kniete.

„Geht's wieder? Du hast hyperventiliert."

Parker nickte. Körperlich ging es ihm wieder gut.

Ivan streichelte ihm einmal zögerlich übers Knie, bevor er sich zu ihm auf die Couch setzte.

„Mein Name ist Ivan Bekker."

Wenigstens hatte der Vorname gestimmt. Aber Bekker? „Warte, so hat dich doch deine Exfrau genannt. Es ist so ähnlich, dass ich dachte, ich hätte mich verhört. Wie hat sie dich gefunden?"

Ivan ließ den Kopf gegen die Rückenlehne fallen. „Sie ist nicht meine Exfrau. Sie ist meine Partnerin."

„Partnerin? Meinst du im Dienst?"

„Genau."

Wärme stieg in ihm auf, als er hörte, dass die Exfrau nicht existierte. Bis ihm einfiel, dass alles andere nicht viel echter gewesen war. Ivan *Bekker* war ein hinterhältiger Lügner, der ihn für einen Drogendealer gehalten hatte.

„Warum ist sie dann hier aufgetaucht? Steht sie als Verstärkung bereit?" Denn sie hatte die betrogene Exfrau wirklich perfekt dargestellt. Sie und Ivan hätten Schauspieler werden können.

„Nein, bei dieser Mission bin ich auf mich allein gestellt." Die Erschöpfung in Ivans Stimme deprimierte ihn schon beim Zuhören. „Mein Chef, Sarge, vermutet bei uns eine undichte Stelle – bei einem Einsatz vor Kurzem ist einfach alles schiefgegangen. Also wollte er Razhin das Handwerk legen, ohne es bekannt werden zu lassen."

„Ich enttäusche dich ja nur ungern, aber ich kenne diesen Razhin nicht."

„Das spielt keine Rolle. In deinen Unterlagen oben befinden sich genug Hinweise, um dich mit einer Marihuanaplantage in Verbindung zu bringen und dich für lange Zeit hinter Gitter zu bringen."

Er wurde von Panik ergriffen. „Marihuana? Welches Marihuana?" Verdammte Scheiße, Ivan wollte ihn einsperren? Es musste sich um einen Irrtum handeln.

„Wie viel Land gehört zu deinem Sommerhaus?"

Die seltsame Frage unterbrach seine panischen Gedankengänge. „Ein paar Morgen. Ein Teil davon grenzt an den See. Warum?"

„Aus den Rechnungen in deinen Unterlagen lässt sich schließen, dass sich auf dem größten Teil davon Cannabispflanzen befinden."

„Rechnungen? Wovon redest du überhaupt?" Wie konnte er ein Dealer sein, ohne davon zu wissen?

„Die Rechnungen. In der Kiste mit dem Geld."

Wut überdeckte die zittrige Panik. „Du warst doch in meinem Zimmer. Du wusstest von dem Geld und du weißt von Rechnungen, die ich überhaupt nie gesehen habe. Willst du mir etwa eine Falle stellen?"

„Nein. Das schwöre ich. Aber wir müssen etwas unternehmen. Die Beweise an meine Kollegen übergeben."

„Aber wird man mir dann nicht alles anhängen?" Vielleicht hatte er das sogar verdient, wenn sein Landhaus ohne sein Wissen zum Anbau von Gras benutzt wurde. Er hätte sich besser darum kümmern sollen, anstatt vor seinen Erinnerungen davonzulaufen.

„Ich werde versuchen, das zu verhindern. Wir müssen herausfinden, was hier los ist."

Ihm stiegen erneut Tränen in die Augen und er wünschte, Ivan würde ihn in den Arm nehmen und ihm beruhigende Worte zuflüstern. Obwohl er Parker belogen und betrogen hatte, wirkte seine Gegenwart tröstend. Er stand kurz davor, Ivan anzuflehen, ihn zu beschützen.

„Was können wir tun?", fragte er stattdessen wie ein Erwachsener. „Wie bin ich da reingeraten?"

„Wir müssen offiziell die Polizei einschalten. Aber wenn das Ganze wirklich mit Razhin zu tun hat und er davon hört, könnte er dich für eine Bedrohung halten. Zurzeit vertraue ich nur meinem Kollegen von der Mordkommission."

Wunderbar. Ein Drogenbaron könnte ihn, Parker Wakefield, für eine Bedrohung halten. Eine Bedrohung, die beseitigt werden musste. Er hätte jetzt wirklich gern einen von Neils Joints gehabt. Hoffentlich konnte er sich auf Ivan verlassen. Für seine Lügen konnte er ihm später noch böse sein.

„Dann los." In diesem Haus gab es viele Fenster. Und bei der Party waren viele Fremde gewesen. Ob es sich bei einem von ihnen um Razhin gehandelt hatte – oder zumindest einen seiner … Schergen? Bezeichnete man das so? Ob das Haus verwanzt war? Neil hing manchmal mit ziemlich miesen Typen rum, denen er das durchaus zugetraut hätte. Vielleicht waren die auch für den mysteriösen Inhalt der Kiste verantwortlich. Er schaute viel zu selten hinein.

Ivan legte eine Hand auf sein Knie. „Ganz ruhig. Schön tief atmen. Ich muss kurz telefonieren."

Parker machte eine zustimmende Handbewegung. „Ganz ruhig", hatte der Mann gesagt. Kein Problem. Je schneller er das hier hinter sich hatte, desto besser. Dann konnte er zu seinem einsamen Leben zurückkehren, sich auf sein Studium und seine wenigen Freunde konzentrieren. Für sein Herz war das in vielerlei Hinsicht gesünder.

IVAN WARF einen letzten Blick auf Parker, bevor er sich mit seinem Handy auf die Veranda zurückzog. Gott. Er hatte ihn beinahe zum Weinen gebracht. Er war ein solches Arschloch. Nach dieser fantastischen Nacht hatte er alles ruiniert. Die Freude über Parkers Unschuld war von sehr kurzer Dauer gewesen, da er ihm gleich darauf seine Lügen hatte gestehen müssen. Und dem wahren Täter war er keinen Schritt näher gekommen.

Er wählte Kurts Nummer und musste nicht lange auf eine Antwort warten.

„Kurt, hier ist Ivan. Ich muss das Ganze beenden." Statt Martelli Kurt anzurufen, bevor er Parker zum Revier brachte, konnte seiner Karriere schaden, die ihm allerdings nicht so wichtig war wie Parkers Sicherheit. Martelli schien so versessen darauf zu sein, Razhin das Handwerk zu legen, dass Ivan fürchtete, er könnte dafür Parker opfern.

„Jetzt schon? Ist was passiert? Geht es dir gut?"

„Ich habe Parker alles gesagt."

„Alles? Ivan, was soll das?"

„Ich bin sicher, dass er unschuldig ist. Ich konnte einfach nicht anders." Ivan trommelte mit den Fingern gegen die Hauswand. Seine Kiefermuskeln zuckten.

„Okay, na gut. Wir kriegen das schon hin. Aber können wir bis morgen warten? Simon ist nicht in der Stadt und ich habe noch Urlaub."

Seine Finger bewegten sich heftiger gegen den rauen Stein, bis sie wehtaten. „Sonntag?" Einen Tag lang würden sie es noch schaffen. Auch wenn er dabei Parkers abwechselnd verletzte und vorwurfsvolle Blicke ertragen musste.

„Du musst mir helfen, Kurt. Ich habe Hinweise auf Marihuana-Anbau auf dem Grundstück um Parkers Landhaus gefunden, aber er hat nichts damit zu tun. Da bin ich sicher. Ich kann nicht zulassen, dass er im Gefängnis landet." Seine Stimme versagte und er versuchte, es mit einem Husten zu überdecken. Kurts Keuchen zeigte ihm, dass es nicht funktioniert hatte.

„Mach dir keine Sorgen, wir schaffen das. Versprochen."

Ivan musste ein bitteres Lachen unterdrücken. So etwas konnte ihm niemand versprechen. Das wusste er aus Erfahrung. Aber es war nett gemeint. „Tut mir leid, dass ich dich da mit reinziehe."

„Du musst dich nicht entschuldigen. Dafür sind Freunde da."

Ivan atmete zittrig aus und lehnte sich mit der Stirn gegen die Wand. Einen so guten Freund hatte er eigentlich nicht verdient.

„Danke."

„Halt durch. Ich sage Simon Bescheid."

Ivan legte auf und betrat das Haus. „Alles in Ordnung?", rief Parker aus der Küche, wo er dabei war, die Reste ihres Frühstücks zu beseitigen. Wie traurig, dass ihnen von diesem anfangs wunderbaren Morgen nur schlechte Erinnerungen bleiben würden.

„Ja. Ich nehme dich morgen zum Revier mit." Allerdings war ihre Lage bis dahin nicht ungefährlich. Zumindest kam es ihm so vor. Als hinge vor dem Haus ein Schild, das auf einen unbewaffneten verdeckten Ermittler und eine Menge Geld hinwies. Allerdings wären sie in einem Hotel nicht unbedingt sicherer vor Razhins Leuten gewesen und hätten zusätzlich noch andere Menschen in Gefahr gebracht.

„An einem Sonntag?"

„Ja. Meine … Kontaktperson ist dann dort und normalerweise ist es sonntags etwas ruhiger, sodass wir das Ganze entspannter und sicherer regeln können." Und wenn sich herumsprach, dass Parker von nichts wusste, stellte der Maulwurf hoffentlich keine große Bedrohung mehr für ihn dar.

„Und was machen wir dann bis morgen? Die Idee mit dem Markt können wir ja jetzt vergessen." Parker hob den Blick zur Decke und schniefte.

Gott. Was für eine schöne Vorstellung. Noch ein letztes Mal ungezwungen Zeit mit Parker zu verbringen war so verlockend.

„Ich weiß nicht, vielleicht könnten wir trotzdem gehen." So könnten sie ein bisschen Zeit totschlagen und dabei in der Menge untergehen.

„Nein, können wir nicht", widersprach Parker hitzig. „Ich bin nämlich kein so guter Schauspieler wie du. Woher soll ich eigentlich wissen, dass du wirklich Polizist bist? Du hast dich nicht ausgewiesen. Vielleicht bist du selbst kriminell und willst mir was anhängen. Oder du bist ein verrückter Stalker."

Sowohl die Worte als auch der Tonfall waren wie ein Faustschlag in den Magen. Er hatte mit Wut und Hass von Parkers Seite gerechnet, allerdings nicht so schnell und heftig. „Wenn du wirklich mal in eine Situation mit einem verrückten Stalker gerätst, bleib um Gottes willen nicht mit ihm alleine und stell ihn nicht zur Rede. Falls du jetzt wirklich Angst vor mir hast, bringe ich dich zu einem Kollegen. Als verdeckter Ermittler trage ich keine Beweise für meine Identität bei mir, aber er kann für mich bürgen."

Parker sah ihn mit großen Augen an, machte jedoch keine Anstalten, vor ihm zu fliehen. Gut. Er schien ihm trotz allem zu glauben.

„Außerdem hast du doch gesagt, in deinem Zimmer wären ein paar Tausend Dollar, oder?"

Nachdem Parker genickt hatte, fuhr er fort: „Wenn ich dir also wirklich was anhängen wollte, hätte ich keinen Grund, dir jetzt zu verraten, dass es wesentlich mehr ist."

Parker runzelte die Stirn. „Wie viel denn?"

„Ungefähr eine viertel Million."

„Eine viertel Million? Das ist unmöglich. Das glaube ich nicht."

„Aber es stimmt. Du hast eine gefährliche Menge Geld in deinem Zimmer."

„Nein. Das ist doch verrückt." Parker sprang auf und rannte die Treppe hinauf. Ivan folgte ihm.

In seinem Schlafzimmer zerrte Parker die Kiste aus dem Schrank und warf sie aufs Bett. Als er ein Bündel Geldscheine hinauszog, schlug Ivan es ihm aus der Hand.

„Ich zeige dir, wie viel es ist, aber du solltest es nicht anfassen. Deine Unschuld ist leichter zu beweisen, wenn du nicht auf allen Scheinen deine Fingerabdrücke verteilst."

Ivan zählte vor Parkers Augen ein Bündel Scheine, bis ein ersticktes Geräusch ihn aufschauen ließ. Parker starrte leichenblass die Hundertdollarscheine an, die Ivan von den Zwanzigern an den Enden gelöst hatte.

„Ich dachte, es wären nur Zwanziger."

„Das solltest du vermutlich auch." Jeder der Geldscheinstapel war von Zwanzigdollarscheinen umschlossen. „Aber selbst dann wären es bestimmt noch um die vierzigtausend Dollar. Hast du nicht bemerkt, wie schwer die Kiste ist?"

„Ähm … nein. Ich habe nicht viel darüber nachgedacht. Es hat mir Angst gemacht."

„Gut. Das sollte es auch. Morde passieren für wesentlich weniger. Bei so viel Geld steigt die Gefahr enorm."

„Scheiße, Ivan, ich …"

Parker wurde vom Vibrieren seines Handys unterbrochen. Er schaute auf das Display, bevor er mit verlegenem Blick den Anruf annahm.

„Hallo?" Parker runzelte die Stirn. „Neil?"

Parker lauschte mit immer angespannterem Gesichtsausdruck und ließ plötzlich das Handy fallen, als hätte es ihn gebissen. Es landete auf dem Boden und rutschte unters Bett. Als Ivan sich bückte und es hervorholte, war die Verbindung bereits getrennt.

„Was ist? Was ist los?"

„Er wusste es." Parker taumelte gegen die Kommode und hielt sich mit einer zitternden Hand die Augen zu.

„Was wusste er?" Parkers Angst erschreckte ihn. „Parker?"

Parker rieb sich das Gesicht und warf ihm einen flehenden Blick aus seinen flussbettgrünen Augen zu, als könnte Ivan alles in Ordnung bringen. Was er natürlich tun würde, falls es möglich war.

„Neil hat angerufen, aber er muss versehentlich auf den Knopf gedrückt haben. Er hat mit jemandem über das Geld geredet. Es klang, als wäre es seins und als hätte er davon gewusst, bevor ich es ihm erzählt habe."

„Neil. Das klingt eigentlich logisch. Er hält sich oft hier im Haus auf und ... Warte mal. Du hast es ihm erzählt? Wann?"

Parker wich seinem Blick aus und seine hohen, scharfen Wangenknochen färbten sich rot. „Als du zum Telefonieren rausgegangen bist."

„Aber warum?"

„Warum? Warum wohl, du Arschloch. Weil ich Angst hatte. Und wütend auf dich war. Neil ist mein bester Freund und hat mir durch schwere Zeiten geholfen. Ich hatte gehofft, er würde mir auch hierbei helfen." Parkers Augen wurden feucht. Ivan hasste sich dafür.

Dieser Morgen war wirklich nicht nach Wunsch verlaufen. Allerdings konnte er Parker nicht vorwerfen, dass er seinen ältesten Freund um Rat gefragt hatte – vor allem, da Ivan selbst nicht auf die naheliegende Idee gekommen war, Neil zu verdächtigen. Ob es am Schlafmangel oder an seiner Eifersucht lag, er hatte sich bei dieser Mission so ungeschickt angestellt wie nie zuvor. Und Parker war so wütend, dass er nach der ganzen Sache vermutlich nichts mehr mit ihm zu tun haben wollte. Auch wenn er es verstehen konnte, war allein der Gedanke daran unerträglicher als die schmerzhafte Trennung von Colin.

„Hast du ihm auch gesagt, dass ich Polizist bin?" Ein Polizist, der die ganze Zeit gegen den Falschen ermittelt hatte.

Parker presste die Lippen zusammen und nickte.

Ivan ignorierte die Angst und Sorge, die diese eine kleine Geste in ihm auslöste. Jetzt gab es Wichtigeres zu tun. „Hast du eine Reisetasche oder einen Rucksack? Wir müssen das hier an einen sicheren Ort bringen." Während er noch sprach, durchsuchte er bereits den Schrank nach einem geeigneten Behältnis. Sie konnten nicht in diesem Haus bleiben und die Beweise erst recht nicht.

„Wo willst du damit hin?"

„Das weiß ich noch nicht, aber nur damit können wir beweisen, dass dir jemand etwas anhängen will. Neil darf es nicht in die Finger bekommen."

„Tut mir leid, aber ich kann nicht ... Ich weiß nicht, wie ich damit umgehen soll. Ihr habt mich beide belogen. Ich möchte dir so sehr vertrauen, aber Neil kenne ich seit Jahren ..."

Nein, Parker durfte jetzt keinen Rückzieher machen. Das Gefängnis würde ihn umbringen. Und wenn Neil etwas mit dem Geld und den Rechnungen zu tun hatte, hätte er sicher keine Hemmungen, es auf Parker zu schieben. „Hör zu, komm mit zu Kurt und Simon. Sie sind Polizisten und können sich ausweisen. Bitte glaub mir."

Parker hob eine Schulter. „Denkst du ... Neil kommt her, um es sich zu holen?" Er deutete auf die Kiste.

„Ja, das denke ich." Er sagte Parker nicht, dass er gedanklich bereits hochrechnete, wie viel Zeit ihnen bis dahin noch blieb. Da er seinen Job so schlecht gemacht hatte, dass er nicht einmal Neils Wohnort kannte, konnte er natürlich nur schätzen. Sobald er Parker und das Geld an einen sicheren Ort gebracht hatte, würde er Näheres herausfinden. Hoffentlich konnte er das Geld irgendwie mit Neil in Verbindung bringen und das Arschloch verhaften. Oder das Arschloch von jemandem verhaften lassen, der nicht gerade beurlaubt war.

„Hier muss irgendwo ein ziemlich großer Rucksack sein", sagte Parker.

„Wo ist dein Auto? Steht es in der Nähe?"

„Nein, ich habe eine Garage gemietet, aber bis dahin muss man zwei Bahnhaltestellen fahren."

Verdammt. Zur Not hätte er die Kiste so mitgenommen, aber mit einer Tasche wäre der Transport bei einer Fahrt mit öffentlichen Verkehrsmitteln praktischer gewesen.

„Was machen die denn hier?" Parkers Frage ließ Ivan aufschauen. Parker stand am Fenster und sah hinaus. Ivan unterbrach seine Suche und ging hinüber. Auf dem Gehweg vor dem Nachbarhaus sah er den Mann, dem Neil bei der Party einen geblasen hatte. Er wurde von einem zweiten Mann begleitet und sie standen neben einem schwarzen Geländewagen, als warteten sie auf jemanden. Sie wirkten ausgesprochen wachsam.

„Kennst du die zwei?"

„Sie sind Neils Freunde. Gestern Abend waren sie auch hier, aber ich kenne sie nicht gut."

Als einer der Männer sich dem Haus zuwandte, sodass man sein Gesicht jetzt direkt von vorn sah, wurde Ivan klar, dass ihm das Gesicht nicht nur wegen des Blowjobs bei der Party bekannt vorkam. Es handelte sich um Razhins Sohn.

„Wir müssen hier weg." Ivan leerte hastig alle Kartons im Schrank aus, bis er endlich den erwähnten Rucksack fand.

„Ja, das sagtest du schon."

Ivan nahm die Kiste mit dem Geld und den Papieren und drehte sie über dem Rucksack um, woraufhin Parker ein entsetztes Geräusch von sich gab.

„Aber wir müssen sofort hier weg."

„Warum? Und was soll das? Es hat Stunden gedauert, das alles zu ordnen."

„Die Typen da draußen ... Tja, einer von ihnen ist Leo, Razhins Sohn. Und beide haben Waffen." Die an einer Stelle leicht ausgebeulten, für das Sommerwetter zu warmen Jacken waren Ivan gleich aufgefallen.

„Waffen? Bist du sicher?" Parker näherte sich dem Fenster, bis Ivan ihn packte und davon fortzog.

„Willst du unbedingt eine Kugel abkriegen?"

„Es fällt mir nur schwer, das Ganze zu glauben. Vielleicht bist du kein Polizist, sondern nur ein Verrückter."

„Parker, das Geld existiert. Und Neil hat davon gewusst. Außerdem ist es viel zu warm für diese Jacken."

Das letzte bisschen von Parkers Trotz schien sich in Luft aufzulösen, was Ivan fast ein bisschen traurig machte. Verrat. Er hatte Parker auf andere Art betrogen als Colin ihn, aber es musste sich ähnlich anfühlen.

„Da." Ivan schob Parkers Kopf vorsichtig an den Rand des Fensters, als Leo seine Jacke zurechtrückte, womit er für einen kurzen Moment den schwarzen Griff einer Waffe sichtbar machte. „Hast du das gesehen?"

„Mein Gott." Parker keuchte ein wenig und musste merklich darum kämpfen, ruhig weiterzusprechen. „Hast du denn keine Waffe?"

„Nein, die habe ich nicht. Das hier ist kein Film. Ich bin beurlaubt und im Einsatz als verdeckter Ermittler. Selbst wenn ich eine hätte, könnte ich es in einem Wohngebiet nicht zu einer Schießerei kommen lassen." Sein Herz raste und seine Atmung beschleunigte sich, als er die Bilder der letzten Schießerei so deutlich vor sich sah wie sonst nur in seinen Albträumen. Ein Blick aus dem Fenster bestätigte ihm, dass die Männer sich näherten. Langsam und unauffällig, aber zielbewusst. Ivan ballte seine Hände zu Fäusten, um das leichte Zittern zu verbergen.

„Was machen wir jetzt?"

Ivan lief ins Badezimmer, schaltete das Wasser in der Dusche ein und verschloss die Tür von außen. Zurück im Schlafzimmer setzte er sich den Rucksack auf und presste Parker gegen die Wand. Er wollte nicht, dass die Männer sie durch das Fenster entdeckten. Um eine Kugel im Rücken zu vermeiden, waren Geschicklichkeit und gutes Timing gefragt. Hoffentlich würde er Parkers Unerfahrenheit irgendwie ausgleichen können.

„Beweg dich erst, wenn ich es sage, verstanden?"

Parker wirkte verwirrt, nickte aber.

„Wir klettern aus dem Fenster."

„Aus dem Fenster?" Parker wand sich unter ihm. „Das schaffe ich nicht."

Ivan hob den Kopf, um ihm in die Augen zu schauen. „Das musst du aber. Anders geht es nicht." Sie waren hier oben gefangen. Eines der Gartenfenster wäre Ivan lieber gewesen, doch hier hatten sie das Verandadach.

Parker schluckte schwer, bevor er erneut nickte. Ivan legte eine Hand auf die Fensterbank und wartete. Die Männer verzichteten auf Klingeln oder Klopfen und versuchten stattdessen gleich, die Tür aufzubrechen. Ivan nutzte die lauten Geräusche, um das Fenster zu öffnen, ohne gehört zu werden.

„Raus", flüsterte er. Parker gehorchte blass. Ivan folgte ihm nach draußen, was ihm der Rucksack nicht unbedingt leichter machte. Er schlich mit Parker zu einer Ecke des Verandadachs, da sich an dieser Seite keine Fenster befanden und der dichte Bewuchs zusätzlichen Schutz bot. Parker wurde noch blasser, als er über den Rand des Dachs auf den Boden hinabblickte. Ivan lauschte. Die beiden Männer durchsuchten lautstark das Haus und kamen immer näher. Sie hatten nicht mehr viel Zeit. Ivan warf den Rucksack in die Büsche und rutschte am Verandapfosten hinunter.

„Komm schon. Ich fange dich auf, wenn du fällst." Ivan sprach so laut, wie er es unter diesen Umständen wagte, und hoffte, dass er dafür nicht mit einer Kugel in seiner Brust belohnt werden würde.

Er musste nicht so lange warten wie befürchtet: Schon bald schob sich Parkers langer Körper beeindruckend leise den Pfosten hinunter. Parker blieb erstaunlich ruhig – beinahe ruhiger als Ivan. Allerdings hatte Parker auch nie erlebt, welchen Schaden eine Kugel anrichten konnte. Wie verletzlich ein Körper war. Wie viel Blut sich darin befand.

Als Parker vor ihm auf dem Boden landete, wurde Ivan aus seinen Gedanken gerissen.

„Wohin jetzt?"

„Mir nach. Beeil dich." Ivan schnappte sich den Rucksack und rannte dicht an den Häusern den Gehweg entlang. Sie mussten es nur bis zu seinem Beobachtungsposten schaffen, wo sie nicht mehr gesehen werden konnten. Der Rest war leichter. Doch wenn Razhins Männer ihre Flucht zu früh bemerkten und sie auf der Straße sahen, war alles vorbei.

KAPITEL 10

EINE HALBE Stunde später stand Parker verschwitzt und keuchend vor einem idyllischen eingeschossigen Haus. War das wirklich ein sicherer Ort? Es lag näher bei seinem eigenen, als er erwartet hatte. Ivan hatte sie auf einem komplizierten Weg hergeführt, obwohl Parker keine Verfolger aufgefallen waren. Während er einem schweigenden Ivan gefolgt war, hatte er immer wieder gegen Zweifel ankämpfen müssen. Wenigstens machte das Haus einen relativ harmlosen Eindruck. Und obwohl er auch jetzt nicht sicher sein konnte, dass es sich bei Ivan nicht nur um einen Verrückten handelte, wollte er ihm instinktiv vertrauen.

Parker berührte das Handy in seiner Tasche. Konnte ihn jemand dadurch aufspüren? Oder galt das nur für Fälle, in denen man von der Regierung verfolgt wurde?

Ivan drückte den Klingelknopf und nahm den Finger nicht wieder weg. Normalerweise hätte er das als unhöflich empfunden, doch da sich Ivans Anspannung auf ihn übertragen hatte, war er viel zu nervös, um sich darüber Gedanken zu machen. Da Ivan ohnehin nicht mit ihm redete, dachte er an die Männer vor dem Haus zurück. Bewaffnete Männer waren zu seinem Haus geschickt worden, vermutlich von Neil. Vielleicht nicht wegen Parker, aber definitiv wegen der Beweise in seinem Haus. Beweise, die ihn als Dealer oder sogar Drogenbaron hinstellten. Nannte man das so? Er wünschte sich so sehr, dass Ivan sich irrte. Er wünschte sich, zu dem Leben zurückkehren zu können, in dem er sich gerade in einen frisch geschiedenen Versicherungsvertreter verliebte. Es hatte ihm besser gefallen, als mit einem paranoiden Polizisten durch die Stadt zu hetzen, der sich trotz der zwei Wochen unter einem Dach als völlig Fremder entpuppt hatte.

Endlich riss ein Mann mit zerzaustem rotbraunem Haar, der noch muskulöser als Ivan war, mit finsterem Blick die Tür auf. „Was ist?", fragte er verärgert. Dann schien er Ivan zu erkennen, denn er wirkte plötzlich besorgt.

„Ivan? Was machst du hier?" Sein Blick fiel auf ihn. „Ist das Parker?" Sein ungläubiger Tonfall war Parker unangenehm. Wer war dieser Mann und woher wusste er seinen Namen?

„Alles ist schiefgegangen, Kurt." Ivan sah sich zum tausendsten Mal um. „Wir können nicht hier draußen bleiben."

Kurt, bei dem es sich laut Ivan um einen befreundeten Polizisten handelte, wirkte nicht begeistert.

„Dann kommt rein. Ich dachte, wir hatten uns auf morgen geeinigt."

Als Kurt ihnen den Weg frei machte, schob Ivan Parker vor sich her ins Haus. Er folgte Kurt in ein schlichtes weißes Wohnzimmer. Schöne Möbel waren mit einigen farbigen Kissen und Decken dekoriert worden, doch insgesamt wirkte es etwas kühl. Parker hätte ein Zimmer niemals ganz in Weiß gestaltet – es wäre ihm zu anstrengend gewesen, es sauber und fleckenfrei zu halten.

„Setzt euch." Auch wenn Kurt offensichtlich nicht erfreut über ihre Anwesenheit war, schien sich sein Ärger wenigstens nicht gegen sie zu richten.

Parker setzte sich auf einen der Sessel. Kurt ließ sich mit einem leisen Schmerzenslaut auf dem Sofa nieder.

„Alles in Ordnung?", erkundigte sich Parker.

Kurt schenkte ihm ein attraktives Lächeln. Auch wenn er auf Parker nicht ganz so anziehend wirkte wie Ivan, war er ein wirklich gut aussehender Mann. Parker erwiderte das Lächeln zögernd und hoffte, dass seine roten Wangen nicht zu offensichtlich waren.

Parker zuckte zusammen, als Ivan geräuschvoll den Rucksack auf dem Boden abstellte, bevor er sich mit finsterem Blick auf den zweiten Sessel fallen ließ.

„Es geht ihm gut."

„Es geht mir wirklich gut", bestätigte Kurt mit einem kleinen Grinsen. „Ich erhole mich nur von einer Operation." Dann wurde er ernst. „Also, was ist passiert?"

Ivan deutete mit dem Daumen auf Parker. „Anscheinend hätte ich mich lieber auf Parkers Freund Neil konzentrieren sollen. Er versucht, Parker etwas anzuhängen. Ich bin nur noch nicht ganz sicher, wie."

„Oh. Aber warum die Eile?" Kurt hatte Ivans Worte nicht angezweifelt. Parker musste zugeben, dass er ihm selbst immer mehr glaubte.

„Neil hat herausgefunden, dass wir von seinen Geschäften wissen und dass ich Polizist bin. Leo Razhin und ein anderer Mann sind bewaffnet vor dem Haus aufgetaucht."

Es war nett von Ivan, zu verschweigen, dass Parker ihn verraten hatte. Andererseits hatte Ivan ihn belogen – und ihn mit Lügen in sein Bett gelockt. Wie alle anderen Männer, mit denen Parker geschlafen hatte.

Kurt musterte Ivan. „Und ihr seid gleich hergekommen? Du hast niemanden angerufen?"

Ivan nickte.

Kurt schloss die Augen und ließ den Kopf nach hinten gegen die Sofalehne fallen. Parker war nicht sicher, warum er so frustriert wirkte – er schien doch eigentlich nicht viel mit der Sache zu tun haben.

„Hast du noch das neue Handy?"

Ivan zog es wortlos hervor und legte es auf den Couchtisch.

„Dann ruf die Polizei an und melde anonym einen Einbruch."

Diese Worte wirkten wie ein Schlag ins Gesicht. Parker sprang auf. „Ich dachte, ihr wärt die Polizei. Warum solltet ihr die dann anrufen?" Das hätten sie nämlich schon viel eher von seinem Haus aus tun können, anstatt wie Einbrecher aus dem Fenster zu klettern. Dann wäre dieser schreckliche Vorfall vielleicht schon vorbei gewesen.

Ivan stand ebenfalls auf und sah in finster an. „Glaubst du mir immer noch nicht? Ich bin einer von den Guten."

„Bist du das? Das Ganze hat angefangen, als du bei mir eingezogen bist. Wie kann ich da sicher sein, dass es sich nicht um einen cleveren Plan handelt, bei dem ihr alle unter einer Decke steckt?"

Als Ivan die Augen verdrehte, hätte er ihm am liebsten eine verpasst. Aber er schien bereits genug durchgemacht zu haben, auch wenn er ziemlich verrückt wirkte. Sich in seinen Ärger zu flüchten fiel Parker nur leichter, als sich dem Schmerz zu stellen, den Ivans Enthüllung ausgelöst hatte. Ihm war erst klar geworden, wie stark seine Gefühle für Ivan waren, als er herausgefunden hatte, dass dieser Ivan überhaupt nicht existierte und eine gemeinsame Zukunft unmöglich war. Mit Wut kam er besser zurecht.

„Was für ein Plan? Was hätten wir davon?"

Als Parker mit den Schultern zuckte, war Ivan es, der wütend wurde. Richtig wütend. Wenn er so aussah, konnte er Verdächtigen vermutlich leicht Geständnisse entlocken. Dann hob er die Fäuste und Parker wich einen Schritt zurück.

Plötzlich schien Ivan entsetzt statt wütend. „Ich wollte dich nicht schlagen."

„Ich weiß." Was vielleicht nicht die ganze Wahrheit war. Ivan bemerkte seine Unsicherheit, denn er keuchte und seine Augen wurden feucht.

„Niemals. Das schwöre ich. Ich würde dir niemals wehtun."

Aber das hatte er bereits. Nur nicht körperlich.

Ivan drehte sich um, stürmte in den Flur und durch eine Tür – die vermutlich ins Badezimmer führte – und schlug sie hinter sich zu. Parker wandte sich verwirrt Kurt zu, der Ivan mit offenem Mund hinterherstarrte.

„Scheiße. Ich wusste nicht, dass es so schlimm ist."

„Wovon redest du?" Parker begriff nicht, was gerade passiert war. Er ließ sich wieder auf seinen Sessel fallen.

„Ich erkläre es dir gleich. Aber sag mir erst deine Adresse."

Parker war zu erschöpft zum Widersprechen. Im Augenblick schien er sich nicht in unmittelbarer Gefahr zu befinden und das war das Einzige, was zählte. Nachdem er Kurt seine Adresse mitgeteilt hatte, nahm dieser Ivans Handy vom Tisch und wählte.

„Hallo? Ja, ich möchte einen Einbruch auf meiner Straße melden. Zwei unbekannte bewaffnete Männer."

Nach einer kurzen Pause nannte er Parkers Adresse und beschrieb die beiden Männer. Den einen traf er ziemlich genau, während er bei seinem Begleiter danebenlag. „Mein Name? Den möchte ich lieber nicht sagen. Aber bitte beeilen Sie sich, sie haben sehr wütend ausgesehen."

Kurt legte auf und warf das Handy auf den Tisch.

„Was zum Teufel ist hier los? Warum hast du das gemacht?"

„Falls sie noch da sind, was ich nicht glaube, hält sie das vielleicht eine Weile auf. Vor allem, wenn sie verhaftet werden. Oder es hält sie zumindest davon ab, das ganze Haus zu verwüsten – auch wenn sie dazu jetzt schon ziemlich viel Zeit hatten."

„Das Haus zu verwüsten?"

„Das Geld werden sie da schließlich nicht mehr finden, oder?" Kurt deutete auf den Rucksack. Das hatte Parker beinahe vergessen. Eigentlich hatte er sogar versucht, es zu vergessen. Er legte den Kopf schief und musterte Kurt. Ging es etwa darum? Vielleicht hatten Ivan und Kurt es auf Neils Geld abgesehen und Neil wollte Parker nichts anhängen, sondern hatte nur das Geld vor ihnen versteckt.

Kurt sah ihn an, bevor er schnaubend den Kopf schüttelte. „Warte hier. Ich bin gleich zurück." Kurts langsame, vorsichtige Bewegungen erinnerten Parker an die verletzten Patienten in der Klinik. Parker konnte eine ganze Weile über Ivans Verschwinden nachgrübeln, bis Kurt endlich zurückkam.

„Hier. Meine Dienstmarke und mein Ausweis."

Parker betrachtete die Gegenstände, die Kurt ihm gereicht hatte. Sie sahen wirklich überzeugend aus.

„Dann erklär mir bitte auch den Rest."

Kurt drückte ihm tröstend die Schulter, bevor er zu seinem Platz auf der Couch zurückkehrte.

„Du hast nach dem Anruf gefragt. Er war anonym, damit Ivan nicht damit in Verbindung gebracht wird und damit niemand weiß, dass du bei uns bist, und auf die Idee kommt, Fragen zu stellen. Die Fragen wollen wir so lange wie möglich hinauszögern."

„Und was ist mit Ivan los?" Eigentlich hatte er jetzt andere Sorgen und hatte Ivan noch lange nicht seine Lügen verziehen, doch Ivans plötzlicher Ausbruch hatte ihn erschreckt. Obwohl er eigentlich wusste, dass Ivan ihm nichts tun würde, hatte er ihn noch nie so wütend gesehen.

Nach einem Blick zum Flur, aus dessen Richtung man gedämpft Wasser rauschen hörte, wandte sich Kurt wieder an Parker. „Was hat er dir über sein wahres Leben erzählt? Über den Grund für seine Ermittlungen gegen dich?"

Ermittlungen gegen ihn. Unter seine Verwirrung mischte sich erneut Verärgerung. „Nicht viel." Parker wiederholte, was Ivan ihm gesagt hatte. Obwohl es sich offenbar um die Wahrheit handelte, war Parker im Nachhinein erstaunt, dass er nicht noch mehr an dieser abwegig klingenden Geschichte gezweifelt hatte. Ivan schien eine Menge Überzeugungskraft zu besitzen. Was Parkers Entscheidung, mit ihm zu schlafen, in ein anderes Licht rückte. Hatte Ivan ihn von Anfang an manipuliert? Hatte er auf diese Weise versucht, Parker ein Geständnis zu entlocken?

Kurt beugte sich vor und sagte mit gesenkter Stimme: „So etwas hatte ich befürchtet. Ich mache mir Sorgen um ihn. Das ist alles so …" Er hielt inne und musterte Parker.

„Was ist?"

„Hör zu, ich kenne dich kaum. Falls du Ivan irgendwie Ärger machen willst, werde ich abstreiten, jemals etwas gesagt zu haben."

Ihm Ärger machen? Parker würde ihn nach dieser Geschichte nie wiedersehen. Eigentlich hätten ihn Ivans Probleme aus diesem Grund auch überhaupt nicht interessieren sollen. Trotzdem musste er einfach wissen, was los war.

„Das will ich nicht. Versprochen."

„Ivans Mission hat gegen alle Vorschriften verstoßen. So sehr, dass es ihn seinen Job kosten könnte, obwohl es nicht seine Schuld ist. Aber es kommt noch schlimmer."

Seinen Job kosten? Und das war noch nicht das Schlimmste? Parker bedeutete ihm mit einer Handbewegung, fortzufahren. Er wollte den Rest hören, bevor Ivans Rückkehr sie unterbrechen konnte.

„Hast du vor ein paar Wochen die Sache mit der verunglückten Drogenrazzia mitbekommen, die mit einer Schießerei geendet hat? Die Presse hat die Polizei in der Luft zerrissen."

„Ja, natürlich." Auch wenn er sich die Nachrichten nicht immer ansah, hatte man diesen Vorfall nicht übersehen können. Es war am Tag vor Ivans Einzug passiert.

Kurt tätschelte ihm die Schulter. „Bei diesem Einsatz wurde ich angeschossen. Und bei diesem Einsatz hat Ivan zum ersten Mal jemanden getötet."

Parker keuchte. „Getötet?"

„Ja, ein junges Mitglied der Organisation. Ich glaube, noch ein bisschen jünger als du. Ivan hatte keine Wahl und konnte den Jungen anschließend nicht mehr retten. Und bevor er sich noch das Blut von den Händen gewaschen hatte, wurde er von seinem Chef auf diese Mission geschickt – inoffiziell, da er eigentlich beurlaubt war."

„Aber ... gibt es bei solchen Angelegenheiten keine Ermittlungen? Musste Ivan keine Fragen beantworten?"

„Ja, die Special Investigations Unit hat ihn befragt und die Beurlaubung ziemlich schnell wieder aufgehoben."

„Aber dann ... warte, sind nicht auch Therapiestunden vorgeschrieben?"

Kurt nickte. „Ja. Und sein Vorgesetzter hat Ivans Therapie als Vorwand benutzt, um seine Beurlaubung zu verlängern. Aber Ivan durfte sich natürlich nicht verraten und musste seinen Therapeuten belügen, weshalb die Therapie bisher nicht gerade hilfreich war."

Ivan hatte einen Mann erschießen müssen. Parker ließ sich gegen die Sessellehne fallen. Kein Wunder, dass Ivan häufig so schreckhaft war. Es erklärte wirklich einiges. Parker richtete sich auf. „Mein Gott, er befindet sich auf dem besten Weg zu einer posttraumatischen Belastungsstörung."

„Ja, das glaube ich auch." Kurt sah sich erneut zum Flur um. „Und diese Stresssituation macht alles noch schlimmer."

Parker hätte es erkennen sollen. Er war vielleicht kein Therapeut, hatte in der Klinik jedoch häufig die Folgen eines psychischen Traumas miterlebt. Ein Teil seiner Wut verflog. Nicht alles, aber er glaubte jetzt nicht mehr, dass Ivan ihn absichtlich dazu gebracht hatte, sich in ihn zu verlieben. Das war Parkers Schuld.

„Was können wir tun?" Wäre da nicht das Geld gewesen, hätte er die ganze Sache vielleicht sogar auf Ivans psychischen Zustand und dadurch hervorgerufene Paranoia schieben können. Nur lag das Geld leider neben ihm auf dem Boden.

„Erst finden wir heraus, was los ist, und sorgen dann dafür, dass Ivan geholfen wird. Er ist ein hervorragender Detective und ein guter Mann, der das Beste aus einer schwierigen Situation macht. Ich möchte verhindern, dass er dauerhafte psychische Schäden davonträgt."

Parker streckte spontan eine Hand aus, um Kurt das Knie zu tätscheln. „Du bist ein guter Freund. Nicht viele würden für andere ein so großes Risiko eingehen." Neil hätte ganz sicher keine großen Opfer für ihn gebracht.

Kurt schenkte ihm ein trauriges Lächeln, das auf eine lange Geschichte dahinter hindeutete. „Ich war vor ziemlich kurzer Zeit auch am Boden und meine Familie und meine Freunde haben mir darüber hinweggeholfen. Wie könnte ich da nicht dasselbe tun?"

„Was ist mit Ivans Familie?"

„Die steht ihm eigentlich ziemlich nahe, aber wegen seiner Mission hatte er kaum Kontakt zu ihr und deshalb hat wohl niemand gemerkt, wie schlecht es ihm geht."

Existierten seine zwei Schwestern wirklich oder gehörten sie zu Ivans Tarnung? Als Parker gerade fragen wollte, wurde ihr Gespräch durch das Geräusch einer sich öffnenden Tür beendet und Ivan betrat das Zimmer. Er wirkte gefasst, wich jedoch Parkers Blick aus.

„Was hast du jetzt vor?", fragte Kurt, während Ivan sein Handy in die Tasche steckte.

„Wir müssen uns die Papiere im Rucksack genauer ansehen und rausfinden, was vor sich geht. Wenn Neil in Panik gerät und alle Beweise für seine Operation auf Parkers Besitz verschwinden lässt, sind sie vielleicht das Einzige, was wir haben." Als Parker Ivan mit seinem neuen Wissen genauer betrachtete, war offensichtlich, wie sehr er um Selbstbeherrschung kämpfen musste. Ivan brauchte wirklich dringend Hilfe.

„Du redest von der Marihuanaplantage, die du vermutest?"

„Ja. Ich denke darüber nach, hinzufahren und es mir anzusehen."

„Verdammt, nein. Ivan, ich gehöre vielleicht nicht zum Drogendezernat, aber ich weiß ganz genau, mit wie viel Feuerkraft solche Operationen beschützt werden. Du kannst da nicht hinfahren. Wenn du mir die Adresse gibst, rufe ich Simon an. Er hat noch Kontakte zur berittenen Polizei. Die Mounties sind auf einen Einsatz dieser Art sicher besser vorbereitet."

Parker erschauderte. Seine Erfahrung mit Drogenbanden beschränkte sich auf Filme, doch wenn diese auch nur im Entferntesten der Realität entsprachen, wollte er ebenfalls nicht, dass Ivan hinfuhr. Hoffentlich hatte sich bisher kein unschuldiger Wanderer auf sein Land verirrt. Verdammt. Warum hatte er sich nicht eher damit beschäftigt? Warum hatte er alles Neil überlassen? Es war seine Schuld.

„Wer ist Simon?"

„Mein Partner im Dienst. Bevor er hergezogen ist, war er bei der Royal Canadian Mounted Police."

Obwohl es sich bei der RCMP um die Bundespolizei handelte, stellte Parker sich albernerweise vor, wie ein Haufen Männer in traditioneller roter Uniform möglichst unauffällig durch ein Cannabisfeld ritt.

Schade, dass es sich bei Simon nur um Kurts Partner im Dienst handelte. Parker vermutete, dass Kurt schwul war, und da Ivan und er viel gemeinsam zu haben schienen und etwa gleich alt waren, hätte es Parker besser gefallen, wenn der attraktive Mann vergeben gewesen wäre.

„Das ist eigentlich keine schlechte Idee", kommentierte Ivan Kurts Vorschlag und entspannte sich ein wenig. „Fühlst du dich so gut, dass du helfen kannst, die Unterlagen durchzusehen?"

„Klar. Lass uns alles auf dem Küchentisch ausbreiten, da haben wir mehr Platz."

Parker war nicht sicher, ob es Kurt wirklich gut genug ging. Er bewegte sich steif und war noch blasser als bei ihrer Ankunft. Parker hätte gern geholfen, vermutete jedoch, dass er nicht viel beitragen konnte. Er hatte zu wenig Erfahrung mit derartigen Angelegenheiten.

Nachdem Kurt Simon angerufen hatte, streiften die zwei Detectives Latexhandschuhe über und breiteten die Papiere auf dem Tisch aus. Das Geld blieb im Rucksack zurück.

Schon nach wenigen Sekunden schienen sie Parker vergessen zu haben – abgesehen von der einen oder anderen beunruhigenden Frage zu Neil und seinen Freunden. Parker lehnte sich zurück und sah zu, wie die beiden sich durch das Chaos wühlten, zu dem sein Leben geworden war. Einige Papiere wurden nach einem kurzen Blick zu Seite geschoben, andere genauestens überprüft.

Parker schaute auf, als ein schlanker, dunkelhaariger Mann die Küche betrat, der etwa in Kurts und Ivans Alter zu sein schien. Er war umwerfend. „Oh, hallo. Kurt, ich wusste nicht, dass du Gäste hast. Geht es dir dafür wirklich schon gut genug?"

Kurt hob den Blick, der so voller Freude war, dass Parker das Gefühl hatte, in einen ganz privaten Moment zwischen den beiden eingedrungen zu sein. Wunderschön, aber privat. Er musste gegen einen Anflug von Neid ankämpfen.

„Mir geht's gut. Ich bin topfit", antwortete Kurt mit einem Zwinkern. Der umwerfende Mann verdrehte die Augen. „Davy, das ist Ivan. Ich habe dir ja von ihm erzählt."

Davy schüttelte Ivan lächelnd die Hand, bevor er sich für einen Kuss zu Kurt hinunterbeugte. Aus dem kleinen Anflug wurde ausgewachsener Neid. Das hätte er ebenfalls so gern gehabt. Allerdings musste er sich jetzt wenigstens keine Sorgen mehr wegen Ivan und Kurt machen. Davy sah Kurt nämlich ganz anders an – als bedeutete der dunkelhaarige Mann ihm einfach alles.

„Kurt hat mir wirklich schon viel von dir erzählt. Es ist schön, dich endlich kennenzulernen." Davy wandte sich lächelnd Parker zu. „Aber das ist keiner deiner Polizistenkollegen, oder?"

Parker schüttelte den Kopf, während Kurt und Ivan verneinten.

Davy kam auf ihn zu. „Alles in Ordnung? Du wirkst etwas gestresst."

„Das ist eine lange Geschichte, Davy. Im Moment versuchen wir zu vermeiden, dass Parker wegen eines Verbrechens verhaftet wird, das er nicht begangen hat."

„Oh je." Davy tätschelte ihm den Kopf. „Die zwei kriegen das schon wieder hin. Aber du musst nicht hier sitzen und dir Sorgen machen. Sollen wir nicht lieber ins Wohnzimmer gehen und uns einen Film ansehen? Das bringt dich auf andere Gedanken. Ich hole uns nur noch etwas zu trinken."

Auf dem Weg zum Kühlschrank stolperte Davy über den Rucksack. „Ähm, Kurt, ist der etwa ganz voll Geld?"

„Ja. So um die zweihunderttausend." Kurt reichte Ivan einen weiteren Papierstapel.

Davy gab ein ersticktes Geräusch von sich. „Ooooookay. Parker?"

Parker stand auf. Er hatte absolut nichts dagegen, dieser bizarren Situation zu entkommen.

„He, das wird schon wieder." Davy umarmte ihn kurz und Parker war dankbar für die tröstliche Berührung – auch wenn sie von einem Fremden kam und er sich viel lieber in Ivans Armen befunden hätte.

Parker nickte. „Danke."

Doch bevor sie ihr Vorhaben in die Tat umsetzen konnten, klopfte es energisch an der Haustür. Während er und Davy erstarrten, senkten Kurt und Ivan automatisch die Hand zu ihrer Hüfte, um nach einer nicht vorhandenen Waffe zu greifen. Erst jetzt wurde Parker klar, was die Geste bedeutete, die er bei Ivan bereits mehrmals bemerkt hatte. Mit trockenem Mund machte er ängstlich einen Schritt nach hinten, sodass er gegen die Arbeitsplatte stolperte.

„Ivan Bekker. Wenn du da drin bist, mach verdammt noch mal die Tür auf."

Ivan entspannte sich. „Es ist nur Trish."

„Deine Partnerin?", fragten er und Kurt wie aus einem Munde.

„Genau." Er stand auf, doch Kurt streckte einen Arm aus, um ihn zu bremsen. „Kannst du ihr wirklich vertrauen? Was ist mit dem Maulwurf?"

„Kurt, ich weiß nicht. Vielleicht existiert er überhaupt nicht. Bei Parker hat sich Sarge schließlich auch geirrt. Außerdem kann ich mir nicht vorstellen, dass Trish mich hintergehen würde."

Kurt betrachtete ihn ernst. „Ich bin das beste Beispiel dafür, dass einem sein Partner so manches verheimlichen kann. Aber wenn du wirklich glaubst, wir können ihr vertrauen, verlasse ich mich darauf."

Das Klopfen und Rufen ließ nicht nach.

Schließlich lachte Ivan. „Wenn wir sie nicht reinlassen, tritt sie sowieso gleich die Tür ein."

Kurt nickte. „Na gut, dann geh hin."

Allerdings folgte Kurt ihm zur Tür, genau wie Parker und Davy. Alle schienen die Luft anzuhalten, bis Ivan die Tür geöffnet hatte und dahinter Trish ohne irgendwelche Waffen oder zwielichtige Begleiter zum Vorschein kam.

„Was ist hier eigentlich los?" Trish schob Ivan mit beiden Händen gegen die Wand.

„Trish, hör auf, ich erklär dir ja alles."

Trish betrachtete sie finster, ließ sich aber von Ivan ins Wohnzimmer ziehen.

„Dann rede, Bekker. Und wenn du mir nicht die Wahrheit sagst, lasse ich mir einen neuen Partner zuteilen."

„Sag mir erst, wie du mich gefunden hast."

Das fragte sich Parker ebenfalls.

„Ich habe von dem Einbruch in dein Haus – sein Haus – gehört." Trish zeigte auf Parker. „Ich habe es mir angesehen und es war richtig schlimm. Leo Razhin und einer seiner Leute haben ihren ganzen Frust an dem Haus ausgelassen. Wenigstens wurden sie verhaftet, aber über euch konnte mir niemand etwas sagen."

Parker wurde schwindelig. Sein Haus. Und was hätten sie erst mit Ivan und ihm gemacht, wenn sie dort geblieben wären? Er schwankte leicht, woraufhin Ivan einen Arm um ihn legte.

Parker ließ es einen Moment lang zu, schüttelte ihn dann aber ab. So sehr er sich Ivans Trost wünschte, konnte er ihn im Augenblick nicht akzeptieren.

„Also bin ich zu deiner Wohnung und dann zu deinen Eltern gefahren. Als ich dich da nicht gefunden habe, ist mir Kurt eingefallen." Sie nickte Kurt zu. „Es freut mich übrigens, dass es dir besser geht."

„Danke."

„Und wer ist das?" Sie deutete mit dem Kinn auf Davy.

„Das ist Davy. Wir leben zusammen."

Ihr Gesichtsausdruck wurde freundlicher. „Schön, dich kennenzulernen. Tut mir leid, dass ich so reinplatze."

Davy winkte ab. „Kein Problem."

Sie wandte sich wieder Ivan zu. „Und jetzt erzähl endlich. Geht es dir gut? Was zur Hölle ist eigentlich los?"

Parker konnte Ivans Gesicht nicht sehen, doch Trish riss plötzlich die Augen auf, schlang die Arme um Ivan und zog ihn an sich. Als Ivan die Umarmung erwiderte, meldete sich bei Parker die unangebrachte Eifersucht zurück. Trish war ein Teil von Ivans Leben – seinem wahren Leben. Das würde Parker niemals sein.

Bald hatten sie Trish alles erklärt. Sie boxte Ivan gegen die Schulter, weil er auch nur einen Moment in Erwägung gezogen hatte, dass sie der Maulwurf war. „Und was habt ihr jetzt vor?" Nachdem sich Trish auf dem neuesten Stand befand, war sie voller Unternehmungslust. Parker stellte sich die Arbeit mit ihr anstrengend vor – vielleicht war Ivan deshalb eher ruhig. Falls das nicht auch nur gespielt gewesen war. Parker hasste es, nicht zu wissen, welche Teile von Ivan echt waren.

Ivan führte sie zurück in die Küche und deutete auf die Papierstapel.

„Simon wird für uns herausfinden, was mit Parkers Sommerhaus passiert ist. Da er nicht beurlaubt ist, wollte er gleich nach seiner Rückkehr die Dokumente als Beweise einreichen und überprüfen, was Parker überhaupt vorgeworfen wird."

„Tja, dann kann ich das jetzt übernehmen – so geht es schneller. Wir sollten ausnutzen, dass Leo verhaftet wurde."

„Hiermit können wir hoffentlich irgendwie beweisen, dass Neil in Parkers Namen den Anbau organisiert hat. Nur haben wir trotz Leos Verhaftung keinen Nachweis für Neils Verbindung zu ihm und Razhin." Kurt legte einen Arm um Davy und lehnte sich an ihn. Seine Augenringe waren noch dunkler geworden. Er schien Schmerzen zu haben oder erschöpft zu sein – vielleicht beides. Sie mussten ihm dringend Ruhe gönnen.

„Moment, ich habe doch etwas." Ivan holte sein Handy aus der Tasche und durchsuchte die Fotos.

Über Ivans Schulter spähte er wie die anderen auf das Display und sah ein Foto von Neil, der Leo einen blies. Vor seinem Haus.

„Wann hast du das Foto gemacht? Und warum?" Alle drehten sich zu ihm um. Scheiße. Die Fragen waren ihm einfach herausgerutscht. Aber es ärgerte ihn, dass Ivan Neil auf diese Weise nachspioniert hatte.

Ivan errötete und wich seinem Blick aus. Eigentlich hatte er ihn schon seit seinem Wutausbruch nicht mehr richtig angesehen. Es war kein gutes Gefühl.

„Ich habe es gemacht, als ich dachte, er würde dich betrügen", murmelte Ivan.

Trish musterte ihn genau, wandte sich dann jedoch ohne ein Wort den Papierstapeln auf dem Küchentisch zu.

„Es ist nicht viel, aber es könnte reichen. Was ist das hier?" Sie nahm ein kleines, abgegriffenes Blatt Papier von einem Stapel. Parkers Geburtsurkunde.

„Das sind ältere Dokumente, die für diese Angelegenheit nicht wichtig sind", antwortete Ivan.

„Bist du da ganz sicher?" Ihr eindringlicher Blick machte Parker nervös. Was war an seiner Geburtsurkunde so interessant?

Sie wedelte mit dem Dokument. „Weißt du, wer sein Vater ist?"

„Nein. Parker hat gesagt, er hätte nie mit ihm zu tun gehabt."

„Stimmt das, Kleiner?" Trish sah ihn mit ihren braunen Augen an.

Parker zuckte mit den Schultern. „Ja. Er hat damals seine Frau betrogen. Als meine Mutter schwanger wurde, hat er sie dafür bezahlt, sich von ihm fernzuhalten.

Zusammen mit dem Erbe ihrer Eltern hat sie das Geld so gut angelegt, dass wir nicht auf ihn angewiesen waren."

„Hast du nie versucht, ihn zu finden?"

Damit hatte Parker vor langer Zeit abgeschlossen. „Nein. Er wollte uns nicht, also kann er mir gestohlen bleiben. Warum ist das wichtig?" Ihm kam ein erschreckender Gedanke. „Moment, er arbeitet doch nicht für Razhin, oder?" Vielleicht war er der Sohn eines Kriminellen und wurde deshalb verdächtigt.

Ivan nahm Trish die Geburtsurkunde aus der Hand, warf einen Blick darauf und wurde rot. Rot vor Wut.

„Verdammt, das ist doch unglaublich", stieß er zwischen zusammengebissenen Zähnen hervor. „Das ist doch ein Scherz."

„He, beruhige dich." Trish legte ihm eine Hand auf den Arm, doch er schüttelte sie ab und steckte die Urkunde in seine Hemdtasche.

Während er eine Nummer wählte, ging er auf die Haustür zu. „Sarge? Hier ist Bekker", knurrte er in sein Handy. „Wir müssen uns auf dem Revier treffen. Sofort." Dann schnappte er sich einen Schlüssel von einem Haken neben der Tür, stürmte aus dem Haus und stieg in eines der davor geparkten Autos. Mit quietschenden Reifen fuhr er davon.

„Hat er gerade mein Auto gestohlen?", erkundigte sich Davy.

„Was soll das?", verlangte Kurt zu wissen. „Wessen Name steht auf der Urkunde?"

„Sergio Martelli." Trish zückte ihre Autoschlüssel. „Ich folge ihm lieber. Parker, du kommst mit. Ich lasse dich nicht aus den Augen."

„Nimm alles mit. Je eher wir es offiziell als Beweis vorlegen, desto besser." Kurt beugte sich zu dem Rucksack hinunter, wurde jedoch von Davy gestoppt, der den Kopf schüttelte.

„Du sollst doch noch nichts Schweres heben. Ich kümmere mich schon darum." Davy zog ebenfalls Handschuhe an und verstaute die Papiere im Rucksack.

Parker verstand immer noch nichts. „Wer ist Sergio Martelli?" Abgesehen von einem miesen Typen, der seine Mutter im Stich gelassen hatte, als sie schwanger geworden war.

„Sarge. Ivans Vorgesetzter." Kurt seufzte.

„Oh." Parker überlegte. Vielleicht verstand er die Folgen dieser Enthüllung nicht in allen Einzelheiten, doch er würde Trish begleiten und herausfinden, was zum Teufel hier vor sich ging. Sein Leben war vollkommen auf den Kopf gestellt worden – von einem Mann, den er zu lieben geglaubt hatte, und einem Mann, der ihn nie auch nur im Geringsten geliebt hatte.

WÄHREND IVAN wartete, wurde er von Minute zu Minute wütender. Er hatte sich hinter Martellis Schreibtisch gesetzt, um seinem Chef ins Gesicht sehen zu können, wenn er eintrat. Unruhig schob er Papiere und den Tacker auf dem Tisch herum.

Am liebsten hätte er ein zweites Mal angerufen, sah jedoch trotz seiner Verärgerung ein, dass der miese Typ an einem Wochenende vielleicht einige Minuten brauchte, um sich von Familienverpflichtungen oder Vorbereitungen für seinen Wahlkampf loszueisen.

Am Ende traf Martelli früher ein als erwartet. Ivan stand auf, blieb allerdings hinter dem Schreibtisch.

„Ivan. Was ist so dringend? Haben Sie etwas?"

„Ja, ein Arschloch als Chef."

Martelli riss die Augen auf. „Was zum Teufel soll das?"

„Was das soll?" Ivan fegte mit einer schwungvollen Bewegung die Papiere vom Schreibtisch und ging darum herum. „Warum haben Sie es mir nicht gesagt?"

„Was gesagt?" Martelli schob den Stuhl, der zwischen ihnen stand, zur Seite.

Ivan gab ein frustriertes Knurren von sich und fragte nicht gerade leise: „Warum haben Sie mir nicht gesagt, dass Parker Ihr Sohn ist?"

Martelli wurde blass und machte einen bedrohlichen Schritt auf ihn zu. „Halten Sie verdammt noch mal den Mund, Bekker. Das hat nichts mit der Ermittlung zu tun."

„Ach nein? Und was verheimlichen Sie mir sonst noch? Existiert der Maulwurf überhaupt?"

„Möglich, aber unwahrscheinlich. Der missglückte Einsatz war vermutlich nur ein Zufall. Das kommt vor."

Am liebsten hätte Ivan ihn gepackt und geschüttelt. Er hatte Ivan grundlos in einen paranoiden Idioten verwandelt, der sich vor seinem eigenen Schatten fürchtete.

„Warum haben Sie mich überhaupt zu Ihrem Sohn geschickt?", stieß Ivan mit Mühe hervor. Er bebte vor Wut.

„Nicht so laut, verdammt. Ich brauchte eben Ihre Hilfe. Es ist bedauerlich, dass es nur auf diese Weise ging, aber es gab Gerüchte, dass der Junge sich mit Razhin eingelassen hat. Hätte man ihn verhaftet, wäre meine Affäre mit seiner Mutter bekannt geworden. Wenn meine Frau sich von mir scheiden lässt, kann ich meine Karriere als Politiker vergessen."

Plötzlich verstand er. In einem Bett mit Parker zu schlafen hatte ihm seine erste erholsame Nacht seit langer Zeit verschafft, sodass er einigermaßen klar denken konnte. Zumindest klar genug, um zu begreifen, was die Worte seines Vorgesetzten bedeuteten.

„Sie haben mich benutzt." Sein Chef hatte in Ivans Schockzustand nach der Schießerei die Chance gesehen, ihn zu einer Mission zu überreden, der er niemals hätte zustimmen sollen. „Was hätten Sie getan, wenn ich Ihnen Beweise für Parkers Schuld geliefert hätte? Sie verschwinden lassen?"

„Haben Sie etwa welche?"

„Er ist Ihr Sohn. Stört es Sie überhaupt nicht, dass er heute in Lebensgefahr geschwebt hat? Dass er seit dem Tod seiner Mutter allein zurechtkommen musste und jetzt von seinem besten Freund verraten wurde?"

Martelli zuckte mit den Schultern. „Ich habe den Jungen nie kennengelernt. Meine Frau hätte mich verlassen, wenn ich die Affäre nicht beendet hätte. Außerdem habe ich bereits vier Kinder. Noch eins brauche ich nicht."

„Arschloch." Ivan holte aus und ignorierte die Schmerzen, als seine verletzten Fingerknöchel gegen einen harten Kiefer prallten. Zufrieden sah er zu, wie Martelli zur Seite stolperte. Als der Mann sich wieder gefangen hatte, rammte er ihm seine andere Faust in den Bauch und stieß ihn gegen die Wand.

Die Wand erzitterte. Bilder und Auszeichnungen landeten auf dem Boden und übersäten ihn mit Scherben. Blut tropfte von Martellis aufgesprungener Lippe, als er die Arme um seinen Bauch schlang.

Plötzlich stürmten zwei uniformierte Polizisten ins Büro, gefolgt von Inspector Nadar, dem Leiter der Mordkommission. Hinter ihm waren Kurt, Davy, Trish und Parker zu sehen. Parkers Gesicht hatte noch denselben fassungslosen, ungläubigen Ausdruck, der kaum daraus gewichen war, seit Ivan ihm gestanden hatte, ein Polizist zu sein. Er hasste ihn. Er hasste, dass Parker ihm nicht mehr vertraute. Leider hatte er es verdient – er hatte Parker beinahe so fürchterlich betrogen, wie sein Vater es bei ihnen beiden getan hatte.

„Das reicht", rief Nadar mit dröhnender Stimme.

„Verhaftet ihn", keuchte Martelli in seiner zusammengekauerten Position. „Er ist gefeuert."

Nadar zog eine Augenbraue hoch. „Das sehe ich anders. Erst will ich wissen, was hier los ist. Begleitet die beiden in getrennte Vernehmungsräume."

Ivan verließ das Büro und ignorierte Martelli, der hinter ihm noch protestierte.

„Tut mir leid, Ivan." Kurts Gesicht war kreidebleich. „Aber irgendwen musste ich anrufen."

„Schon gut." Er war sicher, dass Kurt die besten Absichten gehabt hatte. Seit Beginn dieses Einsatzes hatte er sich ohnehin an den Gedanken gewöhnt, dass er unter Umständen das Ende seiner Karriere bedeuten könnte. Nur hatte er nicht damit gerechnet, dass sie am Egoismus seines Vorgesetzten scheitern würde.

Trotzdem wollte er das Ganze vor Parkers Augen möglichst würdevoll beenden. Ohne ihn noch einmal anzusehen, da er den verletzten Blick nicht länger ertragen konnte, folgte er also einem der Polizisten in einen Verhörraum. Dort ließ er sich auf den unbequemen Plastikstuhl fallen und legte seine schmerzenden Finger auf den kühlen Metalltisch. Nach Eis wollte er seine bald ehemaligen Arbeitskollegen nicht fragen – er hatte bereits zu viel Schwäche gezeigt.

KAPITEL 11

PARKER GING im Verhörraum auf und ab wie ein Tiger im Käfig. Er wartete hier bereits seit Stunden. Kurt – nicht Ivan, verdammt – hatte ihm versichert, dass man ihm nichts vorwerfe und kein Anwalt nötig sei, doch Kurts Vorgesetzter war wirklich gnadenlos gewesen. Er hatte jedes winzige Detail aus ihm herausgequetscht – am Ende sogar, was zwischen Ivan und ihm passiert war. Allerdings erst, als klar geworden war, dass Ivan ihm die Sache mit dem Sex bereits gestanden haben musste. Obwohl Parker vorgehabt hatte, Ivan so gut wie möglich zu schützen, schien Ivan an seinem Schutz nicht interessiert zu sein.

Nadar hatte schließlich mit finsterem Gesicht den Raum verlassen. Etwas später war Trish gekommen, um ihm etwas zu trinken zu bringen. Im Gegensatz zu ihrem bisher ungestümen Verhalten war sie beinahe mütterlich gewesen.

Allerdings hatte Parker jetzt allmählich genug. Er wollte nach Hause. Oder mit Ivan reden, damit dieser ihm erklären konnte, was zwischen ihnen echt und was nur gespielt gewesen war.

Als sich die Tür öffnete, drehte Parker sich um, um sich der nächsten Befragung zu stellen, doch es war nur Kurt. Kurt, der müde und erschöpft aussah.

„Setz dich. Warst du die ganze Zeit hier?" Parker hatte nicht vergessen, dass Kurt sich von einer Schussverletzung erholte.

„Ja." Kurt zuckte mit den Schultern, zuckte dann zusammen und rieb sich die Schulter.

„Kann ich jetzt gehen? Oder sagt mir wenigstens mal jemand, was hier los ist?"

Kurts erste Antwort war ein langer, lauter Seufzer. „Tut mir leid. Nadar hat sich wirklich angestrengt, um alles möglichst schnell zu klären." Er sank auf einen der schrecklich unbequemen Plastikstühle und bedeutete Parker, sich ebenfalls zu setzen.

Das war also schnell? Mit einem ohrenbetäubenden Quietschen der Metallbeine auf dem Linoleumboden rückte Parker sich einen Stuhl zurecht und kam der Aufforderung nach. Dann wartete er. Kurts Gesicht versprach nichts Gutes.

„Nadar beschleunigt das Ganze, weil es um einen von uns geht. Du müsstest eigentlich bald gehen dürfen."

„Gut. Aber was ist passiert?" Das wollte er jetzt endlich wissen.

„Neil wurde wegen verschiedener Vergehen im Zusammenhang mit Drogen verhaftet."

Oh. Okay. Damit hätte er wohl rechnen sollen. Schließlich waren die Verbrechen, derer man Parker verdächtigt hatte, von Neil tatsächlich begangen worden. „Aber wie kam es dazu, dass gegen mich ermittelt wurde und nicht von Anfang an gegen Neil?"

Kurt senkte den Blick. Parker wurde übel.

„Es tut mir so leid, Parker. Neil wird außerdem Betrug vorgeworfen. Wir haben endlich herausgefunden, woher das Geld kommt. Er hat unter deinem Namen eine Hypothek auf das Haus in Muskoka aufgenommen. Mit dem Geld hat er den Marihuana-Anbau finanziert und vermutlich Spielschulden bei den Russen beglichen."

Es klang logisch, nur nicht sehr realistisch, wenn er an sein sonst so langweiliges Leben dachte. Sogar die Spielschulden – Neil hatte Poker immer furchtbar ernst genommen. Parker leckte sich seine trockenen Lippen und schluckte. „Wie hoch war die Hypothek?"

„Fünfhunderttausend."

„Eine halbe Million Dollar?" Ihm wurde schwarz vor Augen und er vergaß, wie man atmete.

„He, ganz ruhig. Atme. Ein und aus." Kurt ergriff seine Hände, schien seine plötzlich eisigen Finger beinahe zu verbrennen. Parker konzentrierte sich aufs Atmen, bis er nicht mehr davorstand, wie ein Idiot in Ohnmacht zu fallen.

Warum war er so dumm? Wie hatte er übersehen können, was Neil ihm antat? „Was soll ich jetzt machen? Wie … wie kann ich das in Ordnung bringen?"

„Es gibt eine Selbsthilfegruppe für solche Fälle." Kurt schob eine Visitenkarte über den Tisch. „Und besorg dir einen Anwalt, wenn du es dir leisten kannst."

„Ich habe einen Anwalt." Gott sei Dank.

„Gut. Da wir Neil verhaften konnten, stehen deine Chancen nicht schlecht. Nur deine Kreditwürdigkeit könnte ein Problem sein, bis alles aufgeklärt ist. Du kannst froh sein, dass er nicht auch eine Hypothek auf dein anderes Haus aufgenommen hat."

Froh. Mit diesem Wort hätte er seine momentane Stimmung nicht gerade beschrieben. In weniger als vierundzwanzig Stunden war sein Leben aus den Fugen geraten. Sein bester Freund befand sich im Gefängnis, weil er sich seine Identität angeeignet hatte, der Mann, in den er verliebt war, hatte sich als völlig Fremder entpuppt und sein Vater …

„Was ist mit Martelli?" Der würde doch hoffentlich bestraft werden.

Kurt musterte ihn mit gerunzelter Stirn. „Du wusstest also wirklich nicht, wer er war? Du hast nie versucht, deinen Vater zu finden?"

„Warum hätte ich das tun sollen? Wir sind ohne ihn zurechtgekommen und er wollte mich nicht." Im Nachhinein war er froh, dass dieser Mann seine Mutter verlassen hatte. Sein Egoismus hatte Kurt vielleicht seine Karriere gekostet und seiner geistigen Gesundheit geschadet.

„Er zieht sich aus dem Polizeidienst zurück." Kurt schnaubte abfällig. „Nadar hat sich damit zufriedengegeben, weil Ivan auf diese Weise seine Stelle behalten kann."

Kurt erzählte ihm auch den Rest: Als sein Vater eine Verbindung zwischen ihm und Razhin vermutete hatte, war ihm Kurts verwirrter Zustand nach einem misslungenen Einsatz gerade recht gekommen, um ihn für heimliche Nachforschungen zu benutzen. Niemand wusste, was Martelli getan hätte, wenn Parker tatsächlich in Drogengeschäfte verwickelt gewesen wäre. Fest stand nur, dass er große Angst davor gehabt hatte, seine Verwandtschaft zu Parker bekannt werden zu lassen. Es hätte ihn seine reiche Ehefrau gekostet, wegen der er Parkers Mutter überhaupt erst verlassen hatte, und damit seine Chance, gewählt zu werden. Ironischerweise würde ihm genau das jetzt vielleicht noch passieren. Parkers Mitleid hielt sich in Grenzen.

„Und was ist mit ... ähm ... Bin ich sicher? Sie wissen jetzt, wo ich wohne."

„Du solltest nichts zu befürchten haben. Leo kennt dich zwar, aber Neil hat seine Spielschulden bezahlt und gehörte auch noch nicht zu Razhins Organisation. Mit der Marihuanaplantage wollte er sich seinen Platz darin sichern. Ich bezweifle, dass es sie kümmert, wenn du gegen Neil aussagst. Allerdings verfügt das Drogendezernat über ein paar nützliche Informanten, die verbreiten können, dass du mit Neils Geschäften nichts zu tun hattest. Außerdem werden wir in nächster Zeit regelmäßig einen Streifenwagen vorbeifahren lassen. Ich gebe dir meine Nummer und werde ab und zu nach dir sehen."

Das beruhigte ihn ein bisschen. Aber weshalb war es Kurt, der nach ihm sehen wollte?

„Wo ist Ivan?"

Kurt wich seinem Blick aus. „Er wollte es so. Ein kurzer und schmerzloser Abschied."

„Mehr hat er nicht gesagt?"

Kurt tätschelte ihm die Hand, als könnte ihm das irgendwie helfen. „Er hat gesagt, dass so etwas eben zu seiner Arbeit gehört."

Parker lehnte sich zurück, als hätte Kurt ihn geschlagen. Der Schmerz in seinem Herzen war unerträglich. Auch wenn er damit gerechnet hatte, Ivan zu verlieren, fühlte es sich beinahe so schrecklich an wie der Tod seiner Mutter. Und der Mistkerl sagte es ihm nicht einmal persönlich.

„Vielleicht tröstet es dich nicht besonders, aber ihr dürftet euch sowieso nicht sehen, bis der Fall geklärt ist."

„Das ist ja sehr praktisch für ihn." Ein schönes Gefühl, dass Ivan ihn über einen Kollegen abservierte, nachdem sein ganzes Leben im Chaos versunken war. Selbst als unbeliebter dicker Junge war er kein so großer Versager gewesen.

„Ernsthaft: Ihr seid beide Zeugen. Für den Strafverteidiger wäre eure ... äh, Beziehung ein gefundenes Fressen."

Parker kämpfte um einen neutralen Gesichtsausdruck. Hatte Ivan seinen Kollegen jedes kleinste Detail erzählt? Scham mischte sich mit seinem Schmerz.

„Mir tut das alles wirklich leid, Kleiner. Kann ich ... kann ich irgendetwas für dich tun?"

Parker schüttelte den Kopf. Hätte er jetzt versucht zu sprechen, hätte er die Tränen nicht mehr zurückhalten können.

„Soll ich ein Taxi rufen, das dich nach Hause bringt?"

Er nickte so heftig, dass ihm der Nacken wehtat. Er wollte unbedingt hier weg. Er wollte den Albtraum endlich hinter sich lassen und sich um die Scherben seines Lebens kümmern.

IVAN STAND am Fenster und sah zu, wie Parker auf ein Taxi zuging. Das Licht der Straßenlaternen glitzerte auf dem regennassen Gehweg, den der junge Student wie ein müder alter Mann überquerte. Schuldgefühle stiegen in Ivan auf, obwohl er nicht allein verantwortlich war. Von den Menschen, die Parker betrogen hatten, war er vermutlich der Einzige, der es bereute.

Im nassen Glas tauchte Kurts Spiegelbild neben seinem auf.

„Er kommt doch zurecht, oder?" Der Gedanke, Parker in Gefahr gebracht zu haben, war unerträglich.

„Bestimmt. Razhin dürfte eigentlich nicht viel Interesse an ihm haben."

Kurt würde ihn nicht anlügen. Im Augenblick vertraute er ihm mehr als seinem eigenen Urteilsvermögen.

„Ich war …" Ivan räusperte sich verlegen. Wie erklärte man seinem Freund, dass man beinahe den Verstand verloren hatte? „Es gab keinen Maulwurf. Ich wurde nicht verfolgt. Und es hat auch niemand das Haus beobachtet, oder?"

„Nein. Neil hat sich um Razhins Aufmerksamkeit bemüht, hatte damit aber noch keinen großen Erfolg."

Parker stieg mit einem letzten verstohlenen Blick auf das Gebäude ins Taxi.

„Du hättest mit ihm reden sollen", sagte Kurt und legte ihm eine warme Hand auf die Schulter.

„Das konnte ich nicht." Ivan berührte mit einem Finger das kalte Glas.

„Vielleicht hätte er auf dich gewartet."

„Das spielt keine Rolle. Ich bin einfach viel zu fertig. Das hat er nicht verdient. Außerdem könnte sich der Prozess Jahre hinziehen. Wieso sollte er so lange auf jemanden warten, den er erst seit ein paar Wochen kennt? Er wird's überleben."

Kurt drückte ihm sanft die Schulter, bevor er sie losließ. „Aber wirst du das auch?"

Gott. Das war eine gute Frage. Es war verrückt, so schnell so heftige Gefühle zu entwickeln. Vielleicht war es der beste Beweis dafür, wie fertig er wirklich war. Er presste seine Stirn gegen das kühle Glas und sah mit brennenden Augen dem Taxi nach, bis es aus seinem Blickfeld verschwunden war. Er vermisste Parker jetzt schon so heftig, dass es wehtat. Aber je eher er sich daran gewöhnte, desto besser – schließlich würde er von nun an für immer damit leben müssen.

„Wo ist Nadar?", erkundigte er sich, anstatt auf Kurts ohnehin rhetorische Frage einzugehen.

„In seinem Büro."

Ivan nickte. Er hatte mehrere Stunden über seinen nächsten Schritt nachdenken können und ihn in wenigen Minuten an seinem Schreibtisch in die Tat umgesetzt.

„Danke." Er wandte sich Kurt zu und sah ihm in die Augen. Er dankte ihm für mehr als nur seine Antwort. Hätte Kurt ihm nicht geholfen, wäre er verhaftet und entlassen worden. Jetzt hatte er selbst Kontrolle über seine Kündigung.

„Gern geschehen, Ivan."

IVAN KLOPFTE an Nadars Bürotür.

„Herein." Nadars Tonfall war energisch, jedoch nicht unfreundlich – obwohl es sein gutes Recht gewesen wäre, wütend auf Ivan zu sein. Wegen ihm hatte er am Wochenende herkommen und sich um eine verdammt unangenehme Angelegenheit kümmern müssen.

Ivan zögerte neben dem Stuhl, bleib dann aber stehen. Er hatte nicht vor, sich hier lange aufzuhalten.

„Würden Sie das bitte an die zuständige Stelle weiterleiten?" Ivan legte einen unverschlossenen Umschlag auf den Schreibtisch.

Nadar zeigte mit einem Stirnrunzeln auf den Stuhl. „Setzen Sie sich." Dann nahm er das Schriftstück aus dem Umschlag und las es, wobei sein Blick zunehmend finsterer wurde.

Ivan setzte sich widerstrebend auf den Stuhl. Er schuldete es Nadar, nachdem er sich so sehr für ihn und Parker eingesetzt hatte. Außerdem war für den Augenblick sein Vorgesetzter.

„Nein", sagte Nadar schließlich.

„Wie bitte?" Damit hatte er nicht gerechnet.

„Ich sagte nein." Nadar schob den Umschlag in eine Schreibtischschublade. „Sie befinden sich nicht in der Verfassung, eine solche Entscheidung zu treffen. Sie haben unter enormem Druck gestanden und konnten aufgrund Ihrer Situation die Therapie nicht wie vorgesehen nutzen. Wenn Sie jetzt kündigen, verlieren wir einen wertvollen Mitarbeiter. Ich möchte, dass Sie die Situation und Ihre Möglichkeiten besser einschätzen können. Versuchen Sie es noch einmal mit den Therapiestunden. Ruhen Sie sich aus – und diesmal wirklich. Dann sehen wir weiter."

Ivan schüttelte den Kopf. „Sie verstehen das falsch. Ich habe schon vorher darüber nachgedacht. Die Einsätze als verdeckter Ermittler sind mir einfach zu viel. Ich kann das nicht mehr machen. Außerdem wird sich bald herumgesprochen haben, dass ich an der Sache mit Martelli schuld bin."

Trotz seiner egozentrischen Art war Martelli auf dem Revier ziemlich beliebt gewesen.

„Das sind Sie nicht. Kein bisschen. Aber ich verstehe Ihre Zweifel. Sie, und auch ihre Partnerin, wenn sie möchte, sind jederzeit in der Mordkommission willkommen. Der Wechsel würde Ihnen guttun und verdeckte Ermittlungen sind äußerst selten. Nehmen Sie sich einen Monat Zeit. Dann werden wir sehen, ob Sie uns immer noch verlassen wollen."

War das hilfreich oder zögerte er damit nur das Unvermeidliche hinaus? Jedenfalls klang Nadars Vorschlag vernünftig. Er musste etwas gegen die Stimmungsschwankungen, sein aggressives Verhalten und seine Albträume unternehmen. Er hatte absolut nichts dagegen, währenddessen noch über seinen Arbeitgeber versichert zu sein.

„Einen Monat." Auch wenn er bezweifelte, dass er es sich anders überlegen würde, war er es Nadar schuldig.

IVAN LAG in seinem Bett und starrte an die Decke. Er war nicht ganz sicher, wann er das letzte Mal geduscht oder gegessen oder überhaupt irgendetwas getan hatte. Der Vortag war in seiner Erinnerung zu einer undeutlichen Mischung aus Fragen und Schmerz geworden. Obwohl er sich erst gestern von Parker verabschiedet hatte, fühlte er sich bereits unfassbar einsam. Ihm fiel ein, dass er seine letzte Dusche bei Parker genommen hatte. Schien Jahre her zu sein.

Wenn er an Parker dachte, krampfte sich jedes Mal sein Magen zusammen. An Essen war nicht zu denken. Er konnte nur an die weiße Zimmerdecke starren und versuchen, alle Gedanken an Parker zu verbannen. Das half ein bisschen. Leider musste er damit bald aufhören. Sanchez erwartete ihn am Nachmittag für eine Notfallsitzung.

Nach einem Blick auf die Uhr setze er sich auf. Aus irgendeinem Grund schmerzte jeder Muskel in seinem Körper, als hätte er die Grippe. Trotzdem musste er allmählich aufstehen, damit er vor seiner Therapiestunde sein Handy bei Rick abholen konnte. Nach der Sitzung würde er dazu sicher keine Lust haben und sein Handy war wichtig.

Nachdem er seine schmerzenden Glieder gestreckt hatte, zog er sich an und schlurfte zu seinem Auto hinaus.

„IVAN, WAS machst du denn hier?" Ricks hellblondes Haar war zerzaust und er schien nur hastig in eine Jeans geschlüpft zu sein.

„Entschuldige, komme ich ungelegen?" Zwar war es ein Montagnachmittag, doch Ricks Arbeitszeiten waren sehr flexibel – was es Ivan in der Vergangenheit leichter gemacht hatte, sich einige Male für Sex mit ihm zu treffen. Ivans eigene Arbeitszeiten waren normalerweise nämlich eine Katastrophe.

„Nein, kein Problem. Komm doch rein." Er folgte Rick, der ihn skeptisch musterte.

„Ich brauche nur mein Handy." Einen Preis für Small Talk würde er heute nicht gewinnen.

„Natürlich, Süßer. Du hast viele Anrufe bekommen, aber sonst ist mir nichts Ungewöhnliches aufgefallen. Soll ich immer noch vorsichtig sein? Was ist passiert?"

Rick führte Ivan in die Küche, wo sein Handy und das Ladegerät lagen.

„Eine lange Geschichte." Über die er im Augenblick nicht reden wollte. „Jetzt ist alles wieder in Ordnung."

„In Ordnung? Süßer, so siehst du aber überhaupt nicht aus. Wo ist der hübsche Junge, bei dem du eingezogen bist? Kümmert er sich nicht gut um dich?"

Ivan musste ein Keuchen unterdrücken. Der Gedanke an Parker versetzte ihm jedes Mal aufs Neue einen heftigen Stich, der dann zu einem allgegenwärtigen dumpfen Schmerz abebbte.

Rick warf ihm einen mitleidigen Blick zu. Eigentlich schien der blonde Mann auf emotionaler Ebene grundsätzlich auf Abstand bedacht zu sein, konnte allerdings manchmal nicht verbergen, wie sehr er sich tatsächlich um andere sorgte. „Ach, Großer. Ich hätte es nicht erwähnen sollen. Was hast du jetzt vor?"

„Ich habe einen Arzttermin."

Rick zog eine blonde Augenbraue hoch. „Das ist gut. Du siehst nämlich schlimm aus."

Ivan gab ein heiseres Lachen von sich. Obwohl die Worte nicht gerade freundlich klangen, hörte Ivan das Mitgefühl darin. Nach den letzten Wochen fragte er sich, ob es einen Grund dafür gab, dass Rick beinahe Angst davor zu haben schien, sich an andere Menschen zu binden, und Beziehungen nie über das Körperliche hinausgehen ließ. Hatte er ebenfalls etwas Schlimmes erlebt?

„Das wird schon wieder." Das musste er sich nur immer wieder sagen.

„Na gut, ich glaube es dir erst mal." Rick näherte sich ihm mit verführerischen Bewegungen. Das Flirten schien bei ihm bereits automatisch zu sein. „Und wenn ich dich irgendwie aufheitern kann, lass es mich wissen. Jederzeit."

Ivan bemühte sich um ein Lächeln, das vermutlich eher wie eine Grimasse aussah. „Danke, Rick, aber …"

Rick umarmte ihn. „Sag einfach Bescheid. Man kommt am besten über jemanden hinweg, indem man in jemand anderem kommt. Oder so ähnlich." Als der Spruch Kurt ein weiteres raues Lachen entlockte, lächelte Rick.

„Danke, Rick." Ivan steckte das Handy und das Ladegerät in die Tasche.

Zeit, sich seinem Seelenklempner zu stellen. Diesmal würde Sanchez sich sicher nicht einreden lassen, dass es ihm gut ging. Nicht nach einem Anruf von Nadar. Er hätte Rick beinahe um einen Schluck Tequila gebeten – allerdings hätte der Alkohol vermutlich alles noch schlimmer gemacht. Also verabschiedete er sich seufzend und ging. Normalerweise hätte er Ricks Angebot ohne das geringste Zögern angenommen. Aber das war vor Parker.

Sowohl sein Verstand als auch seine Triebe hatten beschlossen, dass er, wenn er Parker nicht bekommen konnte, auch keinen anderen haben wollte. Ganz anders als seine Reaktion nach der Trennung von Colin. Es war ein mieses Gefühl.

PARKER SASS zwischen den Überresten seines Wohnzimmers auf dem Boden. Wirklich beeindruckend, wie viel man in einer knappen Stunde zerstören konnte. Sein Anwalt und der Mann von der Versicherung hatten ihm versichert, er könne sich noch glücklich schätzen. Immerhin war das Haus nicht angezündet oder vorsätzlich beschädigt worden. Leo und sein Kumpan waren bei ihrer Suche nach dem Geld lediglich sehr rücksichtslos vorgegangen. Zum Glück – und dafür würde er Ivan ewig dankbar sein – war ihnen keine Zeit mehr geblieben, ihre Wut nach erfolgloser Suche gegen das Haus zu richten. Wände, Türen und Fenster waren daher unversehrt. Allerdings hatten sie alle Matratzen, Kissen und Polster aufgeschlitzt, viele Elektrogeräte beschädigt und den Inhalt jeder Schublade und jedes Schrankes achtlos auf den Boden geworfen. Während das seiner Kleidung nicht viel ausgemacht hatte, war von seinem Geschirr nur ein Scherbenhaufen zurückgeblieben.

Nachdem er Neil über die Jahre viel verziehen hatte, war es bei diesem Anblick, für den Neil im Grunde verantwortlich war, plötzlich ziemlich leicht, keinerlei Mitleid für ihn zu empfinden. Hätte er Parker wegen der Spielschulden um Hilfe gebeten, hätte er sie ihm nicht abgeschlagen. Doch stattdessen hatte er versucht, Parker ein Verbrechen anzuhängen.

Um Parkers Kreditwürdigkeit stand es nicht gut und wenn er Pech hatte, würde er von seinem Geld nichts wiedersehen, obwohl Neil festgenommen worden war. Ohne Ivans Hilfe säße er jetzt wahrscheinlich sogar an Neils Stelle im Gefängnis.

Nur ein Grund dafür, dass er Ivan nicht hassen konnte, obwohl er es eigentlich wollte, nachdem er von ihm so verletzt worden war. Doch wenn er Ivans Verhalten mit Neils Niedertracht verglich, brachte er es einfach nicht über sich. Ivan hatte ihm gegenüber niemals böse Absichten gehabt. Und Parker konnte nicht abstreiten, wie sehr er ihm fehlte. Er wünschte sich ihn zurück. Nur wollte Ivan ihn nicht mehr. Mit ihrer Beziehung – wenn man das so nennen konnte – war es vorbei. Sein Anwalt hatte Ivans Entscheidung sogar gelobt – was ihn Parker etwas unsympathischer machte, aber dafür ein besseres Licht auf Ivan warf.

Die Türklingel riss Parker aus seinen deprimierenden Gedanken. Vermutlich handelte es sich um den Schadensachverständigen seiner Versicherung. Er hievte sich vom Boden hoch.

Auf der anderen Seite der schwergängigen Tür erwartete ihn allerdings eine Überraschung: Alicia.

„Parker!" Sie umarmte ihn. „Ich wollte dich um einen Gefallen bitten, aber du warst bei keiner Vorlesung und hast nicht auf meine Nachrichten geantwortet."

Oh. Hatte er sein Handy ausgeschaltet? „Tut mir leid. Ich hatte ein verrücktes Wochenende."

„Ach ja?" Alicia wackelte mit den Augenbrauen und Parker musste unfreiwillig prusten.

„Leider nicht die Art von verrückt." Zumindest nicht am Samstag und Sonntag. Er machte einen Schritt zurück, damit sie eintreten konnte.

„Scheiße, Parker, was ist denn hier passiert?"

„Das ist eine lange Geschichte." Und er war noch nicht bereit, sie mit jemandem zu teilen – auch wenn sie sich dann vielleicht nicht mehr so unwirklich angefühlt hätte. Er würde es nachholen, sobald die Wunden ein wenig verheilt waren und er seinen Verlust besser verkraftet hatte. „Die Kurzversion ist: Hier wurde eingebrochen."

„Oh nein! Geht es dir gut? Wurden die Einbrecher gefasst?"

„Ja, mir geht es gut." Einigermaßen. „Und sie wurden erwischt."

Normalerweise hätte er sie gebeten, sich zu setzen, doch dazu waren die Möbel nicht mehr geeignet. Alicia machte ein paar Schritte in das Chaos hinein, um es sich genauer anzusehen.

„Was war der Gefallen?"

Alicia hob den Blick. „Oh, ach so. Chris und ich wollen zusammenziehen. Mein Mietvertrag läuft demnächst aus, aber seiner erst in ein paar Monaten. Deshalb wollte ich dich eigentlich fragen, ob ich bis dahin dein Gästezimmer mieten kann. In diese winzige Wohnung zu Chris und Thom zu ziehen wäre die Hölle – vor allem, weil sich im Badezimmer eine völlig neue Lebensform zu entwickeln scheint. Aber dann suche ich mir eben etwas anderes."

Parkers Welt, die vor wenigen Momenten noch so trostlos gewirkt hatte, wurde etwas wärmer und freundlicher.

„Warum denn? Du kannst gerne hier wohnen. Anstatt Miete zu zahlen, könntest du mir helfen, alles wieder herzurichten."

„Wirklich?" Alicia schaute sich um, als suchte sie etwas. „Sag mal, wo ist denn Ivan?"

Sein Lächeln verschwand gleich wieder. „Das ist Teil der langen Geschichte. Ivan ist ausgezogen."

Plötzlich brach ein Schluchzen aus ihm hervor. Die Tränen, die er stundenlang zurückgehalten hatte, ließen sich nicht mehr unterdrücken. Alicia schloss ihn mit einem überraschten Laut in die Arme.

„Sag mir bitte, dass Ivan das hier nicht getan hat."

„Hat er nicht." Die Worte klangen zittriger, als ihm lieb war. Die Rolle des gefühllosen Machos hatte er noch nie gut gespielt.

„Oh, gut." Alicia seufzte. „Ich mochte ihn nämlich."

„Ich auch. Aber das ist vorbei." Parkers Wut war noch nicht ganz verflogen. Ivan hatte ihn dazu gebracht, sich in ihn zu verlieben – so schnell, dass er es kaum hatte glauben können. Und dann war er aus seinem Leben verschwunden. In gewisser Hinsicht war Parker beinahe froh, dass er sich mit den Aufräumarbeiten ablenken konnte. „Willst du einziehen?", fragte er. „Und mir helfen?"

„Natürlich. Und Chris und Thom werden ganz bestimmt auch helfen."

Was bedeutete, dass er mit Thom reden musste, um ihm zu erklären, dass er nicht für Verabredungen oder gar eine Beziehung bereit war. Wenigstens war er bei Thom sicher, dass er – im Gegensatz zu Neils Freunden – kein großes Problem daraus machen würde.

Alicia küsste seine Schläfe und löste sich von ihm, um ihm mit den Fingern die Tränen aus dem Gesicht zu wischen, wie seine Mutter es früher getan hatte. „Lass uns gleich anfangen. Was ist am dringendsten?"

Der einzige lebenswichtige Gegenstand in seinem Besitz, das CPAP-Gerät, hatte es glücklicherweise heil überstanden. „Geschirr", sagte er also. „Ich brauche neues Geschirr."

„Dann wasch dir das Gesicht und lass uns zu Honest Ed's fahren. Da müssten wir doch etwas finden, das nicht so teuer ist."

Ein weiterer Sonnenstrahl erhellte seine traurige Existenz. Irgendwie würde es weitergehen.

KAPITEL 12

IVAN BETRACHTETE mit klopfendem Herzen die Tür. Er hatte sich bisher absichtlich weit von Parkers Haus ferngehalten, da er sich nicht für willensstark genug hielt. Er wäre sofort hingegangen und hätte Parker um Vergebung angefleht. Es war die richtige Entscheidung gewesen: Nur auf diese Weise hatte er so lange standhaft bleiben können.

Er arbeitete noch nicht wieder, doch das Ende des von Nadar vorgeschlagenen Monats rückte näher. Da er sich bei der Therapie nicht mehr davor hüten musste, etwas Falsches zu sagen, hatte sich sein psychischer Zustand rapide verbessert. Mittlerweile fühlte er sich beinahe bereit für die Arbeit – und seine Versetzung in die Mordkommission. Auch wenn er zusammenzuckte, als auf der Straße hinter ihm jemand hupte, rechnete er nicht mehr bei jedem lauten Geräusch mit Schüssen.

Nur eins musste er noch tun, denn Kurt hatte recht gehabt: Dass er sich nicht von Parker verabschiedet hatte, ließ ihm keine Ruhe. Er konnte nicht mit der ganzen Sache abschließen, bevor er ihn ein letztes Mal gesehen und auch den letzten unlogischen Rest der Hoffnung auf eine Zukunft mit ihm ausgelöscht hatte.

Obwohl er noch Parkers Schlüssel besaß – er bewahrte ihn in der Nachttischschublade seiner trostlosen Wohnung auf –, kam es ihm falsch vor, ihn einfach zu benutzen. Was er bei Parker zurückgelassen hatte, war einige Tage nach dem katastrophalen Ende seiner Mission zu Kurts Haus geliefert worden – unerwartet rücksichtsvoll von Parkers Seite.

Nachdem er ein letztes Mal tief durchgeatmet hatte, klopfte er an die Tür. Er hörte eilige Schritte. Was sollte er tun, wenn Parker einen neuen Freund hatte und dieser ihm aufmachte? Er konnte nicht lange darüber nachdenken, denn schon öffnete sich die Tür.

Vor ihm stand Parker, groß und umwerfend und verblüfft. Dann runzelte er die Stirn.

„Ivan. Was machst du hier?"

„Hallo, Parker." Vielleicht hätte er sich ein paar Worte zurechtlegen sollen. Nur hatte er nicht damit gerechnet, überhaupt den Mut zum Anklopfen aufzubringen.

„Ich habe deine Sachen zu Kurt geschickt. Von dir hatte ich keine Adresse." Der Vorwurf in Parkers ruhigem Tonfall war beinahe schmerzhaft.

„Ich weiß. Danke." Er erwähnte nicht, dass er die Kartons ungeöffnet in einen Schrank geschoben hatte, damit sie ihn nicht an Parker erinnerten.

Parker wartete mit verschränkten Armen auf eine Erklärung.

Er räusperte sich. „Kann ich reinkommen?"

Parker machte einen Schritt zur Seite und winkte ihn durch die Tür. Was würde er tun müssen, um ihn zum Lächeln zu bringen? War er dazu überhaupt noch fähig? Es war sein größter Wunsch. Als er Parker ins Haus folgte, blieb er überrascht stehen.

„Du hast alles neu eingerichtet."

„Es ging nicht anders. Das meiste war zerstört."

Ivan schloss die Augen. Gott. Daran hatte er überhaupt nicht gedacht. „Es tut mir leid, Parker. So sehr." Er hätte hier sein sollen, um zu helfen.

„Warum bist du hier, Ivan?"

Ivan öffnete die Augen und sah sich kurz um. Obwohl sich alles etwas verändert hatte, wurde ihm warm ums Herz. Trotz allem war er hier für kurze Zeit sehr glücklich gewesen. Mit Parker.

Er wandte sich Parker zu. Parker sah ihn nicht direkt kühl an – dazu wäre Parker vermutlich überhaupt nicht in der Lage gewesen –, doch er schien auf Abstand bedacht zu sein.

„Es ist vieles passiert. Neil hat sich in einigen Punkten schuldig bekannt und will gegen Leo aussagen. Ob wir damit Razhin bekommen, muss sich noch zeigen, aber wenigstens können wir so ein langwieriges Gerichtsverfahren vermeiden." Und er musste sich nicht mehr von Parker fernhalten. Aber ob das jetzt noch half?

„Deshalb bist du hergekommen?"

Ivan holte tief Luft. „Nein." Er machte einen Schritt auf Parker zu und legte ihm die Hände auf die Schultern, wobei er sich sehr beherrschen musste, um ihn nicht einfach zu küssen. „Ich bin hier, weil ich dich vermisse. Ich war ein absolutes Arschloch, aber ich habe dich nur über meine Arbeit belogen. Alles andere war echt. Das schwöre ich dir. Ich glaube ... ich glaube, aus uns könnte etwas werden. Ich lie..."

Parker riss die Augen auf. Lag es daran, dass er ihm beinahe seine Liebe gestanden hatte, oder an etwas anderem? Er hatte nie zuvor so viel für jemanden empfunden. Nicht einmal für Colin. Es war beinahe unmöglich gewesen, sich ohne Parker jedem neuen Tag zu stellen. Er liebte Parker. Trotzdem war es für dieses Geständnis noch zu früh, denn es war gut möglich, dass Parker ihn hasste.

„Was ist mit, ähm ... arbeitest du wieder?"

Ivan löste seine Hände von Parkers Schultern. Es war wohl zu viel verlangt, dass Parker sich in seine Arme warf. Eigentlich konnte er froh sein, dass Parker ihn nicht hinausgeworfen hatte.

Er ging zögernd weiter ins Wohnzimmer, war aber nicht sicher, ob er sich setzen sollte.

„Ich denke, ich kann bald wieder anfangen. Nadar hat mir angeboten, mich in die Mordkommission zu versetzen. Im Augenblick arbeite ich an meiner PTBS."

„Wirklich? Ich bin so froh." Parker streichelte ihm flüchtig über den Rücken. Die zarte Berührung verursachte ihm Gänsehaut. „Und es geht dir besser?"

160

Ivan drehte sich um. Parker stand so dicht vor ihm, dass er seinen Atem auf der Haut spürte.

„Ja, es geht mir besser, aber … du fehlst mir so. Können wir … können wir es nicht noch mal versuchen? Vielleicht ein Date?"

„Ein Date?" Parkers Tonfall war deprimierend ungläubig. „Nein."

Wie konnte ein kleines Wort so verdammt wehtun? Er bekam keine Luft.

„Ich will, dass du wieder hier einziehst."

Ließ der Schock ihn halluzinieren? „Dass ich einziehe?"

Parker leckte sich die Lippen und Ivan musste sich sehr bemühen, sich nicht davon ablenken zu lassen.

„Über Verabredungen sind wir doch längst hinaus, findest du nicht?"

„Aber wir kennen uns noch keine zwei Monate. Und ich war ein Mistkerl. Willst du wirklich, dass ich einziehe? Es liegt nicht nur daran, dass du dich einsam fühlst?"

Diese Worte waren ein Fehler. Parker machte einen Schritt zurück und sah ihn wütend an. „Ich bin zwar jünger und habe weniger Erfahrung, aber ich bin nicht so verzweifelt, dass ich um Gesellschaft betteln muss. Alicia ist gleich nach dir hier eingezogen und es ist schön mit ihr. Daran liegt es also nicht. Ich vermisse dich einfach. Und wenn das mit uns wirklich keine Lüge war, möchte ich es wiederhaben. Ich hätte bemerken sollen, dass etwas nicht stimmt – dass du unter einer PTBS leidest. Wenn du jetzt etwas dagegen unternimmst, bin ich gerne bereit, es noch einmal zu versuchen. Aber dann … direkt als Paar."

Er konnte kaum glauben, was Parker da sagte. Wie konnte er sich so schnell so sicher sein?

„Wie …? Warum …?" Er entfernte sich einen Schritt. Parkers Nähe machte es ihm unmöglich, einen klaren Gedanken zu fassen.

„Ich hatte einen ganzen Monat, um darüber nachzudenken. Wärst du nicht hergekommen, hätte ich Kurt überredet, mir deine Adresse zu geben."

„Du … hast noch Kontakt mit Kurt?"

Parker hob eine Schulter. „Ich wollte wissen, wie es dir ging."

Konnte es wirklich so leicht sein? Er ballte seine Hände zu Fäusten, um das Zittern zu stoppen. „Und wenn es zu einem Verfahren gekommen wäre? Das hätte Jahre dauern können."

„Dann hätte ich gewartet. Ich weiß einfach, dass du der Richtige bist." Parker näherte sich wieder. Also, was sagst du? Oder ist es dir zu früh?"

Ivan keuchte. Sollte er es wirklich tun? War es zu überstürzt? Dann schaute er Parker in die Augen und wusste, dass er diese Chance nutzen musste. Er wollte jeden Morgen beim Aufwachen als Erstes diese Augen sehen. Parker hatte recht: Verabredungen waren albern, wenn hier sein Zuhause auf ihn wartete.

Seine Augen brannten, sein Mund war zu trocken, doch er nickte. „Ich will einziehen."

Parker legte den Kopf schief und musterte ihn eingehend. Dann stürzte er sich auf ihn und nahm mit seinen Lippen Ivans Mund in Besitz, als gehörten sie ihm. Was sie auch taten.

Einer von ihnen stöhnte – vielleicht er selbst –, als ihre Zungen aufeinandertrafen und der Kuss zunehmend wilder und leidenschaftlicher wurde. Ivan schob seine Hände unter Parkers T-Shirt, um ihn näher an sich zu ziehen. Parker klammerte sich mindestens genauso kräftig an ihn, was ihre erregten Körper fest zusammenpresste.

„Oh, ähm. Wow." Eine Frauenstimme unterbrach sie. Eine Minute später und mindestens einer von ihnen wäre nackt gewesen.

Ivan hob den Kopf. Parkers lusterfüllte Flussbettaugen verleiteten ihn beinahe dazu, einfach weiterzumachen. Allerdings wandte sich Parker leicht benebelt der Sprecherin zu. „Hi, Alicia. Ivan ist wieder zu Hause."

Zu Hause. Er drückte Parker kurz an sich.

„Das ist nicht zu übersehen."

„Hallo, Alicia." Ivan lächelte zaghaft und bemühte sich, ihren Gesichtsausdruck zu ergründen. Dass Parker ihm verziehen hatte, hieß nicht, dass es auch seine Freunde taten.

„Hallo, Ivan. Ziehst du wieder ein?"

Er nickte. „Du hast doch nichts dagegen?"

„Wenn Parker nichts dagegen hat."

„Nicht das Geringste." Parkers heiseres Flüstern ließ Ivan erröten. Am liebsten hätte er ihn gleich ins Schlafzimmer gezerrt.

„Also stört es dich nicht, hier mit uns zu leben?" Er selbst würde sich erst wieder an Mitbewohner gewöhnen müssen.

„Oh, ich wohne nur vorübergehend hier, bis ich mit Chris zusammenziehen kann."

Ivan war erleichtert. Er mochte Alicia, träumte aber von einem gemeinsamen Heim mit Parker.

„Dann … hol deine Sachen. Sofort." Parker pikte ihn in die Seite. Ivan lachte. Ihm wurde bewusst, dass er das letzte Mal in diesem Haus mit diesem Mann gelacht hatte. Dieses Gefühl würde er nie vergessen.

Alicia lächelte ihnen aufmunternd zu. Gut.

„Worauf wartest du?" Parker pikte ihn ein zweites Mal.

„Es wird ein bisschen dauern, bis ich alles zusammengepackt habe. Und du bist dir wirklich sicher?"

Parkers Lächeln verschwand. „Du dir etwa nicht?"

Schnell. Alles ging so schnell. Doch warum sollte ihn das stören? Hatte er nicht beschlossen, dass er so viel Zeit wie möglich mit Parker verbringen wollte? Das Leben war kurz und unberechenbar – er durfte sich diese Chance nicht entgehen lassen. Dazu bedeutete ihm Parker zu viel.

„Doch, ich bin mir sicher." Er warf einen Blick auf Alicia.

„Nein", sagte diese plötzlich mit Nachdruck.

„Was?", fragte Parker verwirrt.

„Ihr werdet es nicht mit Sex feiern, bevor ich mich ein ganzes Stück vom Haus entfernt habe."

Parker wurde knallrot, während Ivan lachte. Parker war so unschuldig.

„Na gut, aber für die Nacht kaufst du dir lieber Ohrenstöpsel", sagte Ivan und kniff Parker in den Hintern. Obwohl Ivan es nicht für möglich gehalten hätte, errötete Parker daraufhin noch heftiger.

„Tja, wenn wir sowieso keinen Sex haben, kannst du ja abhauen und mit dem Packen anfangen", sagte Parker mit finsterem Blick, ließ ihn allerdings nicht los.

„Ich gehe hoch, um zu lernen", beschloss Alicia. „Aber haltet euch zurück. Besonders auf dem Sofa – da will ich auch noch mal sitzen."

Ivan zog seinen Freund – wie schön, ihn endlich so nennen zu können – mit sich auf die neue Couch. Nachdem Alicia ausgezogen war, würde er darauf mit Parker einiges ausprobieren. Aber erst gab es da noch ein paar Dinge zu besprechen.

„Hast du keine Fragen mehr dazu, was jetzt aus Neil wird?"

„Nein. Kurt hat mich auf dem Laufenden gehalten."

Oh, dieser hinterhältige Fiesling. Er hatte Ivan nichts davon gesagt, dass er Parker informiert hatte, sondern ihn nur dazu gedrängt, mit Parker zu reden.

„Das ist gut."

Parker kuschelte sich an ihn und schmiegte sein Gesicht an Ivans Hals. Seine Haare kitzelten ein wenig. „Mein Landhaus hat wohl auch einiges abbekommen. Sobald alle Pflanzen und die zur Weiterverarbeitung verwendeten Gerätschaften entfernt wurden, muss ich mir den Schaden ansehen, um die Reparaturkosten einschätzen zu können."

„Entschuldige. Mir hätte klar sein sollen, wie viele Nachwirkungen die Sache noch für dich hat. Vielleicht kann ich helfen – ich habe ein bisschen Geld gespart." Die Wohnung, die er davon hatte kaufen wollen, brauchte er jetzt nicht mehr.

„Nein, das kann ich nicht annehmen. Einen normalen Kredit gibt mir die Bank im Augenblick nicht, bis alles geklärt ist, aber ich kann mein Treuhandkonto beleihen. Das habe ich auch getan, um hier alles wiederherzurichten."

Ivan entfernte sich ein Stück, um die Hände an Parkers Wangen zu legen und ihm in die Augen sehen zu können. „Meintest du das vorhin ernst? Dass du mit mir als richtiges Paar zusammenleben möchtest?"

Parker nickte, so gut es zwischen Ivans Händen möglich war. „Ich möchte alles mit dir teilen. Das hier ist jetzt auch dein Haus."

„Dann möchte ich auch alles mit dir teilen und die Reparaturen bezahlen."

Parkers Lippen verzogen sich zu einem kleinen Lächeln. „Danke."

Ivan küsste diese unwiderstehlichen Lippen flüchtig, bevor er fragte: „Kurt hat dir also alles über den Fall erzählt?"

Ein zartes Rosa legte sich auf Parkers Wangenknochen. „Nicht nur das. Er hat mich über den Fall informiert … und über dich."

„Über mich? Er ist wirklich verdammt hinterhältig." Trotzdem musste er grinsen. Dass Parker sich nach ihm erkundigt hatte, wärmte ihm das Herz.

„Du bist mir doch nicht böse?"

Diese Frage beantwortete Ivan mit einem diesmal etwas längeren Kuss.

„Wenn ihr in Kontakt geblieben seid, hat Kurt dich dann auch zu seiner und Davys Einweihungsfeier morgen eingeladen?"

„Ja, aber ich wollte nicht hingehen. Ich dachte, du kämst vielleicht auch und wolltest mich nicht sehen."

„Wenn du noch nichts vorhast, lass uns doch zusammen gehen." Kurts Anstreichparty hatte er verpasst, weil ihm vor zwei Wochen einfach noch nicht nach Gesellschaft zumute gewesen war. Bis zu diesem Augenblick hatte er darüber nachgedacht, dieser Party ebenfalls fernzubleiben, um nicht den ganzen Abend Fröhlichkeit heucheln zu müssen. Doch jetzt, da die Fröhlichkeit echt war, hätte er nichts dagegen gehabt, dort ein bisschen mit Parker anzugeben.

„Ja, warum nicht." Parker rutschte auf dem Sofa hin und her, um sich so dicht wie möglich an ihn zu kuscheln. Als Parkers Lippen seinen Hals berührten, rutschte Ivan aus anderen Gründen ebenfalls ein wenig herum.

„Schaffst du es, leise zu sein, wenn wir hochgehen?"

Parker grinste. „Vielleicht."

Da schnappte Ivan sich Parkers Hand und zog ihn von der Couch hoch. „Sie hat doch sowieso nicht ernsthaft damit gerechnet, dass wir uns an ihr Sexverbot halten, oder? Sie kann froh sein, dass wir uns ins Schlafzimmer zurückziehen."

Parker nickte lachend, bevor er Ivan mit lustvollem Blick musterte.

So viel Zurückhaltung konnte Alicia wirklich nicht von einem Mann erwarten, der sich nach einem Monat endlich wieder lebendig fühlte.

„IVAN! UND Parker. Wie schön, dass ihr kommen konntet." Davy umarmte sie und führte sie ins Haus.

Im Wohnzimmer standen Kurt und einige Gäste, von denen Ivan nur wenige kannte. Parker kannte sicher noch weniger. Aber das machte nichts. Sie waren noch keine achtundvierzig Stunden wieder zusammen – da hielt er es sowieso nicht für nötig, dass sein schnuckeliger Freund allein in einem Haus voller schwuler Männer herumlief. Na ja, nicht alle waren schwul, aber ein großer Teil. Jedenfalls würde er kein Missverständnis darüber aufkommen lassen, mit wem Parker zusammen war.

„Ihr kennt nicht alle, oder? Kommt ihr zurecht?", fragte Davy.

Ivan nickte. „Klar. Kein Problem."

Als Parker sich dichter neben ihn stellte, verflocht er ihre Finger miteinander. Obwohl Parker es ihm nie gesagt hatte, vermutete er, dass dieser sich zwischen fremden Menschen unwohl fühlte.

Kurt sah sie und löste sich aus dem Grüppchen von Männern und Frauen, mit denen er sich unterhalten hatte. Als er sich näherte, bemerkte er ihre Hände und lächelte. „Dann ist zwischen euch wohl alles geklärt."

Parker entspannte sich ein wenig. „Er zieht wieder ein."

„Wirklich? Tja, ihr habt ja schon ein bisschen Übung. Ivan kennt Simon, meinen Partner, aber seine Frau und meine Brüder habt ihr beide noch nicht kennengelernt, oder?"

Kurt führte sie zu dem Grüppchen, wo er ihnen Simon, dessen Frau Jen und zwei von Kurts Brüdern vorstellte. Da sie Parker wie selbstverständlich an Ivans Seite akzeptierten, wurde er noch entspannter. Bald konzentrierte sich das Gespräch der Gruppe wieder auf das ursprüngliche Thema, sodass er und Parker in ihrer eigenen kleinen Welt zurückblieben. „Wusstest du, dass Kurt sechs Geschwister hat?"

Parker riss die Augen auf. „Aber die sind nicht alle hier, oder?"

„Ich glaube nicht, dass sie alle kommen. Bei Geburtstagen und Hochzeiten ist es laut Kurt Tradition, aber das gilt bestimmt nicht für jede kleine Party." Ivan lächelte. „Bei meiner Familie ist es übrigens Tradition, dass wir uns sonntags zum Essen treffen."

Parker erbleichte. „Deine Familie?"

Ivan drückte ihm lächelnd den Arm. „Mach dir keine Sorgen, sie werden dich lieben. Wenn du möchtest, stelle ich dich ihnen morgen vor."

„Morgen?"

„Glaub mir, sie wissen, wie schlecht es mir ohne dich ging. Meine Schwestern werden dich anhimmeln."

Parker presste die Lippen aufeinander, nickte aber.

„Ivan! Ich wusste nicht, dass du auch hier bist."

Ivan wandte sich dem Neuankömmling zu.

„Rick! Wie geht es dir?" Der zierliche Blonde umarmte ihn stürmisch. Als er sich ein Stück von ihm löste, hielt er seine Arme weiter um Ivans Nacken gelegt. Parker sah nicht begeistert aus, äußerte sich jedoch nicht dazu. Noch nicht. Ivan entfernte sich noch ein paar Zentimeter, ohne Rick dabei ganz abschütteln zu können.

„Dann bist du wohl über die Arbeit mit Kurt befreundet?"

„Ja. Wenn ich wieder anfange, arbeiten wir sogar in derselben Abteilung." Rick hatte gewusst, dass Ivan eigentlich für das Drogendezernat arbeitete und beurlaubt war, ihn allerdings glücklicherweise nicht zu einer Erklärung gedrängt, was Ivans seltsames und launisches Verhalten in letzter Zeit anging. „Und woher kennst du Kurt?"

„Davy ist einer meiner besten Freunde."

Die Welt war wirklich verdammt klein.

„Dir scheint es ja besser zu gehen, mein großer, starker Polizist."

Parker runzelte die Stirn und ging einen Schritt auf Ivan zu. „Er ist *mein* großer, starker Polizist."

„Oh, dein Junge kann ja böse werden."

„Rick, hör auf." Er wusste, dass Rick ihn nicht für sich beanspruchte, sondern nur Parker auf die Probe stellte, aber manchmal übertrieb er mit seinen Provokationen. Und da es sich bei ihm um einen seiner wenigen guten Freunde handelte, wollte er nicht, dass er und Parker sich stritten.

„Ich bin kein Junge und er gehört nun mal mir." Andererseits gefiel ihm Parkers besitzergreifende Seite.

„Ernsthaft, Rick? Bist du nicht ein bisschen zu alt, um dich auf einen Zickenkrieg mit einem Twink einzulassen?"

Sie wandten sich der neuen Stimme zu.

„Ian?" Ivan hüstelte verlegen. Jetzt war er bereits von drei Männern umgeben, mit denen er geschlafen hatte – auch wenn Ian nur ein One-Night-Stand gewesen war. Oder eher ein anonymer Quickie in einem Club.

Ricks Arme legten sich fester um seinen Nacken. Parker bedachte sie alle mit einem finsteren Blick.

„Ivan." Parker war nicht dumm und wurde allmählich wütend. „Hast du mit beiden geschlafen?"

Der Gedanke schien weder Rick noch Ian zu gefallen. Jetzt schob Ivan Rick endgültig von sich und schloss stattdessen Parker in die Arme. „Ich habe dir doch von meiner schlimmen Trennung erzählt, oder?"

Parker nickte steif, doch seine Augen glänzten feucht. Er musste das sofort in Ordnung bringen. „Danach habe ich ein bisschen über die Stränge geschlagen und mit ziemlich vielen Männern Sex gehabt. Aber Rick und ich sind Freunde geworden."

Das genervte Schnauben hinter sich ignorierte er. Im Augenblick zählte nur Parker.

„Aber nicht mehr, seit … Warte." Parker schloss die Augen und holte tief Luft. „Das geht mich nichts an. Aber von jetzt an nicht mehr, versprochen?"

Ivan küsste ihn flüchtig. „Seit ich dich kenne, bist du der Einzige. Einen anderen wollte ich nicht."

Beim Anblick von Parkers strahlendem Lächeln dachte Ivan darüber nach, wie lange sie höflicherweise bleiben mussten. Als er sich, den Arm um Parkers Taille geschlungen, wieder Rick und Ian zuwandte, sah er, dass die zwei sich gegenüberstanden und einander wütend anfunkelten. Glücklicherweise stieß in diesem Moment Kurt zu ihrer kleinen Gruppe und schien die angespannte Atmosphäre nicht zu bemerken.

„Hi, wie ich sehe, habt ihr schon meinen Bruder Ian kennengelernt."

„Ian ist dein Bruder?", fragte Parker schockiert.

Kurt zog eine Augenbraue hoch. „Oh, ich verstehe. Wer von euch war eine seiner Club-Eroberungen?"

Parker zeigte auf Ivan, der nicht verhindern konnte, dass er rot wurde. Vielleicht bemerkte Kurt die Spannungen doch, war aber bereits an sie gewöhnt. Und anscheinend hatte sich Ian seit ihrer Begegnung geoutet. Schön für ihn.

„Und mit Rick hat Ivan auch geschlafen." Toll. Musste Parker das wirklich jedem erzählen?

Kurt nickte. „Ah, das erklärt die bösen Blicke."

„Und ... das mit deinem Bruder stört dich nicht?" Ivan hatte sich nie in der Situation befunden, Geschwister in dieser Hinsicht beschützen zu wollen, da seine Schwestern bereits ihre Partner fürs Leben gefunden hatten, als Ivan noch ein Teenager gewesen war. Bei Kurt war es vielleicht anders.

„Nein, warum sollte es? Ich wusste schließlich, dass er sich in ziemlich vielen Betten rumtreibt. Neu ist für mich nur, dass er es mit Männern tut." Kurt drehte sich mit neckendem Gesichtsausdruck um, doch Rick und Ian waren unbemerkt verschwunden.

Kurt schüttelte den Kopf. „Wenn sie schon wieder gegangen sind, ohne sich zu verabschieden, wird Davy sie umbringen."

Schon wieder? Das erklärte Ians gereizte Bemerkung.

„Wenn wir schon vom Gehen sprechen: Wir wollten uns auch so langsam auf den Weg machen. Grüß Davy von uns, in Ordnung?"

Kurt lachte und klopfte Ivan kräftig auf die Schulter. „Ja, kein Problem."

Auf dem Weg nach draußen winkten sie einigen Leuten zu, blieben allerdings nicht stehen. Erst vor dem Haus auf der Veranda hielt Parker ihn am Arm fest.

„Wirklich? Kein anderer, seit du mich kennst?"

„Wirklich. Kein anderer. Ich ..." Für dieses Wort war es vermutlich auch jetzt noch zu früh, so sicher er sich bei Parker auch war.

Doch Parker betrachtete ihn mit liebevollem Blick, als wüsste er, was Ivan hatte sagen wollen.

„Ich weiß. Ich hatte auch keinen anderen. Und das möchte ich auch nie wieder."

„Mir geht es genauso. Ich will nur noch dich. Für immer."

Parker streichelte ihm mit einem Finger über die Lippen. „Für immer."

KC BURN schreibt schon, seit sie denken kann, und hat eine Schwäche für Happy Ends aller Art. Nach ihrem Umzug von Toronto nach Florida, damit ihr Mann seinen Traumberuf ergreifen konnte, entdeckte sie ihr Interesse für schwule Liebesromane und beschloss, sich ebenfalls einen Traum zu erfüllen und ein Buch zu veröffentlichen. Seitdem arbeitet sie tagsüber als Online-Redakteurin und vernachlässigt abends ihren verständnisvollen Mann und ihre anhängliche Katze, um über Männer zu schreiben, die Männer lieben, sei es in der Vergangenheit, Gegenwart oder Zukunft. Ihre Männer machen das Schreiben zu einem noch viel größeren Vergnügen und sie hofft, dass ihr genauso viel Freude an ihnen habt wie sie.

Besucht KC auf ihrer Website: www.kcburn.com oder auf Twitter: twitter. com/authorkcburn.

Von KC BURN

Feuer an die Lunte

TORONTO TALES
Küss mich, Bulle
Vertrau mir, Bulle
Ausgestoßen

Veröffentlicht von DREAMSPINNER PRESS
www.dreamspinner-de.com